我的駙馬很腹黑 下

柳色 著

風 文創 409

目錄

第二十七章

對於端坐家中依然能遙控朝堂的前尚書令高延來說，鄭青陽的小動作一出來，他立即得到了風聲，卻不急著還擊。

反正滑州刺史洪營南已經是棄子，拖累不了他，只等鄭青陽的小動作越來越多，他再找人準備另一套說辭給司馬誠聽。鄭青陽的動作越多，在司馬誠面前暴露得越明顯，他就越能編織出一套好的陰謀論──在天子面前上躥下跳陷害已卸任的老臣，如同跳梁小丑，此等心胸怎能堪當大任？

鄭青陽不是他的對手。高延胸有成竹地想。

可是他漏算了一件事，就是外放的樓寧。

因為資訊傳遞的遲滯，貪墨案後半個月，司馬誠才收到摺子。江南道從今年初推廣種植的占城稻大面積豐收，產量驚人，此稻一年兩熟，除了主動調糧支援河南、河北道以外，江南道還向鄰近的淮南道推廣此稻，並且和淮南道一起收容了大量流離失所的難民，安置居所，教他們如何種稻子，以期還能趕上今年的秋收。

借著這次賑災的機會，一向被許多北方士族視作「待開發」地區的江南，可算揚眉吐氣。江南道的監察御史朱則喜歡樓寧這個年輕人，又欽佩顧延澤的學問，便不管他樓家人的敏感身分，在奏摺中對樓寧的功勞大肆褒獎，搞得閱讀這份奏摺的司馬誠很是糾結。

賞？還是不賞？

「陛下在發愁什麼？」一隻素手撫平司馬誠皺起的眉頭，映入他眼簾的是一雙嫵媚上挑的眼眸。

「如果是難辦的事，那先擱著好了，嚐嚐我給陛下烤的餌塊如何？」

司馬誠竟然真的不看這份摺子，反而對她手中盤裡盛的那個不好看的卷狀物垂涎欲滴。

後宮不干政是條不成文的規定，即使是高嫻君也不能隨便進御書房，可是羅眉因為只會說不會寫漢文，認識的漢字很少，反而可以無視這規定。

待司馬誠吃得歡了，羅眉便狀似無意地問他。「陛下剛剛在煩心何事，現在想通了嗎？」

「一個立功的江南道官員，卻是樓家人，愛妃覺得該不該賞？」

「樓家人？江南道？」羅眉眨了眨眼，重複了一遍這些對她而言十分陌生的字眼，疑惑地歪了歪頭。「羅眉不懂這些，只知道上位者該賞罰分明，江南道……聽起來是個很遠的地方，就算陛下忌諱他，賞一賞又有何妨呢？如果貪污的官不罰，立功的官不賞，豈非天下人都會對陛下議論紛紛？」

貪污的官……司馬誠的眼睛一瞇。是了，司馬妧的表哥這次立了功，他高相的門生卻在給朕添亂子！

不得不說羅眉聰慧，她很了解司馬誠的底線何在，甚至沒有提到一個人名，沒有詆毀任何人，就輕鬆達成了鄭青陽死活達不到的目的。

而英國公那邊，自從斬了一個洪營南之後，他用「黜陟使」的權力用出了舒爽感。司馬誠給樓寧的賞賜旨意一發，沒兩天就從河南道來了一道摺子，又有兩個刺史、一個太守被證據確鑿地揪出來，一個殺了示眾，兩個押解回京等待大理寺受審。

風水輪流轉，這一次涉事的官員和鄭青陽多多少少有些關係，這摺子讓司馬誠看得很無可奈何。誰讓單雲是他自己選的？想著英國公這一次表現不錯，也就暫時不怪他下手太狠。

於是單雲更來勁了。

然後，他病了。

單雲今年已經快八十，一個快八十的老人在兩道之間來回奔波，忍受夏日高溫，不眠不休指揮治水、賑災、安置難民等諸多工作，他的病倒幾乎是可以預料到的事情。

不過即使病了，他依然堅持在病床前下達命令、統領各項工作，但是各項事宜的效率明顯慢了下來。其實單雲沒告訴皇帝的是，他病了之後，好多事務是託顧延澤幫忙處理的。

司馬誠得知單雲病了的時候已經又過了半個月，他將這道摺子翻來覆去看了半天，確定單雲要他再派一個人過去接班，不是推諉，不是託辭，而是他真的快撐不住了。

這下司馬誠發愁了。

派誰上？高延？

夜晚，定國長公主府內。

「嗯啊……輕點，妧妧，嗯……」

「唉，舒服，嗯啊……啊啊痛痛！」

這一會兒銷魂呻吟一會兒壯烈慘叫的聲音，來自駙馬爺的口中。

「小白，你的鍛鍊太狠了點。各人身體的承受度不同，你每天堅持這樣高強度，會很辛苦。」司馬妧一邊幫脫得只剩裡衣的顧樂飛捏來揉去、放鬆肌肉，一邊勸他降低鍛鍊量。

顧樂飛剛剛痛得眼淚直飆，此刻便拿一雙淚汪汪的眼睛奮力抬頭瞅她。「可是有人說，若不堅持鍛鍊，瘦下來的皮膚會皺巴巴很難看……」

司馬妧把他翻了個身繼續疏通筋骨。長期練武之人都懂得如何在高強度的鍛鍊後放鬆，故而每天顧樂飛都求著她幫自己按摩，痛並快樂著。

不過司馬妧覺得其實每天幫小白捏捏就像揉麵團一樣，她很開心。

「我說了，你只需稍微瘦一點，根本無須擔心這個問題。」司馬妧回答。

顧樂飛不吭聲。他才不是要瘦「一點」，而是「很多很多」。

「嗯……啊啊輕點……好痛！」

又是一天痛苦又舒服的折磨結束後，顧樂飛全身都出了薄汗，筋骨舒坦，肌肉放鬆，他仰躺在床上，舒服地嘆了口氣，不想起來。

「小白，記得沐浴。」

「我知道，但我想躺會兒。」顧樂飛笑咪咪地拍了拍自己鼓鼓的肚子。「殿下，躺躺？」

他知道司馬妧根本受不住這種誘惑，不趁著自己身上肉多的時候搞點福利，等到瘦身成功，結果真不好說。

不過即便這樣也不能阻止他減肉的決心，顧樂飛死也不願意一輩子只是被她當成人肉團子。

果然，司馬妧兩眼放光地將自己的腦袋枕了上去，還伸出雙手在他肚子上按了按，驚喜道：「好有彈性！」然後她像拍西瓜一樣在他的肚子上拍了數下。

見她像找到玩具一般開心，顧樂飛有意轉移話題，道：「英國公的豐功偉績，妳可有所耳聞？」

「你和他說的建議，他都聽從了。可惜他年紀的確大了，病來如山倒。」

「我看他是治人治得爽了，壓根兒剎不住，然後一激動就病了。恐怕皇帝陛下此刻正發愁誰能接替他，樓大公子最近的風頭也很勁，朱則賞識他，日後想必步步青雲，不過如果陛下派高延去接替單雲，樓寧的日子恐怕會難過一點。」

「那也無法。他總算找到自己想做的事情，這便是最好的收穫。」司馬妧枕在自家駙馬軟綿綿的肚皮上，望著紗帳頂端，忽而嘆了口氣。「其實我也很想去受災的兩道幫忙啊。」

顧樂飛沈默。

「小白，你說我如果將自己封地的今年賦稅獻出八成給災民們，陛下會不會覺得我別有用心？」

「妧妧如果希望如此，這個……倒是無妨……等一下！妳說什麼？封地？」顧樂飛彷彿突然想起什麼，砰一下從床上坐起，害得睡他肚皮上的司馬妧也不得不跟著起來。

「小白，你怎麼啦？」

「封地啊！妧妧，妳忘了，梅常侍暗示過，封地有秘密！」

「但我沒法出鎬京。」

「這個其實也不難辦……」眼下單雲病了，不正是一個好機會？如果真是高延接任的話，完全可以讓高延幫忙說話讓妧妧出京。至於高延憑什麼幫忙？

顧樂飛的腦子開始急速運轉，司馬妧盯著他一會兒舒展、一會兒皺起的眉頭，分外不解。

「小白，封地的秘密難道很大？」

「這個不清楚。」顧樂飛遮遮掩掩。「既然是秘密，自然要揭曉後才知道它的價值。」

謀事在人、成事在天，顧樂飛自己也沒想到，最後自家公主殿下確實終於出了鎬京，卻是以另一個事件為契機，以另一種身分。

第二十八章

七月，南詔叛亂。

當河南、河北等道受澇災持續影響時，雲南連日的高溫少雨導致大旱，旱情嚴重的地區莊稼絕收。

此時大靖為了賑災，正將眾多錢糧和兵力往河南、河北兩道調集，南詔乘人之危，一路拿下數個羈縻府州，搶奪府州錢糧無數，威脅雲南都督府，而且有意向鄰近的劍南道和嶺南道入侵。一直窩在祁連山脈西南方向的廣袤地區活動，不敢擅自跨界的雅隆部人也瞅準這次機會，將貪婪的目光投向富足的天府之國。

由於雲南都督府有意瞞報，鎬京得知這個情況的時間相當滯後。

更無恥的是南詔王還主動上書鎬京，向司馬誠痛哭流涕地陳詞，他這麼做實在是情非得已，因為到處大旱，莊稼絕收，百姓民不聊生，可這時候雲南都督府太守還要向他施壓，讓南詔獻糧交錢支援河北、河南兩道的賑災，甚至押解了南詔子民作為人質。

照南詔王羅邏閣的說法，他實在是被逼無奈，為活命不得不反。

一直以仲裁者和南詔王的主上自居的司馬誠，收到延遲多日的軍報後，氣都快氣死了。

「羅邏閣好大的膽子！」

充滿南詔風情的麗妃宮中傳來皇帝陛下盛怒的吼叫，眾人驚駭地看著整個人生生被司馬誠從地上拉起，口裡不自覺地發出啰啰的嚇人聲音。

「說！妳是不是早就知道羅邏閣的陰謀！」司馬誠的聲音冷得像冰。

羅眉身邊隨她一同來的南詔侍女看不下去，忍不住抬頭道：「陛下，您掐住娘娘的脖子，讓娘娘如何說話？」

「這裡有妳說話的分嗎？」司馬誠冷冰冰地看了她一眼，將羅眉像扔垃圾一般往邊上一甩。「來人！把這個膽大妄為的宮女拖出去殺了！」

「不要……咳咳……不要殺阿雁……」羅眉急急向司馬誠爬過來，拉住他的衣角懇求。

「滾！」司馬誠抬腳就對著她的心窩狠狠踹過去。「來人，從今日起將麗妃打入冷宮，沒有我的命令，誰也不許去看她！」

羅眉被打入冷宮的消息很快傳入端貴妃的耳中，她勾了勾唇，眼中卻沒有任何笑意。她的心腹宮女見狀，不解道：「娘娘，麗妃出事，您不高興嗎？」

「高興，怎麼不高興？」高嫻君懶洋洋倚在榻上喝了一口參茶，淡淡道：「只是高興之餘，難免有兔死狐悲之感。」

高嫻君情不自禁地摸了摸自己平坦的小腹，輕輕嘆了口氣。她是多麼希望自己能有一個孩子，哪怕是個女兒也好。

「紫蘇，知會父親一聲，他昨日說的那個人，儘快安排他進宮。」

高嫻君的吩咐令她的心腹宮女有些驚訝。「娘娘，您改變主意了？昨天不是還覺得長公主的人不可靠嗎……」

「沒有辦法，快要渴死的人，即便是飲鴆也要止渴。」高嫻君的目中冷光流轉。「只是本宮以前一直小看了司馬妧，倒不知她竟留了這一手等著我。」

高嫻君真是冤枉了司馬妧，這件事她一點也不知情，雖然起因的確和她有關。

前日燃燈佛誕辰，賦閒在家的高延陪夫人上崇聖寺拜佛，擺出一副不問世事的隱退模樣。

在崇聖寺佛堂外，他遇到一個小沙彌，小沙彌遞了一張紙箋給他，然後道一聲阿彌陀佛，走了。那張條子上大大方方署了名，說認識一個千金科名醫可以介紹給高家。

無事獻殷勤，非奸即盜，高延將紙條往井水裡一扔，權當不知道。

若是陰謀，他不去赴約便不會有問題，如果此人確實有事求他，自然還會找來。

果不其然，高夫人的禮佛還未結束，高延便又見到了那個遞紙條的小沙彌。不過這一次他沒有再拿紙條來，而是指了指佛堂的一道偏門。「陳居士在裡頭等您。」

那個大大方方在紙上署名的人，便是陳庭。而陳庭是定國長公主的人，這是全鎬京上層都知道的事實，他來見自己，不可能只是代表他本人。

司馬妧找他，能有何事？

高延交代了高夫人兩句，便帶著人去見陳庭。

「高相真是讓陳某一陣好等。」陳庭輕輕嘆了口氣，彷佛很無奈。「此地人多嘴雜，不若去後山佛舍喝杯茶小酌，論論佛道如何？」

高延微笑。「喔？陳大人也懂佛？」

「略知一二。」

「那便交流交流。」

兩個明白人睜眼說瞎話，去了崇聖寺後頭的佛舍。其間高延一直在觀察陳庭，雖然他有派人打聽過此人，但是政務上與司天臺並無交集，靈台郎又不需要上朝，故而這是高延第一次近距離接觸這個青袍文士。

面帶微笑、風度翩翩，如果忽略他那奇怪蜷曲的左手，此人給人的感覺確實如沐春風、值得結交。越是這樣，高延越是警覺，因為自己還是陳庭這個年紀的時候，也是這般氣度，騙了不知道多少人。

到了佛舍，陳庭第一句便是——「還請高相屏退左右。」

高延淡淡道：「你我並不熟悉，何事需要密談？」

「自然是為大人引薦那個千金科名醫，此人個性古怪，不喜歡外人在場。」陳庭微笑。

高延思慮片刻，想來小小一間佛舍也出不了什麼么蛾子，而羅眉在宮中氣焰囂張，自家女兒地位岌岌可危，肚子裡怎麼都沒動靜……

於是他命侍衛在門口守著，有事他喊一聲，隨時都能推門而入。

陳庭微笑著做了一個請的手勢，幫他半推開門。「高大人請。」

清清靜靜一間佛舍，懸掛兩幅佛經，桌上燃著一爐香，擺著一張案几、兩只蒲團，簡單至極。

高延掃了四周一眼，面色便冷下來。「陳大人拿老夫開玩笑？」

「自然不是。」陳庭攏著袖袍笑道：「只是在為高相引薦此人之前，我們需要談好一筆交易。」

陳庭要和高延談的這筆交易，正是讓司馬妧出京之事。顧樂飛對這個交易猶豫不決，是陳庭一錘定音，認為值得一賭。

「長公主為何非要出京不可？」

高延聽完交易內容，第一時間抓住了關鍵。

不過陳庭早有準備，淡淡一笑。「敢問端貴妃在皇宮之中是否自在快樂？」

高延瞇了瞇眼，沒說話。他立即意會，高嫻君身為貴妃，也不過是在皇宮這個大牢籠裡的一隻金絲雀，而司馬妧，如今亦是被困在鎬京這更大牢籠中的另一隻金絲雀，喔不，是蒼鷹。

「小女怎能和定國長公主相提並論？」高延不動聲色打太極。

陳庭笑道：「高相無須顧慮，沒了兵權的長公主也不過是一介女流而已。陳某若說我家殿下確實是心掛難民安危，想為此次治災出些綿薄之力，大人必定不信，雖然事實如此。」

高延哼了一聲。

陳庭繼續道：「說句實話，高相真覺得將長公主困在鎬京是個好主意？如今的南衙十六衛，上下可都以殿下馬首是瞻呢。」

這句話說到了點子上。司馬妧如今在鎬京的影響頗大，想動她都不敢動。若去了封地，反而減少了對大靖上層的影響，倒是好事。

不過事情真的會這麼簡單？高延不信。

陳庭倒顯得並不急迫，不疾不徐道：「此事倒也並非一定要做，只是我家殿下派我來談，便是信任高相的能力和人品，如果高相不答應，倒也無妨。」

說著竟然起身準備結束這次談話。

「等一下，那個大夫呢？」話一出口，高延就懊惱了，這不是將主動權交給陳庭嗎？

不過陳庭並沒有藉機要脅的意思。他笑道：「大夫如今正在長公主府裡住著，高相若果真有意，還是親自去公主府看一看為妙。」

他忽向高延作了一揖。「即便這次交易談不成，我們殿下也是打算做這個順水人情給高相的。畢竟如今誰的位置坐不長久，明眼人看得清清楚楚。殿下與那人的梁子，高相也是清楚的，我們殿下不計較，可是有人卻替她看不下去。若有機會，還請將那人交給我們處置。」

高延瞇了瞇眼，打量著這個笑面虎一般的文士，心中冷笑。原來這才是他真正目的？看似是想要出京，其實真正目的在教訓鄭青陽？算他們有眼光，知道鄭青陽的尚書令位置坐不久，待老夫重新執掌朝堂，絕不會放過這等跳梁小丑，以他重振老夫之威。

高延的確聰明，可是對自己的能力太過自信了一點，陳庭可不是在替長公主「巴結」他。他只猜中了一半。

以為自己看穿一切的高延微笑起身，以一句話結束此次會面。「只要長公主引薦的大夫有那個實力，一切好說。」

陳庭回以微笑。「請高相放心。」

其實在高延走出佛舍的那一刻，陳庭此次的目的已經達到了。高延答應幫助司馬妧出京自然更好，不答應，其實也無妨，起碼目前看來，那個太原府的秘密並不是非要不可。

但是，「陳庭與高延在崇聖寺佛舍密談」這件事情，可是板上釘釘的事實，當高延讓他安全從佛舍離開的時候，已經有一根無形的繩子將高延和司馬妧綁在了一塊兒。

高相，現在可不能說自己是完全忠心於司馬誠了。

只要這件事揭出來，多疑的皇帝陛下是決計不會相信他的赤膽忠心。

陳庭是帶著陰謀得逞的笑容離開崇聖寺的。

可是人算不如天算，即便是陳庭，也沒料到兩日後，竟然有一封八百里加急送入帝都，南詔犯邊的軍報使得整個朝廷炸成一鍋粥，氣得半死的司馬誠踹完羅眉後，便緊急宣旨各位大臣進宮，在御書房召開了一個臨時朝會。

首先一個問題——這一仗，打不打？

毋庸置疑，當然打！就算北方正受水災，可是一個小小的南詔膽敢聯合雅隆部犯我大靖，渾水摸魚、趁亂得利，此等歪邪心思若不打擊，日後其他外族有樣學樣，那還得了？

那麼又一個問題來了——派誰去？

這下像一群蜜蜂嗡嗡響的朝會之上，頓時沒了聲響，二十來個大臣們，你看看我、我看看你，都不說話。

司馬誠端坐金龍寶座，冷著一張臉。「眾卿可有人選？」

沒人吱聲。

哼，一群不識相的蠢驢，要是高延在多好！司馬誠一邊鬱悶地懷念前尚書令，一邊冷冷點名。「萬大人，你說說？」

這一聲「萬大人」叫得被點名的臣子腿直發軟。他乃是大行臺左僕射萬谷，大行臺主要處理軍務，這種打仗的事情派誰去，當然首先要找他問。

然而，可憐的萬大人在腦子裡苦苦搜索一圈，發現還不錯的將領不是年紀太輕不能獨當一面，就是太老已經拿不動刀，或者和樓家或長公主有牽涉。比方說劍南道的那個經略使范陽吧，是個武舉人出身，以前也打過幾場小仗，兵法韜略都還不錯，而且他的位置離雲南近，派他去打南詔最好不過。

但是人家二女兒最近新嫁的那個游擊將軍周奇，那是長公主親自帶出來的兵啊……

當然，這種雞毛蒜皮的小事，司馬誠是不知道的。萬谷也只能在心裡自己唸叨唸叨，斷不敢說出來惹皇帝不快。

所以他斟酌半天，說出一個肯定穩妥的人選。「微臣以為，英國公單雲可當此……」

「單雲在河北病倒了，你他娘的不知道？」不知道為什麼，司馬誠按捺不住自己的怒氣，太陽穴邊好像有根青筋突突地跳，讓他暴躁地止不住想發火。

「臣以為……左羽林大將軍韋尚德是不錯的人選。」尚書令鄭青陽小心翼翼地建議。

「太老了！」司馬誠毫不客氣地駁斥。他不僅想要打贏，還想要藉這一次出征南詔培養出新的得力武將——忠於他的武將。

大夥面面相覷，摸不準司馬誠的心思，只好心驚膽戰地小聲提出各自建議。

「右屯衛大將軍林荃如何？」

「羽林軍右將王沖如何？」

群臣七嘴八舌提出各種人選，一個個全被司馬誠陰著臉否決，最後不知道是哪個膽子大的忍不住說漏了嘴。「定國長公主……不是最好的人選嗎？」

這個當了出頭鳥的傻子一開口，御書房裡立刻寂靜，讓此人後半段的嘀咕被皇帝陛下聽得清清楚楚。

萬籟俱寂，真是死一般的寂靜。

群臣們茫然而無辜地站在下面，好像那句話不是他們之中任何人說出口，是憑空冒出來的。

司馬誠沒有責罰這個人。

他忽然感覺很累。雖然底下每個人都低著腦袋不吱聲，但是他看懂了他們臉上的表情，分明就是說：「最好的帶兵人選就是定國長公主，我們再也找不出比她更好的將領，剩下的請皇上看著辦吧。」

很奇怪的，當司馬誠看透底下這群人的心思之後，竟然很想吃羅眉做的餌塊，非常非常想。

第二十九章

商討無果之後，司馬誠直接在第二天下旨，命韋尚德之孫、羽林軍上騎都尉韋愷為征南大將軍，領兵十萬討伐南詔，平定雲南之亂。

此旨一出，如石頭擲入大海，連小水花都沒有濺起——朝堂之上並無任何反對之聲。一是韋愷在北門四軍中頗有威望，又是韋尚德的長孫，從小熟讀兵法，雖然從未領兵打仗，可目前他或許是除了長公主以外，唯一讓皇帝放心的年輕將領；二是群臣屬意的長公主殿下，被皇帝一紙詔書，派往河北、河南兩道治水去了。

司馬誠命高延為正使，接替病倒的單雲前去指揮賑災工作，同時命司馬妧為副使，帶領精兵五百押運錢糧協助賑災。

皇帝陛下好像是透過這道旨意告訴他的臣子們，朕不是埋沒人才的昏君，朕當然會用司馬妧，只是想怎麼用，都得朕說了算。不要以為大靖只有一個能打的將軍，朕還有韋愷！

對於皇帝陛下這個頗為任性的決定，眾臣無話可說，端看韋愷能不能擔此大任吧。

司馬誠的這兩道旨意是在下午發出的，他不知道自己的貴妃昨日遞話給父親，然後和長公主府裡那個據說精通千金科的大夫搭上了線。

這天上午，當他獨自在御書房裡煩悶地考慮征南人選之時，在公主府裡好吃好喝待了好一陣子的許厤子進宮見到了端貴妃——當然，是隔著簾子見的。

顧樂飛早就和許厤子知會過此事。說實話，他並不樂意和皇宮牽扯關係，他家世代杏林，祖上出過的好幾位太醫都不得善終，因為治病不力被皇帝下令斬首。

太醫是天底下最倒楣的職業——這是許厤子堅定無比的認知。

即便顧樂飛費盡唇舌，動之以情曉之以理，說了足足三個時辰，從黃昏說到深夜，許厤子說不去就不去。

那麼，最後他是怎麼改變主意的呢？因為美味和佳餚聊天時說漏嘴的一句話——顧樂飛要他去看病的端貴妃，是顧樂飛的初戀。

「駙馬爺，你背著長公主……嘖嘖，這樣不好啊！」不知道腦補了些什麼的許厤子食指點著顧樂飛，朝他嘿嘿邪笑。

顧樂飛的臉都黑了。

他想解釋老子對高嫻君沒有半毛錢意思，可是還未解釋出口，許厤子居然慷慨答應進宮看病。

因為他很好奇顧樂飛的初戀長得什麼樣。

許厤子那一張坑坑窪窪的臉，進宮之後沒人樂意直視。他也有自知之明，老實看病，不說二話，心裡評論這隔著一層紗簾觀看的端貴妃娘娘，的確是個嬌滴滴的美人呢，說話聲音也好聽，和長公主是兩種類型的女人，各有風情、各有風情……

除了思考這種不正經的事情之外，他看診還是很靠譜的，高嫻君還年輕，好好調養還是有懷孕的希望。令他在意的是臨走前，高嫻君的大宮女紫蘇端來一個裝奇怪食物的盤子，據說是冷宮的麗妃做給皇帝吃的，是皇帝念念不忘的吃食。許老頭鼻子靈，總覺得這吃食的香味之中，有一縷令他覺得不舒服的奇怪氣味，讓人聞了還想再聞，決意回去要告訴顧樂飛。

司馬誠頒旨這天，顧樂飛和司馬妧恰好在樓府。

自樓寧外放之後，司馬妧有空便會回樓府看看外祖和外祖母，以及決定留在府裡的表嫂和可愛的小表姪子和表姪女。

這天上午也是一樣，司馬妧和賦閒在家的樓重談論時下最重大的南詔王犯邊一事，她知道司馬誠不可能派自己去，於是談論的也只是打南詔的戰略方法，一老一小憑此聊以自慰。

「可惜，可惜啊……」越聊越暢快，恨不得自己帶兵上陣的樓重一面摸著鬍鬚一面嘆氣，親自端著點心過來的樓老夫人狠狠擰了一下他的耳朵。「死老頭子，妧妧今天來看你，你老是在這裡唉聲嘆氣幹什麼？」

樓老夫人覺得現在這樣挺好，皇帝愛派誰去打南詔就派誰去，妧妧是她最寶貝的外孫女，她可不想外孫女上戰場給司馬誠那小子賣命。

樓重知道妻子的意思，轉而哈哈笑道：「是我老糊塗。來來，妧妧，讓外祖瞧瞧，最近都吃了什麼好的，這皮膚光滑水嫩的，不像被西北大戈壁的狂風吹過的啊！」

話題轉移太快，還沈浸在南詔問題中的司馬妧直愣愣地回答。「我不知道，都是小白做的。」

小白？

喔，就是正在和他那兩個曾孫子孫女玩的胖子嘛！妧妧叫他「小白」？嗯，是挺白的，不過體積這麼大，怎麼著也是個「大白」吧？

而樓老夫人想的問題更實際一些。外孫女那句「都是小白做的」讓身經百戰的樓夫人浮想聯翩。女子要變得美美噠，古人說，採陽補陰最好不過，所以……

「一眨眼，妧妧已經成家一年，是該生個大胖小子延續香火嘍！」

大胖小子？司馬妧不明所以地看了一眼滿臉感慨之色的外祖母，然後偏頭朝顧樂飛看去。

顧樂飛正在庭院中和她的表姪子姪女小安和小圓玩。樓寧走的時候他們才三歲，如今長大了一點，沒有抽條，反而變得更加肉嘟嘟。

於是在司馬妧眼中，院中就是一個大肉團子和兩個小肉團子在滾來滾去。

小安、小圓似乎很喜歡這個和他們一樣胖嘟嘟的表舅，他們最喜歡的遊戲就是讓顧樂飛躺在院中紫藤蘿架下的石桌上，然後自己撲通一下壓過去，軟綿綿，有彈性。

不過最近表舅的肚子好像變小了，沒那麼好壓了，兩個小鬼一邊想著，一邊掙扎著爬上去親得顧樂飛一臉口水。

早晨的陽光還不是太熾熱，透過紫藤蘿架，在三個肉團子身上灑下斑駁的光影，顧樂飛笑著將兩個小團子拎起來，一手一個。

他們很喜歡小白，小白看起來也很喜歡他們。

司馬妧望著這一幕出神。她想，小白應該是很喜歡小孩子的。不過，和小白生孩子？她從未想過這種問題。

而小白也從未向她提過這種要求。一般都是她主動去摸小白、捏小白、揉小白，他很乖地受著，從不抱怨，故而司馬妧想，小白對自己並沒有那種意思，他應當只是把自己當作好友一樣的親密，如此而已。

這樣想的時候，不知道為什麼，她心裡並不覺得開心。可是她沒來得及思考這是為什麼，便見察覺到她目光的顧樂飛回過頭來，下意識對她綻開一個大大的微笑，兩個淺淺的酒窩隨之露出，顯得十分無辜可愛。

司馬妧的心情明媚無比。沒錯，小白軟軟萌萌胖嘟嘟的，那麼可愛，乖乖躺著讓她捏就好啦！

幸好，幸好駙馬爺不知道自家公主的心思，不然他很難再笑得這樣開心。

這一日中午，司馬妧和顧樂飛留在樓府用膳，本來預備待到黃昏，卻因為突然登門的太監宣佈上諭而不得不提前回府。

「陛下……讓我協助高大人賑災？」接到上諭的司馬妧愣愣的，有些不敢相信。

傳旨的公公掂了掂長公主的駙馬塞過來的紅包，哼了一聲。「回殿下，的確如此。」

司馬妧又問：「那征南詔的人選是否也已定下？」

「韋尚德之孫，羽林軍上騎都尉韋愷，現任征南大將軍，領兵十萬討伐南詔王。梅常侍已經去韋府宣旨了。」看在銀子的面子上，公公回答得比較詳細。

對這個結果，顧樂飛並不意外。只是據他所知，原本預想能幫忙的高延沒能在這事情上有任何的推波助瀾，完全是司馬誠自己決定的結果。

顧樂飛對此不能理解。

就算司馬誠不願意把長公主派去打南詔王，也沒有必要主動將她派出鎬京啊？只能說皇帝陛下近日行事越來越古怪任性了。

不過事實已定，既然是和高延同行，司馬妧想要留在太原查探秘密是不可能的，唯有他替她代勞，姑且一試吧。

「妧妧，帶我同去。」顧樂飛理所當然提出要求。

樓老夫人眉開眼笑。「瞧瞧這小夫妻倆，真是恩愛，一刻也捨不得分開。」

樓重哼了一聲，沒說話，倒是司馬妧對他叮囑道：「外祖，您老和韋大將軍私交不錯，這兩日若有空，不妨去見一見他？」

樓重道：「妳不放心韋愷？說實話，我也不放心，自然要去叮囑一番，妳先前同我所說的那些對南詔的戰術，如今可算有用武之地了。」

司馬妧猶豫了一下。「未必。韋愷此人頗為自負。」

「無妨，這一趟外祖自然要跑，不過人家聽不聽，那是人家的事情。」

在回公主府的路上，不等司馬妧問，顧樂飛十分乖巧地主動開口。「此次我隨妳同去賑災，途經河東道的時候，我會裝病。」

他音量很小，加上馬車輪車軲轆軲轆的響聲，外面根本聽不見。

司馬妧微微一怔，隨即很快想通。「你要替我去探查封地一事？」

「這麼好的機會，以後怕是難有。不過在這之前，我得派人給梅常侍遞個話，他若真有心相幫，便該將他所知道的事情詳細說清。」

「小白，聖諭下來的時候，你就想清楚了要這麼做？」

顧樂飛笑咪咪地現出兩個小酒窩。「知道先皇有個秘密留給妳，不去搞明白，心裡癢癢的難受。」

司馬妧注視他片刻，忽然伸手環住他的肩膀，腦袋在他軟乎乎的肩頸處蹭了蹭，低聲道：「小白，離了我身邊，我沒法保護你，這一次我會留下符揚等人給你。他們都是跟著我踩著血河屍山拚出來的，危急關頭，你可以信任他們。」

她溫熱的呼吸和肌膚的觸感清晰可感，顧樂飛僵著身體木木地點了點頭，任憑她抱著，卻沒有任何勇氣乘機對她做出什麼。

「符揚他們跟著我，妳身邊無人，若有危險該當如何？」

「你忘了陛下允我帶五百將士？南衙十六衛裡總有些人願意隨我去的，況且……」司馬妧抿唇一笑。「我可以自保。」

好吧，定國長公主的名號不是蓋的，無怪在她眼裡自己永遠是只弱爆了的人肉團子。

司馬誠下的這兩道旨意，讓大半個帝國的官僚機構都隨之運轉起來。因著皇帝垂青，一時間韋府門庭若市、風光無限，年輕的韋愷對這份突然降臨在自己身上的重任，既感到捨我其誰的驕傲自豪，內心又有幾分難言的忐忑不安。

他清楚有一個人比自己更適合，但是司馬誠絕對不會讓她去，因此才會輪到自己。

很奇怪，每次想起那個人，他首先想到的並不是她在馬上射箭的英姿，而是在寒冷的冬夜中，那被皇帝勒令長跪不許起身的筆直背影，瘦削、挺拔、堅韌而孤獨，刺得他的眼睛有些疼。

韋愷幾乎是抱著敬仰的心情記住這個背影，同時更迫切地希望超越她。

比起新任征南大將軍的風頭無兩，高府和公主府為著後日踏上往北賑災之路做準備，雖然忙碌異常，卻顯得默默無聞。

高延收到宮裡傳來的消息，高嫺君已經給太醫看過許老頭寫的方子，太醫無不嘖嘖稱讚此乃妙方。雖然他沒有在司馬妧出京這件事情上出力，不過卻一點也不感到臉紅。

而這個夜晚的公主府雖然和高府同樣安靜，卻屢次有人叩響門環。

第一個人是一個其貌不揚的游街郎，送來一個糖丸袋，裡頭十幾顆糖丸中有一顆蜜蠟丸，裡頭封著一張字條，上頭只寫了五個字：找十二王爺。

梅常侍沒有出宮，而是以這種方式告訴司馬妧自己知道的線索。看來陳庭所料不差，這個秘密和十二王爺司馬無易脫不了干係。

而第二個敲門的人，是趙岩。

他的嘴角青了一塊，看起來十分狼狽，一見到司馬妧，立即對著她直直跪下，梗著脖子道：「求殿下允我隨行！」

司馬妧嚇一跳，問清緣由，原來趙岩本來想跟著韋愷去打南詔王，可是父親死活不讓，還打了他，明月公主更是在一旁煽風點火、說風涼話。趙岩氣得半死，乾脆跑出家門，徑直來到長公主府投奔司馬妧。

去不了南詔，他就堅持要隨司馬妧去河北、河南兩道賑災，而且死活不願意歸家，抱著公主府的柱子不鬆手，誰也拉不下來。司馬妧無奈，派人去侯府知會了趙岩的父親。

惠榮侯一聽這小子如此強，火冒三丈，撂下話來——任憑長公主如何處置，老夫不管。

這意思其實就是允了。

第三個人叩響門環的人，卻是在第二天清晨來的。

「小白。」天底下會這麼叫顧樂飛的人，除了母親崔氏和司馬妧，只有一個人，睿成侯三子，齊熠。

「我……要隨征南大將軍去打南詔了。」齊熠如此說。「馳騁沙場是我從小的夢想，以前不懂事，以為打抱不平就是好的，為此沒少跟人動手。後來進了十六衛，跟著長公主晨練夜練，方知為兵為將不是容易的事，平時流汗，戰時流血。此去南詔，說不定就真落了一個馬革裹——」

「齊熠！」顧樂飛打斷他，蹙眉道：「既然知道，為何還要去！」

「我不想一生便如此碌碌無為，在十六衛中混日子。」齊熠撓了撓頭，苦笑道：「堪輿，說句實話，有時候我真羨慕你，你從來就知道自己想要的是什麼，我卻一直渾渾噩齟……」齊熠好像打開話頭就收不住了，絮絮叨叨說了很多，顧樂飛在一旁聽著，沒有打斷他的意圖。

他能夠明白齊熠內心的惶恐不安。討伐南詔一戰，對齊熠而言，是他自己尋找到的未來。少年終歸是要長大的，那個衝動義氣又很鬼靈精的齊三郎，眼看著也長大了。

顧樂飛輕輕嘆了口氣。「戰場刀劍無眼，到時候機靈點，別傻乎乎往前衝，保命最重要。」

齊熠望著他嘿嘿笑。「我是想立功的，哪能不拚命？」

「沒說不讓你小子立功，不過功勞也得有命才能受著。」

「你老勸我保命，當心被長公主聽見，說我懦夫啊。」

顧樂飛笑了笑。「既然要去打南詔，不然一會兒隨我去見見妧妧，讓她給你些建議，總歸是有好處。」

「那、那倒是。」齊熠撓了撓腦袋，忽然變得侷促起來。「堪、堪輿啊，其實，其實還有件事我想、想和你商量一下……」

「你幾時變得和飛卿一樣說話結巴了？」

「因為、因為有點不好意思……」齊熠嘿嘿傻笑兩聲，道：「那個，你妹妹還沒許人家，對吧？」

顧樂飛眉梢一挑，胖胖的臉上居然顯出幾分凌人的氣勢。「你小子想娶晚詞？」

「呃，也不是現在啦！不是，我不是說不想娶她，是想等我軍功在身，打仗歸來再、再……小白，成、成不成啊？」齊熠低著頭，偷瞄兩眼顧樂飛的表情，一張俊臉脹得通紅。

顧樂飛鎮定地繼續問：「你何時打上晚詞主意的？她知道嗎？」

「也沒有啦，我沒跟她說過，就是覺得女人很麻煩，如果這輩子一定要娶一個女人，那除了長公主……小白你別瞪我，我開個玩笑而已。如果一定要娶妻，我就覺得顧晚詞不錯。」齊熠一緊張就又開始不自覺話多。「而且我也沒想現在娶她，等我拿下軍功再回來娶她，高頭大馬迎娶，多威風啊是不是？如果、如果我真的一不小心嗝屁了，那就當今日的話沒說過。你看看啊，其實我條件不錯，就是年紀大了，不過我一個通房也沒有啊。你家晚詞呢，年紀也大了，脾氣也不怎麼好，眼光還高，想找個比她年紀還大又身家清白有才德的男人不容易，看來看去，不也就我最——」

「你才年紀大了、脾氣不好！」

憤怒的女聲從天而降，只聽「嘩啦」一聲，齊熠被澆了一個濕漉漉。他愣了一秒，然後猛地跳起來直搧衣服。「燙、燙！好燙好燙！」

早上來公主府幫忙打點行李的顧晚詞，如今正插著腰，怒目圓睜，氣得雙頰緋紅。只見她將手中的空碗扔給身後的侍女，朝燙得跳腳的齊三公子連啐兩口。「呸！呸！活該！」說罷便頭也不回地轉身跑了。

齊熠瞠目結舌，呆呆望向顧樂飛。「她、她怎麼在這兒啊……」

顧樂飛笑著打斷他。「還不快去追她？明日我和殿下離開公主府後，你想再見她可就難了。」

齊熠一呆。「那個、那個顧小姐，等我一下！」他濕著半身衣服，慌張奪門而出，朝顧晚詞的方向追去了。

顧樂飛瞇著眼睛朝齊熠去的方向望了望，忽而有些羨慕。雖然不知道齊熠此去能否示愛成功，不過起碼晚詞已知道他的心意，便是件大好事。

不像他，連對長公主說聲喜歡都不敢，只怕自己如今模樣配不上她。

唉，什麼時候才能真正與她同床共枕？

第三十章

翌日，新的賑災隊伍啟程，高延臉上笑容和煦，沒有半分仕途波折起伏的滄桑，笑呵呵地朝司馬妧拱了拱手。「老夫一路上的安危，全託付給長公主了。」

高延不是說客氣話，畢竟隊伍押運那麼多錢糧，萬一路上碰上不要命的匪徒，說不定真的可能橫屍荒野。

他十分慶幸自己之前已經和司馬妧打好關係，起碼是「他以為」二人關係已經不錯了，卻沒料到這一路上最痛苦的事情不是遇匪，而是晚上睡不著覺。

「哎喲喲……哎喲喲！」

半夜三更，從長公主下榻的別院中發出猶如殺豬般的叫聲，讓隔壁的高大人壓根兒睡不著。已經連續三日，天天如此，再這樣繼續下去，不等抵達目的地，他就要因為睡眠不足昏死過去了！

忍無可忍的高延終於不顧風度，親自去隔壁敲門。「長公主，駙馬爺大半夜如此慘叫，是否病得極重？需要請隨行太醫過來一趟嗎？」其實他想說太醫都來過好幾次了，就是看不好，不如把顧樂飛丟在這裡養病算了。本來嘛，水土不服拉肚子不是什麼大病，全憑個人體質，捱過去就沒事了。

無奈這位駙馬身嬌肉貴，一連上吐下瀉三天，吃什麼藥都沒用，就是不見好轉，為此他們已經在太原耽擱了三天行程。

思及此，高延不由得要提醒司馬妧。「公主殿下，我們在此耽擱過久，恐惹聖上不快啊！」

別院的臥房大門嘎吱一聲打開。是司馬妧親自來開門，她一臉無奈地望著高延。「那該當如何？」

透過司馬妧，能看見她身後正在床上痛得嗷嗷打滾的死胖子。高延一副深感痛心的模樣，嘆氣道：「老夫知道長公主和駙馬夫妻情深，但是駙馬如今無法前行，此行又聖命在身，這也是逼不得已的事情，還望長公主權衡輕重。」其實他心裡在想，趕快扔下這個死胖子，好讓老夫能睡個好覺。

「可是他……」司馬妧一臉為難。

「殿下要以大局為重啊。」

「那好吧。」司馬妧皺著眉頭，猶猶豫豫道：「我留些人給他，讓他在太原府安心養病，待身體好了再與我們會合。」

高延笑著點頭。「殿下果然識大體。」

得到司馬妧的答案後，高延假惺惺地慰問了顧樂飛幾句，然後滿意地告辭離去。

顧樂飛有氣無力地趴在床上，可憐巴巴望著司馬妧。「老匹夫相信了？」天可憐見，他此次為了裝病下足血本，從許老頭那兒得知有些食物相生相剋，吃了能上吐下瀉，他便故意烹飪這些東西來吃，如此一來隨行太醫也看不出個所以然，只以為他是水土不服。

如果高延再不來，他就不是裝病，而是真病了！三天三夜啊，他拉得整個人都瘦了一大圈，再拉下去小命都快丟了。

看著癱軟在床虛弱無力的小白，司馬妧很心疼地摸了摸他的腦袋。「明日我們便啟程離開，今晚吃些藥吧，太醫不會再來看了，裝裝樣子便好。」

顧樂飛哼哼唧唧兩聲，猥瑣地往她的腿部蹭過去。「知曉了，妳一人跟那老匹夫去災地，萬事小心。父親也在那兒，若遇到危難之事，可向他請教。」

司馬妧頷首。「十二皇叔與我有舊，你尋到他之後，報上我的名字，他當不會難為你。我已寫好一封書信，你一併帶給他。」

顧樂飛在她的大腿上枕得十分舒服，瞇了瞇眼，懶洋洋道：「這個十二王爺說是守陵，卻是神出鬼沒，太原府內的王府空了不知道多久，只希望運氣好，能尋到他本人吧。妳可有他的畫像一類？」

「我的畫功不濟，即便記得，也……」司馬妧想了想，道：「皇叔年輕時喜愛騎射，有一次在山林間遭遇吊睛大虎，恰好那時他一人落了隊，被老虎在右大腿上咬出一個洞來。雖然過了這麼多年，不過我想那傷口應當還在，很好辨認。」

顧樂飛有氣無力地評價。「是個命大的。」那疤的位置太隱密，他總不能命司馬無易脫褲子來證明自己吧？

不知梅常侍和此人在先皇臨終之前是否都得到了先皇的秘密指示？為何司馬無易不主動來尋司馬妧？

顧樂飛在心中思慮著，不料身體突然被司馬妧緊緊抱住，又是勒得他透不過氣的那種大力。

「殿下……」妳想幹麼，謀殺親夫？

「捨不得小白啊。」司馬妧抱住雖然依舊軟乎乎但是肉感缺失很多的他，蹭了又蹭，囑咐道：「萬事當心，若有危險，不要那個秘密也罷。」

司馬無易在大靖是一個沒什麼分量的王爺。

他年輕時的模樣不是不好，司馬家的人容貌都不錯，通文懂武，才能也不錯，只是愛玩，而且沒有權力慾和野心，與政務丁點不沾。

或許正因如此，他得到先皇昭元帝的喜愛。不過他並未因先帝喜愛而得勢，因為他喜歡到處亂跑，很少歸京，以至於京中上層很多人居然不認識這位元王爺。

昭元帝駕崩那年，他正好在太原府，也不遵守禮制為兄守靈，只寫了封信給他的新帝姪子，說他就在太原為太祖守陵，永不歸京。

守陵不過是個說辭，司馬無易是主動將自己放逐，永不插手皇族權力更迭，成為徹徹底底的局外人，所以司馬誠放過了他。

而現在顧樂飛要找到這個人，卻並非易事，因為司馬無易實在是太能跑了。

司馬無易壓根兒沒幹過幾天守陵的活，只要不出河東道，他什麼地方都可能去，絕不僅限於太原府附近。而且很可能此人站在面前，也不知道他便是十二王爺，當今皇上唯一活著的皇叔父。

那麼顧樂飛是如何找到這位神出鬼沒的十二王爺呢？

起先他真的飛鴿傳書，在隊伍出京之前就命還在外面跑的玉盤、珍饈去尋，結果得到的便是亂七八糟的行蹤，半個人影都沒看見。知道此法不行，顧樂飛想了想，乾脆撇下司馬妧給他的五十衛兵，帶著顧吃、顧喝去了太祖陵墓所在之地。此地依山傍水，有精兵把守，他帶太多人去反而不好。

顧樂飛在皇陵周邊結廬焚香，每日遙遙祭拜太祖，自稱替長公主盡一分子孫孝悌，慰太祖在天之靈，祈太祖佑大靖萬世太平。

每日如此，一絲不苟，持之以恆，別說那些守陵守得十分苦悶無聊的士兵，連顧樂飛自己都快被自己的虔誠感動了。

這是個笨辦法，卻是可能聯絡司馬無易的唯一法子。

山間的夜晚靜悄悄，只有一些小蟲子的叫聲，顧樂飛躺在茅草屋外的竹蓆上，吹著山間冷颼颼的秋風，睜眼望著漫天星斗，發呆。

算算看，這已是他到此地的第四十五天，和司馬妧分離的第五十二天。山裡條件差，什麼都沒有，蚊子還多，他認真祭拜一個多月，足足瘦了一大圈。

不知道妧妧現在怎麼樣了？她在做什麼？有沒有想我？

顧樂飛呆呆望著天空出神。每次想起司馬妧，他都會為如今止步不前的進度感到煩躁不已。當習慣了床側有另一個人，尤其這個人還喜歡抱著你入睡的時候，再次淪落到獨自入眠之時，入睡會變得尤其困難。

人在身邊的時候還不覺得什麼，一旦不在，便會覺得心裡缺了一塊，空落落的。若滿兩月，還無司馬無易的音訊，該當如何？顧樂飛也不知道。

出了鎬京，他的情報便沒有那麼管用。他在此待了一個半月，和守陵的士兵全都搞好了關係，甚至知道他們的頭頭和司馬無易有聯繫一事，還暗示他可以告訴司馬無易自己在此拜祭太祖一事，已做得如此明顯，還要他怎樣？

顧樂飛少有為一件事一籌莫展的時候，不由得一邊在心底找各種詞狠罵司馬無易，一邊思慮找不到人該如何是好。

想著想著，竟不知不覺在蟲鳴晚風中睡著了。

直到被一聲大喝驚醒。

「什麼人！」

「公子當心！」

顧吃、顧喝的大喝，伴隨著刀劍相撞的鏗鏘聲，顧樂飛一個激靈，猛地睜眼，從蓆上跳起。

「你是阿甜的駙馬？」一個低沈柔和的聲音緩緩響起。

幾丈之外，身手極好的顧吃、顧喝和四、五人纏鬥在一起，看似竟陷入苦戰，而這個說話人則從樹林的陰影中慢慢走出，高眺修長的黑影在漫天星光的映襯下顯得尤為神秘莫測。

顧樂飛挑了挑眉，作了一揖。「十二皇叔？」

「呵，好厚的臉皮。」這人嗤笑一聲，漸漸走近，終於讓顧樂飛看見他的長相。這人已經快五十歲，烏髮中夾雜著一縷縷的白，不過面上倒很年輕，一條蟒皮腰帶勾勒出精瘦的腰身，精氣神極好。只是他的左眼角生著一顆淚痣，總讓人覺得不正經，模樣倒是和顧樂飛打聽到的描述一致。

這時顧樂飛又聽他開口道：「讓你的人停手，都是一樣的功夫路數，打多久都打不出結果來。」

一樣的功夫路數？顧樂飛的眉梢又是一挑，聽出此人話中有話，不由得來了幾分興趣。

「顧吃、顧喝，住手。」顧樂飛轉身面向他們，右手看似無意地做出一個十分古怪的手勢，然後對二人道：「你們先下去，我與王爺有話要談。」

「十二皇叔請屋內坐。」顧樂飛恭敬地做了一個請的手勢。「茅屋簡陋，請王爺莫要見怪。」

司馬無易卻不動作，只背著手淡淡道：「阿甜沒有和你一起來？」

顧樂飛笑了笑，語氣柔和。「她掛記著您，又有公務在身，便寫了封信，讓我帶給您。」

「喔？」司馬無易勾了勾唇，帶出好幾條面部皺紋，也牽動眼角那顆淚痣，顯出幾分慵懶的邪氣，簡直是為老不尊。

「信呢？」他攤開手。

「在屋中，十二皇叔可進去一觀。」

「不必，你拿出來給我。」他抱著雙臂對顧樂飛頤指氣使。

顧樂飛能屈能伸，他笑咪咪地點頭應了，果然回屋取了書信，恭恭敬敬遞上。

司馬無易伸手要去取，顧樂飛卻突然將手往回一縮，低低道：「十二王爺守著秘密這麼多年，莫非打算守到死也不告訴她？」

司馬無易面上的笑漸漸淡下去。他瞇著眼上下打量面前的這個小子，心知他為了聯絡到自己，已經在這裡等了一個半月。

此人還算有幾分小聰明，而且也有些毅力。

可是這些優點都抵不了他的缺點。司馬無易討厭臃腫不堪的胖子，若是女人還能用豐滿過度形容，若是男人，簡直一無是處。身材差，代表愚蠢、懶惰、不思進取、毫無自制力……男胖子們在司馬無易的眼中簡直不該活在人世。

他早在五天前便趕回來了，故意不出現，除了為了觀察顧樂飛之外，還想看看一個胖子如何因為條件惡劣不得不一點點瘦下來。

那種如同刑罰折磨、強行割肉的痛苦，讓司馬無易看得很有快感。

今天晚上的突襲，也是因為他想看一個胖子被嚇到的樣子。

此時此刻，司馬無易上下打量了一番這個和自己差不多高的大胖子，語調柔和而漫不經心地說：「阿甜是阿甜，你是你，司馬家的秘密，可以告訴她，卻不能告訴你。如果阿甜要知道這個秘密，讓她親自來見我。」司馬無易淡淡瞥了顧樂飛一眼。「至於你，不配。」

顧樂飛挑眉。「既然如此，妧妧給您的信，十二皇叔可要好好細讀。」

「不勞你操心。」司馬無易轉身離去，他的隨從也緊跟著消失在黑暗中。

司馬無易沒有當著顧樂飛的面拆信，而是在自己獨處之時，方才就著一盞孤燈仔細閱讀。信的內容不長，但是他畢竟已經不年輕了，眼睛不大好使，夜晚讀信要反覆挑亮油燈、添加燈油，努力使得室內更亮些才行。

司馬妧的字跡筆走龍蛇、大氣磅礴，倒不像是女兒家該有的字跡。她很關切地詢問司馬無易的狀況，尤其是身體情況，並說若他不願守陵，她會向陛下請願，讓他去公主府安度晚年。

看到這裡，司馬無易不由失笑。她還和小時候一樣，一根直腸子通到底，對於喜歡的人掏心掏肺，渾然不管後果如何。

接下來她才說了梅江給她的暗示，不過就信上來看，她自己對那個秘密並不好奇，只是因為顧樂飛想知道，她便全力配合。她說自己信任此人，望司馬無易待顧樂飛如同待她自己一般。

司馬無易細細讀了三遍，放下信紙，輕嘆一聲，嘆息中有一絲無奈。他就知道，自己這個天生神力的姪女去了樓重那兒，學到的除了武功兵法之外，再沒有半點詭計謀略。她不知道這般全無保留的信任很可能害死自己嗎？

她信任顧樂飛，司馬無易卻不信任那個死胖子。就他看到自己時那滴溜溜亂轉的小眼神，一看便不是老實人，和他客套的時候，不知道心裡已經冒出多少個鬼主意。

不看到司馬妧本人，司馬無易寧願將那個秘密帶進墳墓，也一個字都不會說。

他仔細將信件又讀了一遍，然後湊近燈火，謹慎地如數燒掉，只留小小一堆灰燼。做完這一切後，他便淨手、關窗，躺下歇息。

他的睡眠一向不錯，在夢中還能用盡十八般手段各種折磨那個死胖子，好不痛快。

只是，這夢作著作著，他竟然隱隱覺得有點難受，然後夢中場景一轉，死胖子居然掙脫了把他吊起來的繩子，然後拿著那根粗壯的麻繩一邊甩一邊扭著圓滾滾的屁股，獰笑著朝司馬無易走來。

他想跑，可是動不了。

死胖子，老子乃是司馬妧的皇叔！回頭就讓我姪女休了你！

司馬無易掙扎著在夢中大叫，如此拚命掙扎著，忽覺有亮光射進來，他下意識眨了眨眼，醒了。

第一眼，看見的是青色的帳頂，想起剛剛那個最後結局反轉的夢，司馬無易輕輕舒了口氣，暗道還好不是真實。

可是他呼氣的時候，卻覺得怪怪的，身上有點緊繃的感覺，低頭一看——什麼時候自己被繩子綁起來了！

誰幹的?!

「十二皇叔，早安。」

第三十一章

那個剛剛在夢中出現的討厭聲音，真的出現了！

顧樂飛坐在司馬無易昨晚坐的那張椅子上，慢悠悠啃著一個白花花的大饅頭，一面啃，一面笑道：「皇叔莫想著要喚人了，您的衛兵正被我的人帶著滿山跑，一時半會兒回不來。」

司馬無易在心裡將這死胖子千刀萬剮一萬次，然後方才緩緩開口。「我說過，見不到司馬妧本人，我不會說的。」

這個看起來不正經的王爺居然嘴嚴得很，即便他命顧吃、顧喝把他吊在房樑上，放言要將他拿去餵山裡的猛獸，司馬無易仍是一個字都不肯說。

「如此看來，十二皇叔不是不知道，就是那個秘密真的很重大，值得你用命來護了。」顧樂飛拍了拍手上的饅頭渣，命人將司馬無易放下來，笑著朝他作了一揖。「還請皇叔恕罪，晚輩這也是非常時期的非常之舉，著實無奈。妧妧正在辦差，讓她離開高延的視線特地跑來見你，實在不可能；可是皇叔又不願意與我說，那麼就只有一個辦法了……」

「你要綁我去見阿甜。」司馬無易接話，並不見憤怒，反而勾了勾唇。「好小子，昨日走前你問，得了消息該去何處尋我，其實便在計劃著今日將我綁起來，好報昨日我羞辱你之仇？」

「皇叔誤會了，晚輩沒有那麼小氣。」顧樂飛道。「只是不願再在此地徒耗時間而已，畢竟她在等我。」

「喔？」司馬無易又用那種審視牲口的眼光上下打量他一番，笑道：「你便打算如此綁著我回去見她？」

「皇叔喜歡到處亂跑，顧某此舉純屬無奈。」

司馬無易瞧了瞧顧樂飛平淡無波的表情，面上的笑容漸淡，他的目光冷下來。「你以為你真的能夠綁住我？」

「那要看十二皇叔願不願意見妧妧了。」顧樂飛掃了一圈空蕩蕩的屋子，慢悠悠開口。「皇叔若是指望你那些貼身侍衛來救你，那最好不要抱太大希望，他們雖然身手都很好，可是畢竟老了，漫山遍野跑上幾圈，就算人沒事，體力消耗是很大的。」

是的，昨夜他仔細觀察過了，司馬無易身邊的士兵約莫二十人，這些人年紀最大的和他的年紀差不多，年紀最輕的估計也有三十五、六歲，即便身手好，但是體力已經在走下坡。

所以昨天晚上他悄悄給顧吃打了一個手勢，讓熟悉山路的顧吃退下之後，立即下山去帶符揚他們來。司馬妧把最勇猛的衛兵給了他，他正好命這群人先「打草驚蛇」，然後來一招「調虎離山」，把守在司馬無易屋外的幾個侍從都調開，方便他將司馬無易綁起來。

想來也是，司馬無易身為一個守陵的王爺，不受重視，大概也沒什麼錢，養不起身手好又年輕的侍衛，留在身邊的這些估計都是忠心耿耿不願走的親隨。既然是親隨，那必定是跟了許多年，年紀還能不大？

顧樂飛想，昨日司馬無易之所以選擇夜間突襲的見面方式，估計不只是為了打他一個猝不及防，好以勢壓人，還是因為晚上光線暗，方便撐場面罷了。

死要面子活受罪的老年人。

明明，昭元帝薨了之後，這位十二王爺便守著某個秘密，活得小心，過得一點也不容易，看這屋子，結實是很結實，卻幾乎沒有任何值錢的擺設，即便是在山林之中不便裝潢豪華，但這屋子的寒酸程度實在與一個王爺的身分不配。

看穿了一切的駙馬爺十分自然地向司馬無易彎腰，恭敬行了一禮。「請十二皇叔跟晚輩走一趟吧。」

顧樂飛的信比人先到。

彼時已是深夜，司馬妧剛剛從外面回來，正在侍女的伺候下換去一身棉麻質地的普通衣裳，衣服上還有斑斑點點的泥濘。

只要是她想做的事情，她力求做到最好，這些天以來，救濟糧食發放、以工代賑、組織遷徙難民、房屋重建、救治傷患、防治瘟疫等種種事情，高延主要是接替單雲的工作負責指揮，而她則負責帶兵監督，保證效率，盡力避免中飽私囊的情況。

此外，單奕清還和她商量在檀州掘個口子分水勢的事情。單奕清在他親手繪製的河道圖上畫了許多個紅圈圈，什麼地方需要寬河緩流，什麼地方需要遙堤約水，都一清二楚，他的河道圖比將作監提供的清晰細緻許多。

只是這樣一來，工程量又將擴大，人手增加，費用也要增加，司馬妧最近便是為單奕清的計劃不停在高延和地方官府之間奔波遊說。

需要處理的事情多如牛毛，每天倒頭回來就睡，幾乎沒有時間去想顧樂飛。

正因為如此，當趙岩在外頭敲門，說顧樂飛有封信給她的時候，她足足愣了三秒鐘，方才反應過來。

是小白啊……好久沒有想到他了。

意識到自己都快忘了還有個駙馬留在河東道的事實，長公主殿下的心裡不由得產生絲絲愧疚，懷著無比內疚從趙岩手中接過顧樂飛親自寫的信。

待她讀完，又坐在那兒呆愣數秒，然後低頭把信翻來覆去又讀一遍，還以為自己搞錯了。

小白……居然把十二皇叔綁起來？打算就這樣把人送到河北道來？

當司馬妧為自家駙馬竟有如此粗暴行徑而深深震驚時，載著顧樂飛和司馬無易的馬車已經跨過了河東道的地界，繼續往東行駛。

雖說司馬無易是個沒多少人認識的皇叔，可是為了以防萬一，顧樂飛強行給他貼上厚重的絡腮鬍子，頭頂戴上布圍的大帽子，保證連他的親隨見了他都認不出。司馬無易對這個造型嫌惡不已，認為「土得掉渣」，還不如讓他去扮女人。

對此，顧樂飛似笑非笑。「皇叔，您年紀一大把，扮成女人當心嚇著人。」

司馬無易回以微笑。「喔？那你豈不是只能扮豬？」

一路上對顧樂飛「胖」的缺陷，司馬無易毫不吝嗇給予各種嘲笑，半點沒有做長輩該有的威嚴莊肅。當他得知顧樂飛在減肉的時候，他的嘲笑方式就更加五花八門，恨得顧樂飛咬牙回擊。

就這樣，這支喬裝打扮過後的隊伍終於在鬥嘴的刀光劍影中，順利抵達河北道中南部的石門城，石門城外的驛亭已經有人等候多時。顧樂飛在信中囑咐司馬妧，讓她想辦法避開高延的耳目，秘密找地方與他會合。

既然如此，在驛亭等候之人，必定是司馬妧十分信任之人。

「田大哥！」馬車還未停下，顧樂飛便聽見車外的符揚驚呼一聲。對面傳來一個人的哈哈大笑，此人聲如洪鐘，啪啪地大力拍著符揚的肩膀。「符揚，你小子！」

「田大哥，好久不見。」

「田將軍，是我啊！」

諸如此類的寒暄此起彼伏，跟著顧樂飛一道來的五十衛兵紛紛上前與故人敘舊，場面一時熱鬧非凡。

端坐於馬車之內的司馬無易挑了挑眉。「阿甜的舊部？」

能讓司馬妧信任，又在河北道內，還姓「田」的舊部，想來也只可能是那個人。

顧樂飛頷首解釋道：「從五品寧遠將軍田大雷，昔日曾是妧妧在西北輕騎軍中的先鋒。」

田大雷一邊與袍澤們敘著舊話，一邊拿餘光偷偷瞧著馬車，看見馬車簾動了動，有人掀開簾子出來，他眼前一亮，立即迎了過去。

「想必這位便是殿下的駙馬了？」田大雷笑咪咪行禮道，他看起來五大三粗，卻心細如髮，即便心裡覺得這死胖子配不上長公主，也絕不會在眾人面前表現出來。

「田將軍。」顧樂飛拱手，和和氣氣道：「事情要緊，快些帶我們去見她罷。」

唔……似乎沒有想像中的那麼胖嘛，說話也還成，人模人樣的，不過要配殿下還是差了十萬八千。田大雷一面打量著面前男子，一面在心底暗暗評價。

當他聽見顧樂飛的催促時，敏感地抓住了「我們」這個詞，這是否說明……馬車裡還有人？

田大雷不知道要商量什麼秘事，不過既然要避著高延那老匹夫，便說明是不大能見得人的。

想到這裡，他不禁有種參與密謀的興奮，還感受到即使離開殿下多時也依然擁有殿下信任的驕傲。

於是他抱拳肅容道：「是，請諸位隨我來。」

司馬妧在城南的一處小酒館等著。

此地乃是田大雷的一個舊友所開，此人十六、七年前在樓定遠麾下當過兵，也算是有過交情，比較可靠。小酒館早早掛上了打烊的牌子，點著一盞孤燈，備好菜，溫上酒，沒有夥計，連酒館的主人都悄悄退出。

司馬妧正在酒館的後院裡站著，此時已入夜，天上是繁星點點，聽見偏門方向傳來的動靜，她便轉身瞧去。

第一眼看見的就是顧樂飛。她眨了眨眼，沒有動作。

顧樂飛望著她，也眨了眨眼，然後心情蕩漾地笑開來。「妧妧。」

「小白？」司馬妧上前兩步。「你怎麼瘦了這麼多？這些日子很辛苦？」

什麼？緊隨其後的司馬無易感到萬分震驚。

她居然說這死胖子瘦了很多，還一臉心疼？她還抱了抱死胖子，一邊捏他的肉一邊嘆氣！這個女人是誰？

當司馬無易為眼前這一幕感到不可思議的時候，司馬妧恰好朝他的方向看來。

這下面對面了，司馬無易看得很清楚，面前的年輕女子斜眉入鬢，鼻梁挺翹，英氣十足而不失美感，有雙淺淡的琥珀色眼珠，眸光平靜而澄澈。

真像啊……

撞進那雙眸子裡的時候，司馬無易一陣恍惚，彷彿又看到少年時那個在槐花樹下對自己淺淺微笑的女子。

那一刻，他是真的聽見了花開的聲音。

司馬無易心底的那個她，便是繼皇后小樓氏的姊姊，長公主司馬妧的姨母，早死的昭元帝元后——大樓氏。

司馬無易沒有和任何人說過他對大樓氏有不可言說的情愫，但在她之後，他確實未曾遇見過比她更好的女子，也因此一直獨身至今。

而他對小樓氏的關照，對幼年司馬妧的寵愛，也是因為她們是她的家人，所以他會努力照顧，直到他連自己也無力保護為止。

「十二皇叔。」

司馬無易於恍惚中陷入回憶，隨即被面前女子沙啞的嗓音拉回現實。她當著他的面，拂袍直直跪下，毫不猶豫叩下三個響頭。

「阿甜無能，令十二皇叔受苦了。」

「阿甜？」司馬無易被她的動作嚇了一跳，有些怔然地重複這個小名，注視著面前這個英氣勃勃的女子，慢慢將她如今的樣貌和幼時的重疊起來。

在阿甜眼裡，他一定是個很老的老頭子了吧，畢竟都過去二十多年了啊……

司馬無易伸出手心來，緩緩摩挲她的頭頂，如同小時候揉弄她的髮心一樣，欣慰地笑了起來。「是阿甜，我們的阿甜長大了。」

第三十二章

「十二皇叔，小白著急見我，所以手段粗暴了些，皇叔莫怪。」

看著司馬家的公主一邊孝順地給自己挾菜，一邊不忘為身邊的死胖子說好話，司馬無易不知道自己是該高興，還是該氣憤呢？

「小白？呵，是挺白的，白白胖胖。」司馬無易笑了笑。「阿甜啊，妳很滿意這個駙馬？屏退眾人，唯獨留下他喔。」

是的，如今不大的酒館堂中僅他們三人，不說田大雷，連顧吃、顧喝還有司馬無易的親隨都在外頭候著。

司馬無易本來只想和司馬妧交談，不過她卻堅持留下了顧樂飛。

司馬妧正色回答。「小白可信。」

隨即她又給顧樂飛的碗裡挾了幾塊紅燒肉，望著他越來越明顯的脖子線條，眉頭忍不住皺起。「小白，要多吃點啊。」再這樣瘦下去，他的身上都快沒有肉了，好可憐，在外頭這兩個多月都過的什麼日子啊？司馬妧充滿愧疚之情。

司馬無易這回真是無話可說。因為他看不懂啊看不懂，是不是這天下變化太快，如今男人以胖為美？

「阿甜啊，皇叔不會說話，心中有話便直說了，妳莫怪皇叔多嘴。」司馬無易放下筷子，一臉誠摯道：「這人嘛，沒有一生下來就胖的，都是後天好吃懶做、不加節制才導致過度肥胖。這種人啊，通常……」

他口裡說自己不會講話，說的卻句句都是暗諷顧樂飛。

換了之前在路上，顧樂飛早不輕不重地將他的話頂回去了。可是這一回，他卻一言不發，只老老實實悶頭扒飯，乖巧無比的樣子，彷彿是司馬無易咄咄逼人，他純粹是可憐的受害者。

「皇叔，小白他很好，很可愛的。」

「咳咳咳……」埋頭吃菜的顧樂飛突然被什麼嗆了一下，連連咳嗽，司馬妧立即動作熟稔地伸手幫他拍背順氣。

司馬無易望著這一幕，默然無語。

可愛？他咀嚼著這個形容詞，瞇了瞇眼。雖然他一輩子沒娶老婆，但不是一輩子沒玩過女人。有這樣形容男人的嗎？

身經百戰的十二王爺默默注視著面前二人的互動，正百思不得其解之時，腦中忽然靈光一現，豁然開朗，他想通了。

「是挺可愛的。」司馬無易勾起唇角，那顆淚痣因笑容而變得越發嫵媚。他笑容滿面地給顧樂飛的碗中挾了一塊肉，語調柔和。「確實要多吃點，把肉養回來，瘦了就不可愛的了。」

司馬妧立即贊同地點頭。「兩個月前，小白不是這樣的！」

呵呵，那不是更醜？司馬無易內心默默吐槽，表面倒是笑容和煦地連連點頭，更加確定自己的猜測正確。他聯想到小時候的司馬妧很喜歡捏同齡小孩子的臉蛋一事，原來如此啊……看來，這個「駙馬」，還不是「名副其實」的「長公主駙馬」呢！

他不懷好意地繼續給顧樂飛布菜，笑呵呵道：「多吃點、多吃點，養胖才可愛嘛！」他動作不停，直到顧樂飛的碗中堆成一座小菜山。

顧樂飛面無表情死死盯著他，真想拿碗裡的菜糊對面這個老不修一臉。

不過話說回來，飯桌上的刀光劍影只是插曲而已，酒過三巡，言歸正傳。

司馬無易既然見到司馬妧本人，他藏在心裡多年的秘密也到了應當吐露的時候。

「司馬博的死，和司馬誠有直接關係。」司馬無易單刀直入。「皇兄有所察覺，但是當時他身體欠佳，為免動搖大靖根基，他決意裝傻。」

「妳原本不是最佳人選，無奈情勢變動太快，幾經考慮，皇兄決意讓他的暗衛撤離鎬京。如有必要，活下來的全部留給妳。當然，這個『必要』，由我和梅江共同判斷。」

「皇叔知道這些暗衛的來由嗎？」

「司馬家一直對自己的出身諱莫如深，這乃是因為我們出身前朝夏氏家將。這些家將為守護昭陽女皇和夏司監的陵墓而存在，任務結束後，這些家族有的搬遷、有的隱居，而我們司馬家成了新的統治者。暗衛源起同為夏氏家將，他們與司馬家締結了約定，不過司馬誠並未得到這股力量，因為暗衛的培養自皇兄後已徹底斷掉。我的親隨便是皇兄的暗衛，而這個胖子的兩個侍衛看功夫路數，也同樣出身夏氏家將，估摸是哪個流散衰落的姓氏吧！」

司馬無易的話，訊息相當多。

完整梳理下來，事情大致是這樣的：如同歷朝歷代皇帝手上都有竊聽暗殺組織一樣，司馬家的太祖也搞了一個，還是和他一起守過前朝皇陵的好兄弟，還把這個光榮傳統一代代傳了下來。不過司馬博比較倒楣，沒等拿到父皇的這支力量，就莫名其妙橫屍西北。

司馬妧收復嘉峪關的戰功出乎昭元帝的意料，不能不賞，但是為下一任皇帝考慮，他將司馬妧的封地賜在太原。這樣等戰事結束，便可以名正言順讓她回封地享福，太原離西北邊境和帝都均有很長一段距離，等於將司馬妧遷出權力中心。無奈新皇體會不到他的良苦用心，非要將司馬妧放在自己眼皮子底下看著，結果看出一連串事情。

再後來，昭元帝終於感覺到司馬博的死和司馬誠脫不了關係，而司馬誠越發明顯的得位之心也令他深感不安，所以他死得不是那麼甘心，擔心自己選錯了繼承人，便對留在龍床前的梅常侍和暗衛頭頭囑咐一番，道若是新君不賢，可輔佐司馬妧，且口述了這番交代讓梅江記下來，寄給司馬無易。

那時候昭元帝的腦子已經不是很清楚了，他只覺得很久未見過的司馬妧是個政治軍事都很優秀的人才，卻將她的女兒身拋之腦後，滿心以為新君不賢，讓司馬妧帶兵推翻便是，橫豎都是司馬家的子孫當政，不吃虧。

可惜梅江等人並不知道他腦子不清楚，抱著「人之將死其言也善」的認知，認為昭元帝在病榻前的這番囑託是最最重要、必須要執行的。

在老常侍梅江心裡，新君不賢的第一個理由就是先皇剛死，司馬誠竟然就敢將父皇的女人收歸己有，還封為貴妃，目無綱常！而在十二王爺司馬無易心裡，新君不賢的頭一個理由，則是他聯合北狄人害死太子司馬博一事。

即便那件事做得很乾淨，但是十年的時間，足夠司馬無易查出許多蛛絲馬跡，然後便有了接下來的種種暗示，非要司馬妧去自己找也是不得已，畢竟司馬無易進不得皇城。

這一串事情梳理下來，把司馬妧聽得一愣一愣的。

這個秘密沒有她想像中的那麼重大，反而有些令人啼笑皆非。她父皇老糊塗了，以為憑著幾十號武功高手便能奪得天下，難道十二皇叔也老糊塗了？

相比之下，顧樂飛的反應鎮定得多。什麼叫想瞌睡就有人送枕頭？眼下便是！

司馬無易見姪女表情呆愣，一副沒反應過來的模樣，只有嘆了口氣，起身道：「阿甜，我要說的話便是這些了。他們都在外頭候著，加上我明面上帶著的，一共三十七人。阿甜，我讓妳都見見。」

司馬無易說著便推開酒館的後門，對著寂靜的夜空清脆地擊了三下掌。

接下來的場面有點像武俠小說。一排的中年大漢，屬於司馬妧父皇的暗衛團從天而降，齊齊跪拜在司馬妧面前，口稱「殿下千歲」，年紀雖大，不過氣勢如虹，彷彿只要司馬妧現在下一道命令，他們就能立即殺到鎬京，砍掉司馬誠的頭，讓她登基體會當女皇的爽快。

「如何？」司馬無易勾唇對她側頭一笑，看起來十分驕傲。

司馬妧被他笑得頭疼。

「你們先下去吧。」她實在不知道應當拿這群人怎麼辦。

記著明天一早司馬無易就得離開的事情，司馬妧斟酌著商量。「這些人，皇叔先挑一部分得用的留下，剩下的若想離開的自便，不願離開的可以做我的侍衛。」

司馬無易挑了挑眉。「阿甜，妳不想為妳兄長報仇？」

司馬妧望進他的眼睛，澄澈的目光中閃過一絲銳利。「皇叔話中深意，可是在教唆我謀逆？」

她終於說出了那個禁忌的字眼。顧樂飛有些緊張，又很是興奮。可能連他自己都沒有想到，他是如此期待有人說出這兩個字，尤其是她。

畢竟這個念頭，並不是他和陳庭談過之後才有的。大逆不道的種子一直埋在心底，只等契機生根發芽。

司馬妧就是那個完美的契機。

「如果妳想，也未嘗不可。」司馬無易唇角微勾，眼角笑起淺淺的魚尾紋，雲淡風輕地說出驚世駭俗的話。本來嘛，誰做皇帝他都無所謂，橫豎都是司馬家的孩子，若是司馬妧，他看得還順眼些，有何不可？

可是司馬妧卻不這麼想。她搖了搖頭。「我如果想，早在他卸我兵權的時候便該起事。」

「不，情況不同。」司馬無易糾正她。「那時候妳沒有理由。」

現在就有了，司馬博就是最好的由頭，通敵北狄就是最大的罪過。

「我與兄長的關係並不親密，說我冷血也罷，我的確沒有什麼報仇的慾望。換掉一個皇帝的代價會是無數人的白骨，而且將來總會有人如法炮製，更何況，我也未必會比當今聖上更加合適。」司馬妧神色淡淡。「總而言之，一句話，就是我不願，也毫無興趣。」

沒錯，目前事態還算太平，可是將來呢？顧樂飛動了動唇，似乎想說什麼，但最後依然什麼也沒有說。

他知道，妧妧的性子其實十分固執，她若毫無興趣的事情，任誰逼著也不會做。

不等到千鈞一髮的時刻，她便不會下定決心嗎？

「我並非逼迫妳，只是希望這股力量到了妳手裡之後，妳能善加利用。」司馬無易語調和神情皆變得柔和下來。「至於用他們做什麼，那都是妳的自由。」

「多謝皇叔。」聽到這句話，司馬妧輕輕舒了口氣，如釋重負。

「妧妧……」顧樂飛凝視著她的側臉，忽而緩緩開口。「可是他在欺負妳，仗著皇帝的權力欺負妳，即便如此，妳也要忍？」

「小白，事情哪有那麼糟。」事實上，她覺得這輩子自己過得已經足夠順風順水，想做的事情都做到了，顧樂飛口中所謂的「欺負」，真的不是什麼事，頂多不過冷落罷了。

顧樂飛迅速看了一眼司馬無易，然後回頭道：「他讓妳在大冬天跪了三天三夜，導致舊疾復發，這也不叫欺負？」

司馬無易聽得一驚，失聲道：「什麼？那小子幹過這種混事？」

「皇叔勿擔憂，我早已好了。」

顧樂飛冷哼一聲。「難免日後再次復發。」

「小白，你真是想太多了。」司馬妧伸手抱住他揉了揉。「就那一次，之後不是相安無事？」

顧樂飛在心底長嘆一聲，深感無奈。

她果然不懂政治。等到他起殺心的那一刻，一切就晚了。

抱歉，妧妧，我要做的事情，妳一定不想我去做，不過妳根本不必知道，我到底做了什麼。

這個晚上的石門城，城中的小酒館，三個如此特殊的人在共享秘密之後，懷著三種不同的心思和目的入眠，然後等著將迎來新的一天。

他們並不知道就在這個夜晚，千里之外的雲南邊陲，正在上演一場血腥激烈的突圍戰。

圍攻者乃南詔國一方，突圍者乃韋愷麾下左前鋒齊熠。

韋愷率十萬大軍與南詔開戰不久後，仗著兵多器利收復了數個羈縻府州，一時南詔節節敗退，大靖的士氣大漲。

但是隨之而來的不是節節勝利，而是戰事陷入僵局。

南詔王羅邏閣不理會韋愷的主動挑釁，龜縮城中，且利用雲南複雜的山勢地形與大靖軍隊繞圈子，韋愷最擅長的騎兵在這多山的雲貴高原沒有用武之地，一時間，大軍竟沒有辦法前進一步。

就當時的局勢來看，大靖還占上風，可韋愷想要的是勢如破竹的勝利，不是目前這種不慍不火的死水狀態。

而這恰恰是羅邏閣想要的。

秋日的雲南烈日高懸，雖然不熱，陽光卻異常晃眼，而且外地人很容易覺得口乾舌燥，極度想要喝水，偏偏雲南大旱，沒水沒糧。

韋愷的十萬大軍每日需要多少補給？在韋愷越發深入這片地區的時候，他的大軍補給線也隨之拉長，羅邏閣完全可以派小隊乘機騷擾搶劫糧草，等韋愷發怒攻打自己，他便可以引著大靖軍隊繼續深入。

就這樣耗著，他占盡地利，耗也能耗死他。

韋愷不傻，看出了羅邏閣的計謀，故而才選擇派精銳部隊夜間突襲，力求以此法擊潰南詔，最好生擒南詔王，再不濟也要振一振大靖軍威。

而齊熠，便是韋愷派出的兩支精銳突襲中的其中一支領兵將領。

很不幸，南詔王提前得到當地人的消息通報，猜到他們的意圖，不僅有了防備，還將計就計，打算甕中捉鱉，借助地形之利設置陷阱，將齊熠率領的這支精銳一網打盡。

這是齊熠打得最艱難的一場戰鬥，他在馬上不停地揮舞著長刀，眼睛已經被血模糊了視線，分不清那是自己的血還是敵人的，身邊的親隨一個接一個地倒下，很多平日和他聊葷段子的老兵在嘶吼：「齊將軍，快突圍出去報告啊！」莫讓另一支精銳也被南詔包了！

這些人的嘶吼彷彿在他的耳邊如雷聲一般炸裂，然後迅速被一聲又一聲的慘叫所掩蓋。

戰爭原來是這樣殘酷的一件事情，齊熠感覺到身下的馬在不停顛簸，他分不清方向，不知道自己是否已經成功突圍，不過他信任這匹馬，因為牠是定國長公主的戰馬。

司馬妩在啟程去河北道之前，將這匹名叫「無痕」的大宛寶馬親自交到他的手中。

「好好照顧無痕，關鍵時刻，牠會幫助你。你要回來娶晚詞的，千萬別死了啊。」長公主說這句話時，臉上淺淺的笑容彷彿就在眼前。齊熠那時候看不懂她的笑容，現在卻忽然懂了，因為他很多個同袍在臨死前，臉上都曾浮現出那樣的笑。

釋然，蒼涼，看透生死。

她一定看過無數個人在她眼前這樣笑過吧？

齊熠輕輕呼了口氣，全身癱軟無力地伏在無痕身上，將頭埋入牠的馬鬃之中。

顧晚詞……早知道就不放大話了。

如果等不到他回去，千萬記得要找個好男人嫁掉啊……

喊殺聲不知何時漸漸遠去，面前出現一條鬱鬱蔥蔥的道路，風吹開齊熠散亂的髮絲，吹乾他臉上的血跡，無痕載著他，迎著黎明天空上那顆閃閃發亮的太白星，一路向東，風馳電掣。

第三十三章

十月初七，一場突襲不成反被圍剿的失敗之戰，令韋愷麾下精銳損失慘重，大靖左翼精銳幾乎被打殘，幸虧逃出來的齊熠奔回大營報告，讓韋愷能及時增兵救援右翼，救回殘部。

這場失敗的突襲令大靖軍隊元氣大傷，由主動進攻轉為被動防禦。

戰報從雲南傳到鎬京，已是十一月的事，那時候，司馬誠正在品嚐羅眉做的南詔食物。

有時候他自己也覺得奇怪，為什麼一日不吃羅眉的手藝便心裡發慌，他一度懷疑羅眉在菜餚裡加了什麼東西，可是讓太醫過來查驗，卻什麼也沒有查出來，只說無毒。

征南戰事順利，河北、河南兩道的賑災工作有條不紊，災民的安置十分妥善，沒有出現大型的瘟疫和流民作亂。

此外，高嫻君懷孕了。

三件事，對司馬誠來說都是喜事。尤其是高嫻君有孕一事，昨日剛剛檢出，令司馬誠興奮異常，一夜都沒有睡好。

誰知道今天，大靖慘敗的戰報就放到了他的案桌上。

接下來就是天子震怒，滿朝文武百官人仰馬翻，誠惶誠恐——

這一天的天氣很好，藍天白雲，清風陣陣，當全帝都的上層都忙成一鍋粥的時候，定國長公主府內一片平靜。

這座公主府的男女主人已經外出近三月，如今只有顧家大小姐偶爾會過來打理一下。其實還有另一個人有時會來，比如今日，他和駙馬爺身邊最得用的侍從之二顧玩、顧樂說了一些什麼之後，將消息綁在灰鴿腿上，任牠飛了出去。

陳先生的存在，是公主府裡的僕人心照不宣的秘密。他們不知道陳庭每次來都做什麼，但是知道這位先生不好惹。

因為有一次，一個好奇偷聽的男僕被抓住後，第二天就再也沒有人見過他。

今日，陳庭聽完顧玩和顧樂的報告之後，向河東的顧樂飛傳完消息，然後簡單吩咐兩句，便命兩人散了去忙，自己則沿著迴廊往府後門走去。

他今天走路的時候連唇角都微微勾著，心情十分之好。

陳庭心情好的原因有三。首先是宮中的端貴妃有孕，一方面意味著司馬誠有了繼承人，另一方面卻也意味著高家和司馬誠之間的關係，不再是死板一塊。

第二則是羅眉的手藝之秘。自許老頭上次告訴顧樂飛那個奇怪的事情之後，顧樂飛便讓他繼續留心，雖然只接觸過羅眉做的食物，並未見到她使用藥物，但是司馬誠表現出來的明顯症狀，許老頭幾乎可以肯定只有一種東西能夠達到這種詭異的效果——芙蓉膏。

這是一種在西南邊陲以及驃國等地種植的植物果實，它的汁液提煉出來成黑色膏狀，大量食用將致人死地，小劑量服用能消腫止痛、讓人心情愉悅，卻容易上癮。羅眉給司馬誠用芙蓉膏，當然是不安好心，不過敵人的敵人就是朋友，陳庭對此樂見其成。

至於第三件事，則是韋愷大敗的消息了。陳庭對大靖沒有什麼忠誠度可言，聽見韋愷的精銳損失慘重的消息，他幾乎要笑出來。韋愷不得用，司馬誠還能用誰？

好消息，今天全是好消息！無怪乎陳庭今日面上的笑容真心了許多。

若他知道顧樂飛那邊和司馬無易談成了一件事情，估計他都能笑出聲。

帶著無比愉悅的心情拐過迴廊一角，便見對面迎面走來一隊人，均是女子，為首的明眸皓齒，正是顧家小姐，她眼含輕愁，看起來心事重重。

「陳先生？」看見陳庭，顧晚詞微微有些訝異。她知道陳庭偶爾會來公主府處理某些事務，卻極少碰見他。

而且今日看來，他的心情很不錯。

她剛從英國公府歸來，從好友單苗那裡聽聞韋愷的西南軍大敗的消息，傳言聖上震怒，此事聽得她回來的一路上都神思恍惚，如今見了陳庭，想起這位先生似乎消息十分靈通，便有些失態地出言挽留。「陳先生留步。請問陳先生，不知我哥哥嫂嫂可有給你來信，他們還好嗎？還有我父親——」

「都很好，令尊身體康健，如今正在河南道，和休養中的英國公在一起。」陳庭頷首微笑，停下步來，難得耐心問了一句。「顧小姐還有什麼想問的嗎？」

「還有、還有……」

陳庭似乎看穿了她的心思。「顧小姐若是想問韋愷將軍的西南戰況，陳某所知有限，只知道左翼精銳損失慘重，齊三公子似乎恰好在左路軍任先鋒校尉。」

「什、什麼？」顧晚詞的腦子霎時一片空白。

齊熠，她最後一次見他，是那日在公主府潑他一身熱茶，然後被他追上去急急解釋的那一次。

他和她一貫喜歡的男子類型很不同，既不溫文爾雅也非才高八斗，他愛打架，咋咋呼呼，還有點傻頭傻腦。

但即便她做得過分，他也沒有生氣，賠著笑臉、有些傻乎乎地和她解釋，說著姑娘並不愛聽的實話。

顧晚詞真的沒有想過他會在戰場上出事。這個人雖然胸無點墨，可武功還是很好的，怎麼可能戰死沙場呢？

或許是因為自家有一個大靖頂頂厲害的將軍嫂嫂，顧晚詞理所當然地認為齊熠會獲得軍功、榮歸帝都，到時候，她一定不會鬆口嫁給他，讓他想都別想。

這個人怎麼可能會死呢？不可能的，絕對不可能的……

「如果顧小姐擔憂他，便為他多祈福吧。」陳庭嘆了口氣。雖然他對西南戰事大敗表示高興，但司馬誠一個錯誤的選帥決定的確害了無數將士的性命。

正因如此，他才不該坐那個位置。

「若顧小姐無事，陳某告辭。」陳庭行禮離去，失神的顧晚詞並沒有注意到這一點。

「綠柳。」顧晚詞忍不住將雙手放在胸前，緊緊揪住衣襟，喚著身邊侍女的名字。「妳說……那個齊三應該不會有事吧？」

「齊三公子吉人天相，定然不會有事。」侍女說著安慰她的話。

但是顧晚詞的心卻無法平靜下來。

「下午隨我去一趟佛光寺吧。」顧晚詞喃喃道。「我想求一個平安符。」

陳庭從公主府出來後，乘坐的是一輛不起眼的青篷牛車，結果還未出平陽巷口，便和迎面而來的另一輛牛車撞了道。

兩車的主人均掀了簾子，一看對方，頓時都笑了。

「趙大夫，許久不見。」陳庭拱手笑道，來人是御史大夫趙源，趙家三朝純臣，家風清廉。

趙源比英國公年輕二十來歲，一向打理得很有精神，一看就是特別能吵架。

不過今天的他有點奇怪，一直拿帕子捂著額頭，笑容也有些勉強。「稚一這是要往何處去？」

趙源喜愛茶道，陳庭因著周奇給的那點蒙頂茶，送他攀了交情，故而趙源一見面便親切地喚他的字。

「回司天臺，明日該我當值，得先去瞧瞧。」陳庭將目光移到趙源的額頭上，裝作十分驚訝的樣子。「趙大夫，您這是……」

「陛下砸的。」趙源苦笑一聲。「你自得清閒，我們可是要愁死了喔！」

「我一個小小的靈台郎，不清閒還能如何？趙大夫乃國之重臣，為百姓受累了，這傷不礙事吧？」

「太醫看過了，不礙事，唉……」趙源嘆了口氣。「諫臣不好當啊。」

陳庭笑道：「諫臣不易做，卻是國之重器，若無諫臣，天子便相當於沒了眼睛耳朵，這不是您一直以來的信念？如今出了何事，竟能讓趙大夫灰心喪氣？」

「唉，還不是增兵南詔的事情……」

陳庭面上浮現出訝然之色，看起來真實極了。「增兵不是好事嗎？南詔那邊速戰速決，皆大歡喜啊！」

「速戰速決？開什麼玩笑。」趙源搖頭嘆氣。「韋愷剛剛才——」想起來這事還是少點人知道為妙，他頓住不說了，只對陳庭擺了擺手。「但願增兵有效吧。」

「趙大夫莫不是因為反對增兵而被陛下砸了額頭？」陳庭繼續一臉訝異。「陛下要增兵，自然有他的道理，您何必反駁？不增兵難道還換帥？臨陣換帥，乃是大忌啊。」

「臨陣換帥，乃是大忌？」趙源捂著自己還隱隱作痛的額頭，喃喃道：「可是……若是……未必……」

這本該是三句話，但他每句話都只說了一個開頭，然後便消了音。

陳庭也不問，只是笑咪咪看著他，因為最想說的話已經說給了趙源聽，還堵在平陽巷口便不好了。「趙大人還傷著，快快早些回去歇息。陛下說增兵便增兵，您莫再想什麼換帥的事情，哪有比韋愷還合適的人呢？」說著他便吩咐車夫給趙源讓了道。

或許是他太急了些，最後一句顯得有些畫蛇添足，露了破綻。正處在思慮中的趙源突然意識到什麼，他猛地抬頭，目光銳利地注視著陳庭。「稚一，這是長公主的意思？」

「長公主的意思？」陳庭適時地茫然了一下，然後表現出反應過來的樣子，搖頭苦笑道：「殿下遠在千里之外，哪會給我什麼指示？不過是我自己癡心妄想，不說了、不說了，是稚一多事，趙大夫莫怪。」

他的笑容晦澀，顯得頗為失落，趙源不由得起了惻隱之心。他是知道面前這個人的才華的，也知道他曾是司馬妧的軍師，十年前收復嘉峪關、蕩平北狄的背後，都有他出謀劃策的功勞。

這樣一個人物，早年因為左手而堵住仕途，現在又因為是長公主的人得不到重用，何其可惜？

換帥嗎？若是這回增兵還不成功，恐怕他拚著老命也要讓司馬誠同意換帥，不然國庫遲早會被水災和兵事這兩條線給耗空。

唉，今年的這個年，恐怕不好過啊……

因為消息的延遲，顧樂飛那頭還沒有接到陳庭的信鴿。他每日和司馬無易磨，隔三差五能磨出一點關於司馬博死亡的資訊。

司馬無易不是不想給他，就是看他不順眼，喜歡每天逗他玩，顧樂飛心裡真是恨死了這個老不修。

他每天都為如何能從司馬無易手裡套得更多的證據發愁，根本不知道司馬誠又增兵十萬的結果是韋愷硬著頭皮也必須出擊。

韋愷被羅邏閣壓制了一個多月才等到增兵，他急紅了眼，急於依靠一場勝利來洗刷先前突襲失敗的恥辱，卻沒料到面對他的主動挑釁，羅邏閣根本不鳥他，繼續和他玩「你追我藏」的那套，好整以暇地等待下一個攻擊的有利時機。

就在這時候，在祁連山西南一帶活動的雅隆部人也出動了。

他們看準的是金秋豐收之際大靖的富庶，比起南詔王，他們狩獵的範圍更廣，從川西到河西走廊，四處出動，看準增兵雲南後的劍南道兵力空虛這一時機，甚至從小幅度侵擾變成大面積占領，一邊覬覦川西門戶，一邊想方設法從祁連山的那條古道偷襲張掖。

屋漏偏逢連夜雨，說的便是如今的大靖。

當劍南節度使的戰報和西北大將哥舒那其的戰報同時呈送到司馬誠的案桌上時，他正在高嫻君的宮中撫摸她還不明顯的小腹，承諾等她的孩子出生，無論男女，都必定封她為后。

結果兩人的甜蜜時光還沒享受夠，八百里加急便來了。

從高嫻君的角度看不到戰報的內容，只見司馬誠的手上青筋暴起，臉青了又白，好像恨不得把那份戰報揉碎。

她不由得謹慎地後退兩步，下意識護住小腹，思慮片刻才猶豫著開口。「陛下，若有事便去忙吧，我可以自己照顧自己。」

最近司馬誠的情緒不是很穩定，一會兒大喜一會兒大悲，萬一他發起怒來，像對待羅眉那樣對待自己，她可吃不消。

他要發洩，去找那個南詔王女便是，現在誰都比不上她肚子裡的寶貝兒子重要。

高嫻君堅信自己一定能生個男孩。

司馬誠陰沈著臉點點頭，沒說什麼，轉身走出了殿門。

「來人，傳旨！」

還沒有走到御書房，司馬誠便咬著牙說出了這四個字。

恰好今天負責擬旨的是梅江，這位老常侍見慣大場面，並不懼怕司馬誠此時殺人般的目光，彎著腰恭恭敬敬道：「老奴在。」

「宣……」司馬誠說出這一個字後，猶豫了很久很久，下頷肌肉繃緊，根本就是極不情願地說出旨意。

「宣司馬妧回京。」

第三十四章

立冬之後的日陽暖融融，曬得人整個都暖洋洋的。

顧樂飛正在指揮手下們把行李裝上車，以前穿著合適的衣服變得寬寬大大，像睡袍一般，滑稽地努力用腰帶繫住，奈何現在連腰帶都大了，鬆垮垮掉在腹部，顯得十分可笑。

縱使如此也沒能影響顧樂飛的好心情，因為他終於要離開這個鬼地方了，簡直是迫不及待！

陳庭送來消息後，他慷慨大方地和司馬無易分享。司馬無易對於高嫻君懷孕的事情沒啥興趣，只對後兩條咂舌不已。

「芙蓉膏……這玩意兒能戒掉嗎？」司馬無易活了大半輩子，還是第一次聽說有這種讓人上癮的慢性毒藥。

顧樂飛懶得理他，司馬誠戒不戒得掉，關他屁事？

司馬無易對他的無禮倒也不生氣，接著又問：「那個叫韋愷的如果再敗，小五的皇位該坐不安穩了吧？那我們阿甜……」

顧樂飛一改平時對他笑咪咪的模樣，面無表情道：「你明白就好。我沒工夫和你繼續耗，妧妧心思直，我必須在她身邊陪著。」

這回，司馬無易難得沒有和他嗆聲。

大是大非面前，他的腦子很清楚，他之所以遲遲不告訴顧樂飛事情真相，便是因為想要好好考察一番他的為人。

考察的附加效果就是顧樂飛沒原來那麼胖了，勉強看得過眼，讓胖子在山中吃吃苦還是很有必要的，司馬無易大大方方地將功勞全都歸在自己頭上。

「告訴你的話，倒也沒有什麼。」司馬無易如此說道。

他終於鬆了口，將自己知道的關於司馬博死亡的秘密悉數相告。當年的事情做得十分隱密，又過去了很久，北狄也已滅亡，他費盡心力才打聽到當年可能的參與者名字，其中就包括高延和鄭青陽，還有兩件遷移到關內北狄後裔手中的大靖皇室之物，證據不多，可是要潑司馬誠的髒水，再來一個人證，這些足矣。

司馬無易一鬆口，顧樂飛幾乎是立即吩咐收拾行囊。

快去見妧妧！顧樂飛滿腦子全是這個念頭。

就在這時，從西邊的天空飛來兩隻鴿子，一黑一白，一前一後停在了馬車的車轅上。通常兩隻鴿子同時來，證明消息十分重要，為了保險才會傳兩份一樣的。

看見一次來了兩隻，顧樂飛的心咯噔一跳。

「顧吃。」他叫一聲，顧吃立即應了，前去抓住鴿子拆信，拆的時候隨意瞄了一眼，手頓時一抖，雙眼當即睜大。「公、公子……」

「怎麼了？」

「長公主被召回京了！」顧吃叫道。他這一聲驚叫，周圍打包行李的暗衛和司馬妧的嫡系衛兵紛紛頓住動作，朝他們的方向看來。

符揚忍不住問：「出了何事？為何急召殿下回京？」

捏著陳庭親自寫的信，讀完消息的顧樂飛冷笑一聲。「西北、西南戰事吃緊，當然是召她回去收拾殘局。」

望著公子陰沈可怕的臉色，顧吃遲疑道：「公子，那我們現在……」

「回京！」顧樂飛斬釘截鐵。

「我要妳立下軍令狀，務必掃平南詔，提羅邏閣的首級見我！」

百官朝會，金鑾殿上，九五之尊殺氣騰騰的命令如泰山一般壓下來。群臣噤聲，目光齊唰唰地望向大殿中央站著的那個女子。

天子的要求，確如大山壓頂一般，全壓在殿中央的女子肩上。

不少老臣的目光中露出不忍之色。

定國長公主眼裡的血絲、疲憊的神情以及沾有草屑灰塵的長靴，他們都看得清清楚楚。她接到皇令後日夜兼程、披星戴月，比平常時間快了近一半，進京之後連公主府都沒回，衣服也不換便匆匆趕來參加今日朝會，足見她對此事異常重視。

而大靖的天子呢？竟然一見面就逼迫她立軍令狀。

自古都是臣子接下軍令後自請立狀，完不成任務便甘願受軍法處置，這軍法通常不是撤職流放便是掉腦袋的重罰。臣子此舉既是破釜沈舟激勵士氣，又是對主上表決心和盡忠的一種方式，斷斷沒有主上逼著臣子立軍令狀的。

文武百官誰也沒有發言，沈默的大殿如死一般寂靜，每個人都不約而同地感到心寒。

趙源站在左列文臣的位置，注視著站在大殿中的那個女子，心有不忍，卻又很好奇她會如何回應。

「陛下打算授我何職？」

司馬誠神色淡淡道：「妳若願立軍令狀，自然是代替韋愷擔任征南大將軍。」這是他早就想好的做法，司馬妧若敗了，他便乾脆將她軍法處置；若是勝了，他也沒有任何損失。

司馬妧這個時候，方才緩緩抬頭，看了司馬誠一眼。

金鑾殿上，少有臣子敢抬頭直視皇帝，這是對聖上的一種不敬。

不過司馬妧偏偏看了，因為她很好奇，司馬誠為何會提出這種顯而易見藏著殺機的要求。她是忠誠——可是她的忠誠，從來都不是對司馬誠本人的。

「臣妹剛從河北趕回，於雲南之戰沒有半點了解，心中沒數，並無把握。故，請恕臣妹不能遵旨。」

並無把握？她居然說自己幹不了？

幾乎是「轟」的一下，剛剛還一片死寂的殿中頓時炸開了鍋。

「長公主這是想抗旨不遵？」鄭青陽頭一個不懷好意。

「不去便不去，本來打仗就是男人的事情，女人去了反而不祥！」有人附和。

「長公主是說，連您也打不得這仗？」大行臺左僕射萬谷腦子亂糟糟的，結結巴巴開口。他沒有被鄭青陽誘導，因為現在萬大人滿腦子都是：完了完了，司馬妧都說不行，皇帝陛下若找他要人，他還能給誰？

韋尚德近日因為孫子吃敗仗，臉色一直不好看，此時他也開了口。「長公主不必顧忌我家那小子，只管接令便是，老夫相信殿下的能力。」就衝樓重和他說的那些征討南詔的戰略，就比韋愷現在的做法好了一百倍，奈何自己孫子傲氣，不聽。

韋尚德這話一出，很多官員立即附和。「是啊長公主，試都沒試，怎麼說自己不行呢？」

司馬誠陰沈著一張臉，望著下頭群臣的七嘴八舌，敏感地從他們臉上察覺到了驚慌失措，好像司馬妧不打這一仗，天就要塌下來一樣！

哼，有什麼了不起，朕給她征南大將軍一職是看得起她，她不接也罷！大不了讓哥舒那其掃平雅隆部後再征南詔，讓這群遇事就知道慌亂的百官瞧瞧，大靖不是只有一個司馬妧！

司馬誠想歸這麼想，可是內心很清楚，那是做不到的。雅隆部人世代居住高原之上，當年司馬妧統領河西走廊十萬精銳都沒能徹底消滅他們，大靖又剛剛經歷一場大水災，哪裡有錢支撐得起西北、西南兩場大戰？

司馬妧這一次是不答應也得答應，非打不可，而且必須勝利。天下安危，此刻竟繫於她一人，這是司馬誠死也不會承認的真相。

正當群臣討論得沸沸揚揚的時候，趙源輕咳一聲，往右前方邁出一步，走出隊伍，朝皇帝陛下拱了拱手。「臣以為，長公主出此言辭，必有隱情，陛下可否聽公主說完？」

大殿上的討論聲漸漸弱了下來，大家都拿餘光偷瞥司馬誠的表情。

司馬誠望了一眼這個礙眼又不得不倚仗的皇妹，冷冷道：「說。」

司馬妧微微朝替她說話的趙源頷首，表示感激，隨即朝司馬誠行了一禮，道：「臣妹所言，句句肺腑，請陛下令人與我詳述一番目前戰事情況，其餘事情，隨後再議。」

不等司馬誠找藉口罵人，趙源上前一步搶先道：「臣以為可。」

韋尚德也道：「臣也以為可。」

萬大人緊隨其後。「臣也以為可。」

看著這和諧的一幕，司馬誠心底莫名湧起一陣陣暴躁。他極力遏制住內心的狂躁之情，冷冷道：「萬谷，你說。」

他點的正是主管軍政的大行臺左僕射萬大人之名。

司馬妧記得此人，她轉頭，琥珀色的雙眼朝萬谷直直望過去，平靜中隱含著一股莫名的壓迫力量。萬谷在這雙眼睛的注視下，額頭居然滲出汗來，一絲一毫也不敢怠慢，如竹筒倒豆子一般從韋愷出征直到最新軍報的情況，一五一十全部說了個清清楚楚。

日上中天，萬谷口乾舌燥，終於說完全部情況並回答完司馬妧多如牛毛的問題，這時，冷眼旁觀許久的司馬誠方才開口。「妳問完了？」

「是。」

他冷笑一聲。「既然如此，還不接下軍令狀？」

「這軍令狀要臣妹接下也可，只是臣妹有三個條件，需陛下答應。」司馬妧從從容容地抬頭，表情鎮定，好似勝券在握。

「三個條件？」司馬誠冷笑一聲。「妳要兵還是要賞賜，儘管提！」

司馬妧搖頭。「臣妹不要兵，也不要賞賜，更不要征南大將軍。」

「那妳到底要什麼！」

「請陛下授臣妹以『天下兵馬大元帥』。」

「妳！」

她怎麼敢！天下兵馬大元帥，一個武將所能獲得的最高官職，總領軍務，掌天下兵馬——他要逼她，她也要反過來逼他嗎？

司馬誠瞪著這個他最忌憚的皇妹許久，忽然淡淡笑了一下，竟然爽快答應了她的要求。他當堂頒下聖旨授她元帥一職，命她三日內清點兵馬出發，務必急行軍早日增援西南戰事。

司馬妧還是天真了些，她沒有對司馬誠如此急迫的要求產生疑惑。她萬萬沒想到，就在她帶兵離京後，司馬誠立即軟禁了樓家和顧家，除了在外的顧樂飛和樓寧，兩家人已經徹底失去人身自由。

有人說，是長公主不知好歹，硬要皇帝封她為天下兵馬大元帥，方才惹得天子忌憚，令家人遭殃。

可是被軟禁在家、只能與母親日日禮佛的顧晚詞卻相信，嫂嫂這麼做的確有充足的理由。

事實的確如此，如果不擔任天下兵馬大元帥，司馬妧無法直接調用西北剽悍的步兵前去雲南援救，也無法直接命令哥舒那其配合雲南之戰。

顧晚詞記得很清楚，在司馬妧離京之前，她見到正匆匆打點行囊的嫂嫂，並將從佛光寺裡求得的平安符交給她。

「這是給我的？」顧晚詞記得司馬妧疲憊的神色中隱含訝異，她連連點頭，可是司馬妧卻衝著她笑了。「我看不是吧，這是給齊熠的？」

沒想到一向不苟言笑的長公主也會如此促狹，顧晚詞低著頭半天，方才吶吶道：「如果他活著，那便給他好啦……」

「他會的。」顧晚詞記得，那時候嫂嫂的聲音沙啞而柔和。「我必速戰速決。」速戰速決，嫂嫂說這句話的時候語氣堅定果決，令顧晚詞牢牢記住了這四個字。

她相信司馬妧的能力，可是……待她班師回朝之際，皇帝會對他們顧家如何呢？藏起來的陳先生是否已經將消息送到哥哥和父親手中，囑咐他們勿要歸京？

深夜，樓府之中，有人避開皇帝耳目和衛兵，如鬼魅一般潛入。

當樓重看見在自己房中無聲無息出現的那個人時，並不感到驚訝。

「陳先生，這裡危險得很。」樓重低聲說道。

「樓老將軍，陳庭無能，為避免打草驚蛇，暫時不能將樓家眾人帶出。」陳庭的嗓子有些啞，不知道多久沒睡。他單膝下跪，道：「在殿下大勝南詔之前，司馬誠不會動將軍，尚有時日轉圜，陳庭會想辦法儘快救出將軍。」

樓重擺了擺手。「我一把老骨頭了，這條命沒什麼好稀罕，你能將寧氏和兩個孩子救出便好。」頓了頓，又道：「我們不過是人質、是誘餌，未必會出事，最危險的反而是妧妧，你一定要想辦法通知她。」樓重的語氣變得極為懇切。「她還什麼都不知道。」

是的，司馬妧還什麼都不知道。

自她出征，帝都的一切消息便對她封鎖，她所能接觸到的是西南、西北一線戰報，而非帝都的政治風雲和家中安危。

她之所以要天下兵馬大元帥這個頭銜，除了方便調度軍隊之外，還因為她需要這個至高無上的軍銜暫時保護自己和家人。

可是她高估了司馬誠的心胸，他算準司馬妧捨不得顧家和樓家的人，等她一走便立即將人軟禁，就是怕她掌握兵權倒戈相向。

這像一場棋局博弈，每一方都握有籌碼以要脅對方，最後到底誰能勝出，只能看誰的智謀和運氣更高一籌。

司馬誠翻臉無情，此次他的動作如此之快，竟然連陳庭都失算，險些陰溝裡翻船，差點也被天子近衛給抓起來。如今他雖然在顧玩、顧樂的幫助下逃了出來，卻因為城門前張貼的通緝令而根本不能出城。

當然，他也沒想出去。自從收到顧樂飛關於司馬博死亡的資訊，他便已計劃好要留在京中做些什麼。

情勢是這樣危急，卻也是前所未有的好。殿下竟然獅子大開口要下了「天下兵馬大元帥」這樣一個最高軍銜，他不趁此機會為她造勢，哪裡還有更好的機會？

桌上放著一只空空的藥碗，陳庭注視著銅鏡中自己的面部一點點長出奇怪的瘡，噁心的瘡痘慢慢掩蓋掉他本來的相貌，他並無任何後悔。

西南邊陲。

半夜，齊熠驀地驚醒，不是因為惡夢，而是莫名其妙地突然睜開雙眼，然後便再也睡不著。

他披衣坐起，下床穿靴，環視一圈，傷兵營裡的傷患有的悶頭酣睡，有的捂著傷口在床上哼唧呻吟。齊熠的左手臂和雙腿都纏著繃帶，不過傷已好了許多，並不會如他們那樣痛苦。

他走出去透透氣。出了帳門，抬頭便能見到穹頂之上的北斗七星，那麼清晰，彷彿很近又彷彿很遠。南詔原住民中，有個民族的女子服飾稱做「肩挑日月、背負七星」，想必便是每夜一抬頭便能看見北斗七星的緣故吧。

兵營裡有士兵巡邏，見到他，巡邏的士兵抱拳行禮，然後便沈默著走了。

接連敗北，總找不到南詔軍隊，沒法主動攻擊，看不見勝利的可能，更不知道什麼時候能返家，兵營裡的士氣普遍低落。

齊熠靠在一個小土堆上，睜眼望著天上的星星發呆。他伸手摸了摸自己左臉頰的傷痕，只摸到短短的鬍渣。這道傷口癒合後的痂皮已經脫落，但是長長的疤痕恐怕會永遠留在臉上，這是那場失敗的突襲留給他的紀念。

顧晚詞一定會嫌他難看。女人都是看臉的，尤其是她還喜歡過高崢那種小白臉。

齊熠望著深藍的夜空，長嘆一聲。因為傷勢嚴重，他在傷兵營裡休養了很久，他想自己並不怕死，怕的是無謂的死，像成百上千被這連續的失敗所埋葬的弟兄一樣，毫無價值地死在異國他鄉。

「不睡？」

一個沙啞疲憊的嗓音在齊熠耳邊響起，他不用回頭也知道是誰。

「韋將軍。」齊熠起身向他行禮。雖然兩人在鎬京算是見面之交，稱得上朋友，不過如今到了軍中，最要講等級輩分，他見了韋愷，必須有下屬的樣子。

韋愷卻苦笑一聲，阻止了他的行禮。「別，坐下吧，我不配。」

他如今就像一隻困獸，被羅邏閣困在這西南邊陲之地，不能退卻，無法前進，只能被羅邏閣耍得團團轉。憤怒、不甘、掙扎、絕望等種種負面情緒，韋愷在這些天都一一體驗過。

「既然你還沒睡，陪我聊聊吧。」韋愷揮了揮手，示意衛隊散開，拂袍坐在小土堆的另一側，和齊熠一樣望著天上的北斗七星。

「好。」齊熠答道，卻沒了下文。他沈默了片刻，方才道：「聊什麼？」

「聊……我也不知道聊什麼。」韋愷乾澀地回應。

「喔。」

齊熠短短地應了一聲，不知道接下來該說什麼。背後的韋愷同樣沒有聲音，兩個大男人便這樣望著夜空，陷入持久的沈默。

迷茫，無盡的迷茫。

但走投無路之時，往往便是柳暗花明之際。

第三十五章

「大元帥，已進入川西了。」趙岩抹了一把臉上的汗，顯得十分興奮。

比起他的興奮，司馬妧的表情顯得沈靜。她點了點頭，策馬回頭望了望身後跟著的隊伍。

雲南多山，她用不上自己最擅長的騎兵，故而此次帶的全是步兵。這些兵士都是人高馬大的壯漢，此刻卻是個個氣喘吁吁，顯然蜀西的險惡地形和崇山峻嶺讓他們很是吃不消，有的還把棉衣脫下來擰了擰，居然擰出了水。

天氣不好啊……司馬妧在心下嘆了口氣。「傳令下去，全軍原地歇息，注意警戒。」

命令一下，幾乎所有人臉上都表現出輕鬆，顯然揹負厚重裝備的行軍讓這些大漢也快要受不了。

對此，司馬妧也很無奈。寒冬臘月根本不適合打仗，除非是你死我活的決勝之戰，不然一般都是休戰期，通常發動戰事都在春、秋兩季，天氣適宜，裝備不多，適合行軍。

好在雲南四季氣候差別不大，冬季也並不算太冷。

大家陸陸續續坐下來，而隊伍中最顯眼的一輛小騾車的車夫也拉了韁繩，跳下來歇息。即便是歇息，騾車周圍的衛兵也絲毫沒有放鬆警戒，更不會讓騾車裡那個當作人質的女人下來。

「夫君，長公主何時能到？」

在蜀中長長棧道的某個歇腳處，一個柔柔弱弱的女音忐忑不安地響起。這聲音來自游擊將軍周奇去年過門的妻子，劍南經略使范陽的女兒范氏。她小臉柳眉，白膚紅唇，是個典型的嬌弱美人，此時她的肚子高高隆起，懷胎已有六月。

今日天陰風大，更加顯得冷，周奇取下自己的斗篷給她披上，低聲道：「妳先回去，我在這裡等著便好。」

若是他那些西北的袍澤們看見一貫沈默寡言、冷僻孤傲的周奇，竟然對一個女人關懷備至，定然連眼珠子都掉下來。

面對夫君的關心，范氏搖了搖頭，倔強道：「我沒事，我要和你一起等殿下。」

她很好奇周奇掛在嘴邊的「殿下」，到底是什麼樣的？要知道以周奇的寡言，「殿下」真的是出現頻率很高的詞語。當然，同為女子，她還有一點點小嫉妒，嫉妒另一個女人能在夫君的心中占據那樣重要的地位，不過比起嫉妒，更多的還是感激。若沒有那位公主，她的夫君如今正在西北修邊關和長城，並且可能一輩子這樣幹下去，她永遠也不會認識他。

這裡是戰略位置極為重要的川西，蜀道崎嶇，周奇率兵等在關隘處，一來防範雅隆部可能的突襲，二來迎接即將抵達的軍隊。

自張掖一別，他已經兩年沒有見過殿下，此時此刻，他口中不說，心裡卻十分激動。

日上中天，蜿蜒的棧道上方才出現人影，隊伍浩浩蕩蕩，如螞蟻一般密密麻麻分布在狹窄的棧道上。

不過，隊伍似乎並不長，殿下此次竟然只帶這麼些人？

周奇愣神片刻，為首一隊人馬已朝他的方向過來，他連忙迎了上去，抱拳屈膝。「殿下。」

「周奇？果然是你，白了好多，差點認不出了。」沙啞的嗓音裡隱帶調侃的笑意，這特殊而熟悉的音質令周奇的心裡一陣激動，不知道說什麼好，只有傻乎乎道：「殿、殿下……」

「傻跪著做什麼，讓開，我的兵還要過路。兩年蜀西的日子過得可舒坦？那是你的夫人？把你養得白白胖胖的，都是她的功勞吧？」

「是，是。阿婉，過來見過殿下。」

范氏聽見夫君在喚自己，而隨著周奇的話，那個一身黑衣鐵甲的女將軍朝她的方向看來，眼睛裡有掩蓋不了的疲憊血絲，但是目光中滿滿善意，她看得清清楚楚。

「妾身范氏，見過兵馬大元帥。」范氏有些羞怯地走過去要見禮，不過只行了一半，便被司馬妧扶住。「懷著孩子，毋須多禮。」

她沙啞低沈的嗓音有種特殊的沙礫質感，范氏覺得這位長公主和自己想像中的完全不一樣，沒有她以為的女將軍該有的剽悍驍勇或飛揚跋扈，她的氣質很平和，將銳利隱藏起來，卻一點也不女氣，彷彿只要與她交談片刻，便會忘了她的女子身分。

「殿下，就帶來這麼點人？」

正當范氏好奇於長公主的特別時，周奇關心的卻是另一件事。他自然而然地代替趙岩的位置，走在司馬妧的右側，對趙岩不善的目光視而不見。

「我自有打算。」司馬妧低聲問他。「我命范陽準備的滇馬呢？」

「八千匹的數目有點巨大，目前只湊足一半，剩下的恐怕得去向走茶道的大馬幫借。」

「不說借，直接買，用完再賣還給他們，不丟臉。此外戰事不停，馬幫便不許往西邊販茶，這一條務必嚴苛執行。沒了茶，雅隆部才會慌。」

「是。」頓了頓，周奇猶豫片刻，又道：「殿下也白了很多。」

司馬妧一愣。

沒想到說來說去，又回到她最初的那句話上去了，好在她已習慣這個昔日舊部比較天馬行空的跳躍思維，淡淡笑道：「因為我的駙馬養得好。」

西北的風乾燥涼爽，比起鎬京，這裡的風有些過於凌厲，但是哥舒那其卻很喜歡。他們哥舒部的人，已融入漢人生活之中幾十年，可是骨子裡的剽悍驍勇絕不會因此丟棄。河西走廊的高山、草原、戈壁……都是哥舒部人嚮往馳騁之地。

他很感激司馬誠慧眼識人，將如此重任交託於他，並且他也為此獻上了自己數十年的忠誠。

不過此時此刻，這個有著草原血脈的驍勇漢子卻面臨著最艱難的抉擇。

因為他的懷中揣著兩份軍令，一份來自兵馬大元帥司馬妧，另一份則來自他的主上司馬誠。

司馬誠的軍令，言簡意賅，便是命他全力抵抗雅隆部的侵擾，務必將他們封死在祁連山以西，不得踏入大靖領土半步，至於來自司馬妧的命令，一概不理。

可是司馬妧的軍令卻很有吸引力。她列給他的是一個引蛇出洞的完美計劃。

由於劍南道的大部分府兵都被韋愷帶去征南詔，短時間內無法及時回援，如今是勉力支撐，目前還未被敵人看出。故而需要趁雅隆部還不明白大靖兵力分布強弱的時候，讓哥舒那其故意造成西北將領指揮混亂、防務空虛的假象，把大靖西邊領土一線的雅隆部人吸引到河西走廊去。

一旦雅隆部人從古道入了張掖，便關閉嘉峪關和峽口關，將雅隆部人封死在狹長的河西走廊北段，以騎兵衝殺之。

這個計劃對哥舒那其太有吸引力了。他很清楚，自己手裡的兵都是大靖最剽悍的邊軍，讓他們防守住西北一線絕無半點問題，可是這樣有什麼意思呢？為將為帥，便該沙場馳騁，斬敵於刀下！

哥舒那其十分清楚，軍隊是最講實力的地方，權術都是虛的，當年司馬妧能以一介女兒身統領十餘萬邊軍，靠的不也是她蕩平北狄的功勛？

他不想百年之後，史書上記載自己是一個只會聽皇帝命令列事、玩弄權術的懦夫。

可是，這算抗旨嗎？

他知道司馬誠是何等多疑，但縮頭縮腦豈是大丈夫所為！只要能擊退雅隆部，樹立威信，陛下又能奈他何？到那個時候，還有誰比他更適合統領西北邊軍？

哥舒那其的眼中劃過一抹凶戾。

在城南最偏僻的康平坊，流浪漢、小混混等種種最底層人物的聚居地，有一戶年久失修的宅院中，住著一個全身長滿膿瘡的病人。大家不知道他的名字，只知道姓趙，所以每個人都叫他趙癩頭。

這個人因為身上長瘡，散發惡臭，聽說還會傳染，故而很少有人願意接近他。他自己也知道這一點，所以除了乞討以外，其餘時間都深居簡出，不與外人接觸。

正因為趙癩頭是個如此孤僻的人，所以即便他換了人，也壓根兒無人在意。

如今，陳庭便住在趙癩頭那破爛的小院中，而這屋本來的屋主，現在和將來都不會再回來。

「叩叩。」

黃昏時分，斜陽西下，陳庭正在瘸了一隻腿的案桌前奮筆疾書，卻有人輕輕敲了敲他的門。

「陳先生。」是顧樂的聲音，聽起來有幾分緊張，又有幾分難掩的興奮。

陳庭微微揚了揚下巴，覺得有些詫異。作為吃喝玩樂之中從來沒有跟顧樂飛一塊兒露過面的親隨，顧樂本人是個極為寡言和沈穩的人，今日的他著實有些反常。

陳庭頓了筆。「何事？」

「公子來了。」

公子?哪個公子?

陳庭愣住,狼毫筆尖的墨汁滴落,在柔軟潔白的宣紙上浸染出一片墨暈。

能被顧樂稱呼「公子」的,還能是誰?他莫非沒有收到自己的警告,明明自己還特意派顧玩在城外驛站守著,就怕他一無所知地回了京,顧樂飛到底想幹什麼?

就在這時候,「吱呀」一聲,那斑駁破舊的雕花門被人從外推開,發出略有些刺耳的聲響。

陳庭聞聲抬頭,紅得帶血的夕陽光在地上斜斜鋪開,一個年輕人背對著殘陽走了進來。他身形高䠷挺拔,衣袍卻出奇的寬大,被微風輕輕吹拂起來,隨風擺動,竟有種仙人般的飄逸。

城府深沈如陳庭,居然也緩緩地睜大眼睛,不由自主站了起來。

「閣下……何人?」他問。

那人笑道:「一別多日,陳先生竟然認不出我了?」

第三十六章

鎬京最近的氣氛有些詭異的壓抑和陰森。

傳聞皇宮鬧鬼，而且聽說，是死去的前太子認為當今天子治理大靖不力，來找天子算帳了。

還有一種說法，說是現在的皇上和北狄聯合幹掉前太子，還用龍脈把他的魂魄壓住不得輪迴轉世，這次西邊的戰事動了大靖元氣，故而前太子被壓了十多年的魂魄化為厲鬼跑出，要找皇帝索命。

這種充滿恩怨情仇還有厲鬼陰魂的生動說法，深得老百姓喜愛，一時間，大街小巷充滿了「前太子化為厲鬼復仇」的謠言。

謠言的製造者之一當然是陳庭，除了他之外，還有一個負責讓皇宮「鬧鬼」的傢伙。

前些日子，皇宮一時出現血書，一時前太子東宮有死貓，一時在湖上漂著前太子的蟒袍，搞得人心惶惶。

可是這個人不滿足，他還想幹票大的。

這天下午，梅江遞了腰牌出宮，坐著馬車去了東市，名義上是需要買些民間新鮮玩意兒逗主子樂。其間，他的馬車和另一輛牛車在道上被卡在一起，短暫停留了一會兒，沒人在意這一幕，誰也不知道他是如何在那個時候掉包的。

這裡是饕餮閣的後門，在一條極偏僻極冷清的小巷後面，饕餮閣因為查出來和顧樂飛有些關係，已經被司馬誠勒令關門。梅江循著信上指示推門而入，見到的便是冷冷清清的小院，和光禿禿、指著天空的幾棵大樹。

其中一棵大樹邊站著一個人。

此人著一身蟹殼青繡銀線暗紋的長袍，不帶任何配飾，只一條錦帶勒出腰身，並非很打眼的裝束，若放在權貴子弟之中看去，這則是相當樸素的打扮了。

從梅江的角度，恰能看見這個人的側面。

那是如刀刻般凌厲的輪廓，劍眉入鬢、鼻梁挺翹、薄唇微抿，是極冷峻的五官。只是眼部比常人更狹長一些，眼角微微上挑，因而柔化了這股不易親近的氣質，多出兩分侵略性。與給人的這種感覺相違和的，便是他的手裡捧著一袋什麼東西，正一粒一粒往嘴裡送，嚼得十分歡快。

梅江推門入院，發出些許聲響，這人聞聲回頭，梅江因而看清楚了他的真實樣貌。

那是很英俊也很令人印象深刻的長相，看起來很冷，卻不是拒人於千里之外的冷，像是屋簷下結的冰稜，冷而尖銳，讓人有些心生畏懼。

梅江愣在原地。

這人的樣貌有些眼熟，可是一時之間，他竟想不起來在何處見過。身為侍奉過兩朝皇帝的太監，梅江對人臉過目不忘的技能一向引以為傲，若他都想不起來在何處見過，只能說明這人要麼和其他人長得相似，要麼便是很久很久都沒有見過，以至於他已經自動把此人的長相從記憶中剔除。

梅江猶豫著開了口。「閣下……」

這人笑了起來，十分熟稔地喚他。「梅常侍。」

他笑起來的時候，偏狹長的雙眼不自覺地瞇起，雙頰露出兩個很淺的酒窩，那種凌人的氣質頓時消退許多，居然無端端顯出幾分親切可愛。

梅江終於想起來他是誰了。

「駙馬爺。」梅江拱了拱手，感慨道：「駙馬爺這副樣貌，十年未見，梅某竟都快忘記了。」

「哪裡的話，梅常侍好記性，見過的人一個都不會忘。」顧樂飛笑咪咪地繼續往嘴裡送入一顆白白軟軟的小丸子，在嘴中嚼著，十分享受的樣子，好像很好吃。

見狀，梅江忍不住道：「駙馬爺剛減下來，莫要又胖回……唔……」他話未說完，便被顧樂飛強行塞了一顆小丸子吃下去，臉色頓時古怪起來。

「葡萄乾和酪奶做出的點心，味道極好。」顧樂飛笑道。「不如再來一粒？」

梅江不說話，只搖了搖頭。嚥下去的那個東西的確香香甜甜，但是本能的，他覺得顧樂飛此舉有些奇怪。

上一次隨長公主出京的時候，他還是個體積龐大的胖子，這一次回來竟恢復十年前的身形，梅江本來還奇怪天子的人嚴守城門，為何顧樂飛還能平平安安入城，並且差人聯絡他配合「鬧鬼」的事情？今天見了面他才明白，顧樂飛如今的模樣，即便在朱雀大街上大搖大擺地走，禁軍也不會抓他。

「駙馬爺之毅力……令人佩服。」梅江眼神複雜地盯著面前男子看了半天，緩緩道：

「叫梅某來，有何貴幹？」

顧樂飛笑道：「領我入宮。」

「有鬼，有鬼啊！」皇宮中的某處又響起宮女驚慌失措的叫聲。

巡邏的禁軍隊伍頓住腳步，彼此看了看，都從對方的眼中看到無奈的神色。

「去看看吧。」禁軍士兵甲說。

皇宮鬧鬼的事情已經好些天了，每次聽見有人大喊「有鬼啊」，他們都匆匆趕去，但是通常看到的只是死貓、浮在水上的衣服之類，很可能是有人裝神弄鬼，只是查不出來。

「我看見那個影子從荒蕪的東宮出來，往皇極殿去了！它它、它是飄過去的！穿穿穿、穿著太太……前太子、子的衣服！」看見的人是個灑掃的小宮女，拿在手上的工具掉了一地，花容失色、雙腿發軟倒在地上，腿一直在抖。

皇極殿？

禁軍七、八人一隊，循著小宮女指的方向過去，還未走到皇極殿，便聽見一個男子用沙啞淒涼的嗓子唱曲，唱的依稀彷彿是好幾百年前，一個兄弟相殘的故事，然後他們看見大紅的宮牆下，一個穿著太子蟒袍的男子，披頭散髮，對月歌唱。當他們走近的時候，歌聲停住，那男子幽幽地轉過身來，披散在兩肩的長髮被風吹開一些，竟露出一張七竅流血的死人面孔！

「鬼、鬼啊！」不知道哪一個禁軍士兵忽然驚叫起來，就在他驚叫的一瞬間，其他人同時感覺到有一隻冰涼的手從背後緩緩圈住了自己的脖子！

「啊啊！」

「有鬼！有鬼啊！」

慘叫聲此起彼伏，這些守衛皇宮的禁軍們下意識亮了刀子，卻沒一個人想到要用，反而是立時作鳥獸散。

見這隊禁軍已跑遠，「鬼」便撩了撩自己被吹亂的頭髮，對藏在陰影中的人勾了勾唇，道：「去下一個地方。」

今天晚上，他不將整個皇宮鬧得雞犬不寧，必定不會收手。

「是。」陰影裡的人簡短回答道。

剛剛禁軍們感覺到脖子上的手便出自他們，僅三人而已，不是梅江的人，而是司馬無易給司馬妧的暗衛中的一部分。

這些中年暗衛們，別的地方可能不熟悉，但是皇宮卻是他們最最熟悉的地方，哪兒有密道、哪兒有捷徑，他們一清二楚。而且如今皇宮的禁軍巡邏範圍和換班時間等種種細節，與先帝在的時候差別不大，他們於此簡直是胸有成竹。

司馬妧將三分之一的暗衛給了他，必定沒想到他會拿來裝神弄鬼。顧樂飛低低笑了聲，走之前，不忘在皇極殿的宮牆上留下五個觸目驚心的大字：「司馬誠害我！」

梅江半夜驚醒，聽得窗外腳步匆匆，發現是禁軍們暈頭轉向地被「鬼」耍著玩，不由得嘆了口氣。他披衣起床，覺得腦袋有些昏昏沈沈，身上發冷，不知道是受了寒，還是顧樂飛給他吃的丸子有問題。

聽他那話裡有話的警告，丸子不會真的有毒吧？他一把年紀還做這種事情，萬一被這小子坑大了，那可是……

梅江無奈地嘆了口氣，穿好衣服。

外頭那麼大的動靜，他若裝傻睡覺，不去看看皇帝和端貴妃的情況，那才引人疑竇。梅江一面在心底擔憂著，一面理好衣冠，匆匆往皇帝寢宮的方向趕去。

而這時，當「鬼」當得不亦樂乎的顧樂飛，也收到暗衛大叔丙的一條消息。

本來他只是命令大叔丙負責把風，不過這些暗衛回到皇宮這麼熟悉的環境好像都很興奮，有種一身本領終於派上用武之地的感覺，大叔丙居然超常發揮，探聽到了當今皇帝好似正在自己宮中密謀什麼。

「駙馬爺，你過來聽聽。」大叔丙避開守宮的禁軍，熟門熟路領著他往一處茂密的樹叢中，搬開一塊鬆動的磚，示意顧樂飛彎著腰將耳朵湊過去。

隔得這麼遠，能聽見嗎？顧樂飛半信半疑地湊過去，然後，他居然真的神奇地聽見了，雖然並非十分清晰——

「高延……宣召回京……走漏消息……饒不了……」

「……有人搗鬼……哥舒那其竟然違抗……秋後算帳……」
「南詔一敗……行動……不許……活著回京……」
司馬誠在和某個人說話，聲音很大，似乎十分生氣，可是講的話並不是特別有邏輯，思維跳躍，或許是盛怒的一種表現。
哪個皇帝身邊沒有幹髒活的人？他正對著說話的人，很可能就是他自己培養的「暗衛」。
顧樂飛凝神靜聽，猜想這些斷斷續續的詞句代表什麼意思，可是就在這時候，聲音忽然一靜。
「糟！」大叔丙短促地發出一個音節，迅速將顧樂飛拎起，把磚頭往原處一塞，帶著他飛跑起來。
被司馬誠的人發現了？這麼快？
幾乎是在同一時間，顧樂飛聽見大門打開的聲音，有人大喝一聲。「什麼人！」緊接著便朝他們的方向追趕過來，腳步極快。
這時候，暗衛大叔丙將他的衣領放下來。「駙馬，我去引開後面那人。」
顧樂飛點點頭，望了一眼聚集在自己身邊的其他暗衛。「那你們呢，現在能出宮嗎？」
三個經驗豐富的暗衛你看看我、我看看你，面露難色。
事發突然，打草驚蛇後，今夜的皇宮禁軍人數起碼增加一倍，這些增加的人手其巡邏毫無規律可言，想躲過便已是很難，饒是功夫高強的暗衛，也沒有飛天遁地的神奇能力，高高的宮牆若借助工具倒是能爬出去，不過今天晚上的動靜實在太大，驚動了那麼多的禁軍，恐怕……單靠梅江是辦不到的。

誰讓他自己找死？

顧樂飛自嘲一笑，拿帕子抹掉臉上裝神弄鬼的豬血印。他的動作很慢，在這個慢慢抹去血跡的過程中，心中也有了一個主意。

「帶我去端貴妃的宮裡。」

大半夜的，外面在吵什麼？

高嫻君從迷迷糊糊的睡夢中被外頭的動靜弄醒，聽得人聲鼎沸，宮燈晃動，頓時煩躁起來。她最是注重安胎，每天都要保證睡眠充足，這些人在鬧什麼鬧，想害死龍種嗎？

她半坐起來，張口便要喚宮女進來，可是，突然一隻手從背後，輕輕捂住了她的嘴。

誰?!半夜三更，黑燈瞎火，高嫻君的魂都飛了一半，腦海裡頓時迅速飛過那些曾經被她以各種手段或貶或死的女人的臉……

「噓，是我。」

一個低沈悅耳的男子聲音輕輕響起，如同情人的低語，熱氣吹拂在她鬆垮的裡衣所露出的脖頸上，高嫻君忍不住打了一個冷顫。

孕期身體分外敏感，卻讓她覺得極恥辱，忍不住掙扎起來。

「還沒聽出來？」男子低笑一聲。「是我啊，嫻君。」

這樣親密稱呼她的人很少，不過這個人的聲音的確有幾分耳熟，卻想不起來在哪裡聽過。高嫻君愣神的時候，這人已放開捂住她嘴的手，慢慢繞到她面前。

屋中沒有光線，只能靠外頭透進來的昏暗光線勉強看清這個人的臉。

他披著頭髮，似乎有些狼狽，卻無損他英俊而立體的容貌，比尋常人更狹長一些的眼睛是那樣勾魂攝魄，那張薄薄的唇卻又顯得極無情。雖然和記憶中的少年有些許不同，五官生得更為分明，不過高嫻君還是立刻喊出了他的名字。

「樂飛！」

這一聲親切的呼喚，叫得顧樂飛起一身雞皮疙瘩，他強忍住自己將那隻摸過她嘴的手往衣服上蹭的衝動，也並不想告訴她其實還有三個人站在她的床後頭，每個人都拿著兵器，只要他一下令，隨時可以讓她一屍兩命。

「你為何進了宮？外頭莫非是在抓你？」高嫻君有些激動，一時間居然完全忘了自己是如何鄙夷那個胖乎乎的他，望著這張和記憶中相差無幾的英俊面容，禁不住越發心動起來。

皇宮冷血，天子無情，真正純粹喜歡過自己的也只有當初的他，如今站在自己面前的這個男人。

「叩」，她的貼身宮女在外頭輕輕敲門，喚道：「娘娘？」

「別進來！」高嫻君激動的心情被人驀地打斷，頭腦稍稍冷靜下來，她對著外頭威嚴發問：「大半夜的，出了何事？」

「宮裡進了賊，陛下命令禁軍搜查，每個宮都要搜呢！」

宮女如此回答的時候，高嫻君便將目光看向顧樂飛，從剛剛的激動到如今眼神裡充滿警惕和探究，她轉換自如，毫無壓力。

關鍵時刻，這個女人想到的永遠是自己。

顧樂飛了解她，故而敢來她的宮中躲避，因為不需要和她談感情，只須和她談條件。

「娘娘？」宮女在外面繼續喊。

「外頭候著！」高嫻君吩咐一聲，然後又轉頭看向顧樂飛。他在昏暗光線下好似會發光的俊美相貌令她又是一陣恍惚，高嫻君咬了咬舌頭，強令自己鎮定。「你不怕我把你交出去？」

「妳不想知道為什麼他如此大張旗鼓要抓賊？」顧樂飛負手，從容地微微笑著。「司馬博的事，妳是知情的吧？恰好，我探聽到司馬誠的一些秘密舉動，和妳父親、和妳都有關係。」

司馬博。這個許久無人提起、最近卻在宮中重新熱門起來的名字，令高嫻君的眼皮一跳，按捺不住追問：「是什麼？」

顧樂飛笑而不語，只對著門揚了揚下巴，示意她先應付宮女，引開禁軍。

高嫻君不動，眼神探究。「我怎麼知道你不是騙人？」

「喔？」顧樂飛唇角含笑，目光卻淡淡的，對她道：「難道在獨居一室的端貴妃寢宮發現一名年輕男子，也不是什麼大事？」

高嫻君捏了捏被角。「你……敢威脅我？」

第三十七章

注視著窗外的天空泛起魚肚白，新的一天又來了，高嫻君不知不覺竟然發呆了半宿。

自司馬誠登基之後，這是很久都沒有過的事。

屋中的另一個人已經離開，一夜過去，宮門將重開，他自然能想辦法混出去。

但是他告訴高嫻君的秘密卻令她心神不寧。

前太子司馬博被害的事情一旦東窗事發，司馬誠竟打算拿她的父親頂替所有罪狀，把自己撇得乾乾淨淨？

他未必想得太美了，天下哪有這等好事！

高嫻君有自己的判斷，她知道顧樂飛探聽到的這個秘密很可能是真的，因為這是司馬誠會幹出來的狠事。而且當年參與這件事最深的除了司馬誠自己，便是她的父親，若司馬誠想保住自己的皇位，不找高延替罪，還能找誰？

即便她已經知道司馬博的事情就是顧樂飛捅出來的，那也於事無補。替她診脈的那個大夫就是公主府的人，司馬誠現在不知道，可是想查便能查出，說高家和長公主沒干係，誰信？

顧樂飛臨走前那個意味深長的眼神令她心驚膽戰。「妳要替自己肚中皇子想想，誰才是最能護住妳的人。」

最能護住她和孩子的人，當然是自己的父親！只有高延，只有高家，才會永遠做她最有力的後盾，因為他們擁有一致的利益。

高嫻君摸了摸自己隆起的肚子，眼神深邃陰鷙。

是時候給父親去信了。

這一夜，顧樂飛過得跌宕起伏、頗為狼狽，不過收穫也很豐富。

皇宮裡有前太子陰魂纏著皇帝的謠言，靠著諸多見證者的力量，已經成功插上小翅膀飛出宮牆，他也憑藉探聽到的隻言片語，大致猜到司馬誠想做的事情。

至於梅江吃的那顆小丸子，裡頭有一點讓人暫時身體不適的藥，並非毒藥。梅江畢竟不是自己人，他待在宮中，和司馬誠見面容易，若他有意想透露秘密，那他們的事情便全完了。

那個去攔住司馬誠的人的暗衛大叔，那個顧樂飛連姓名都沒能記住的大叔丙，在御花園的瀛洲湖中和追捕他的人同歸於盡，把命永遠留在他最熟悉的皇城。

顧樂飛想問大叔丙可有親眷，他會代為照顧，可是隨他一同回來的其餘暗衛都茫然地搖了搖頭，道：「我們自小便是孤兒。」並且一輩子孤獨如斯，直到終老，或者意外殞命，沒有親眷，沒有朋友，接觸的人只有主子、任務目標和他們彼此。

顧樂飛覺得先皇那個老頭子雖然辦事糊塗，但取消暗衛的培養，確實是件好事。

而從皇宮中逃出來，並不意味他能喘口氣。顧樂飛幾乎是馬不停蹄趕到陳庭所在的康平坊破院子，將一夜發生的事情悉數相告，然後道：「我親自去找妧妧。」

他敢肯定司馬誠一定偷偷往司馬妧身邊放了暗殺者，可是信鴿到了洞庭湖一帶就會止步，不會再往更南處飛，要通知司馬妧，只能派人前往。

關乎她的安危，顧樂飛認為沒有誰比他自己更讓人放心。

對此陳庭並不意外，他一直在心中思考著如何將事件進一步發酵，如何幫助司馬誠和高家徹底對立，聽見顧樂飛要親自去找司馬妧，他開口道：「如果情勢好，這一次她帶兵回京便可登基。」

登基？顧樂飛一驚，失聲道：「你要她帶兵逼宮？可那些兵不是她的嫡系！」

「不是嫡系又如何？」陳庭冷冷道：「她掌握大義，為前太子復仇，那些兵只要給官給賞，自然會願意為她賣命。她剛剛平定西部，聲望正高，這時候再請十二王爺出山控訴司馬誠殘害手足親長之事，天下大義都在她！河北、江南和劍南三道都是她的舊部，其餘幾道必會猶豫著看事態發展，只要他們一猶豫，我們便立即讓殿下登基。名分一定，他們豈敢叛亂？難道還有哪道的經略使打得過殿下？」

陳庭越說越激動，蒼白的面上竟泛出紅光，顯然暢想到了未來長公主登基的盛況和無上榮耀。

顧樂飛卻冷眼瞧著，等他說完，才緩緩道：「別忘了她身邊還有伺機暗殺者，不解決他們，都是徒勞。」

陳庭看了他一眼。「你對我的計劃不感興趣。」

顧樂飛沈默片刻，方才道：「是。」陳庭的計劃太完美，反而讓他覺得不真實。陳庭完全忘了考慮整個計劃最核心的因素——司馬妧本人，她是不是樂意這樣做。

而且樓家和顧家的人都還在京中，陳庭讓司馬妧逼宮，有沒有考慮過他的家人和她的家人該怎麼辦？

「你有你的想法，我也有我的想法。我們各憑本事，看殿下最後會聽誰的。」陳庭平靜地看他一眼。「既然你選擇在這種時候瘦下來，便該小心些了，殿下她……」句子沒有說完，他笑了一下，目光意味深長，彷彿帶著無盡的寒意，莫名讓顧樂飛覺得不安。

他明白陳庭的意思。自己這副樣子，好看是好看了，男人是男人了，可是精明如陳庭都差點認不出來，妧妧會不會根本不認他？

那他豈不是連近她的身都困難，還怎麼和她說悄悄話？

顧樂飛望著西南方向的天空，內心一時間充滿忐忑。

羅邏閣陰著一張臉，注視著函匣中睜大眼睛、張著嘴巴，死不瞑目的血淋淋人頭，一言不發。

他環顧四周一圈，掃了一眼每個部落的首領，冷冷道：「你們說，該怎麼辦？」

這個人頭，是雲南都督府的太守張鶴為。這個人當年以羅眉入宮作為交易手段之一，扶他登上南詔王位，後又獅子大開口向他數次索要美女金銀，給了他侵略大靖的藉口。

羅邏閣占領雲南大部分地區後，張鶴為拖家帶口匆忙外逃，他也不派兵去追。畢竟張鶴為是他出兵的好藉口，能讓他在大靖面前也占理，就這麼殺了著實可惜。

可是這個他有意放走的雲南太守的首級，如今就被蠟封著、裝在函匣中，瞪著眼睛一臉驚恐，可以想見當時殺他是多麼突然。

這是大靖皇帝封的「天下兵馬大元帥」派人送來的。

當然，由於南詔王的軍隊隱秘，駐紮地方不明，這個函匣不是親自送到他手中，而是由目前駐守下關城的將領轉交。

和函匣中的人頭一道轉交的，還有一支鏤空雕花簪和一封信。

信來自那個「天下兵馬大元帥」，信中寫得很明白，雲南太守張鶴為中飽私囊，犯了大靖律法，現已誅殺，呈給南詔王。大靖不希望兩國交戰，望雙方一道和談。和談可以考慮以現在兩國占領的地區為界，一邊為雲南都督府，另一邊為南詔。

這個條件太具有誘惑力了，如果這樣分，南詔的地盤足足擴大一倍還不止。

「大王，要不我們和談？」施浪詔的族長有些心動地試探道。

浪穹詔的族長亦附和。「是啊大王，聽說那個大靖皇帝新派來的將軍是個女人，娘們嘛，膽子小，肯定不想打仗，要息事寧人，早點回家帶孩子。」

越析詔的也連連點頭。「打到現在，弟兄們都疲了，金銀和地盤都賺夠了，再多來一些地方，咱們現有人馬恐怕吃不下啊。」

羅邏閣陰沈著臉，不說話。

南詔並不如大靖，是一個以皇帝為唯一君權的國家，它最初有部落六詔，互相紛爭，是崛起的蒙舍詔最終統一了廣大的洱海地區。可是原本的部族制度還有所殘留，族長在族內還很有威信，羅邏閣是這群人中最年輕、資歷最淺的，若不是主動發起這場戰爭並且獲得勝利，根本不可能如此之快讓眾部落服從。

那個女人真的是想和談嗎？羅邏閣把玩著和信件一道送來的簪子，不說話。

這根簪子他知道，是羅眉走前自己親手交給她的，讓她務必拴牢大靖皇帝的心；如果不行，便用簪子中的東西給他下藥，這樣他必定離不開羅眉。

既然這根簪子出現在這裡，是不是說明大靖人已經知道了羅眉下藥的事情？

可是，明明信上說，如果和談，連南詔王女也可以一併送還，隻字未提皇帝被下藥的事。莫非他們真的不知道？

羅邏閣發現自己看不透這個叫司馬妧的女人到底在想什麼。

這位年輕的南詔王把玩著簪子，眉頭微皺，百思不得其解。

司馬妧是想和談，或是想把他引出來一網打盡？又或者……分化其他族長與他的關係？

在羅邏閣冷靜縝密的思考之中，並沒有半點想到羅眉的安危。他覺得自己對羅眉已經足夠寵愛，在這種關乎全軍勝敗的事情上，羅眉根本不值得考慮。

「此事容後再議。」下頭幾個族長說得差不多了，羅邏閣方才緩緩開口。「和韋愷不同，司馬妧在西北的名號極響，連雅隆部也退讓三分。我不是怕一個娘們，而是必須提防她有陰謀。」

幾個族長互相看了看，現在羅邏閣掌著兵權，他說不理司馬妧，他們便也只有點頭。

「大王說的是。」

而這一邊，一直盯著下關城守將動靜的大靖斥候，循著他們的軌跡，勉強搞明白了南詔軍隊的大致藏身位置。

司馬妧對這個結果非常滿意。

「大軍留守原地，五千兵馬隨我開拔，目標就是這片山地。」她在斥候報告位置的山川圖上插了一面小旗。

韋愷在旁邊看著，聽她只帶五千人，不由得皺了皺眉。「五千？會不會太少？我們還不知道羅邏閣的具體位置，萬一又像上次那樣……」突襲不成反被圍攻，怎麼辦？

司馬妧看了他一眼。「韋將軍，我命你打前鋒，可有信心？」

韋愷一怔。

「打仗，有時候就是賭博和冒險，況且我們想在突襲前找到南詔軍的詳細位置，也是有辦法的……」她頓了頓，故意賣了個關子，等到手下將領紛紛抬頭，均十分好奇地看著她，司馬妧方才狡黠地笑道：「我們不是還有一個南詔王女嗎？」

趙岩在後方大營裡焦灼不安地踱步。這裡屬於韋愷之前收復的羈縻府州，位置比較靠近和劍南道交界之處，和他一起留守的還有兩名將軍，司馬妧已經帶五千人離開半個月，而她給他們的命令是保證已收復地區的穩定，並且負責後勤補給。

這裡相當安全，可是沒仗打啊！

長公主帶著韋愷和齊熠去打南詔，為什麼不帶自己呢？

她讓自己在這裡守著幾個將作監來的老匹夫，說他們會根據圖紙做出一種叫做火蒺藜的東西，是很危險的武器，讓他務必看著，尤其是保證火藥庫的安全。

好吧，這大概是殿下信任自己的一種表現，可是為什麼不讓那個傷兵齊熠留下來，反而讓他留守呢？他不就是比自己多打了幾場敗仗，多學了一點南詔的土話嗎？有什麼了不起的！趙岩表示不服。

「趙校尉、趙校尉！」兩個小兵忽然氣喘吁吁地從軍營外的塔樓下跑過來。「有、有人！」

趙岩雙眼一亮，提刀就要出鞘。「有敵來犯？」

「不不、不是！」說話有點大喘氣的小兵連連搖頭，很激動地望著趙岩，結結巴巴道：「那個人說自己是駙馬！」

喔，不是敵人啊？趙岩意興闌珊地把刀送回鞘，頓時變得懶洋洋——

等一下。

趙岩猛地跨一步上前，揪住小兵的衣領，大聲問：「他說自己是誰？」

小兵被他突如其來的反應嚇一跳。「駙、駙馬啊……」

「誰的駙馬？」

「長……喔不，大元帥的駙馬……」小兵戰戰兢兢道。「伍長覺得古怪，沒讓他進來，在軍營外候著……」

趙岩嚴肅地點頭。「帶我去看看。」

他覺得古怪，顧樂飛這時候來找殿下幹什麼？殿下又不是那些紈袴子弟，出去打仗還要美人暖床，何況顧樂飛也壓根兒不算什麼美人……這傢伙是誰？

趙岩在小兵的引領之下，遠遠地看見軍營的最邊上，有一隊人馬被幾個士兵攔住，為首的一人正不疾不徐地和他們交涉。

這人穿著一身很耐髒的黑色麻布衣袍，靴子上有泥點，似乎趕了很遠的路，不過神態不顯狼狽，反而相貌極為出眾，氣質冷峻，身材頎長，在眾人之間如鶴立雞群一般顯眼。

「這傢伙是誰？」趙岩遠遠看見此人，不由得皺了眉頭。

領路的小兵愣住，回頭看他。「大元帥的駙馬啊！」不是說這位趙校尉的嫂子是當今皇上的親妹妹嗎？他難道沒有見過長公主殿下的駙馬？

「駙馬？」趙岩冷笑一聲，頓住腳步。「假的，殺了。」

「假、假的？」小兵呆住。「竟是冒充的？」

「連長公主府我都待過，駙馬爺長什麼樣，小爺還能不認識？」趙岩殺氣騰騰道。「必定是南詔派來打探軍情的奸細，抓起來拷問，然後殺了！」

小兵點了點頭，沒有多想，立即蹬蹬蹬幾步跑到攔人的伍長面前，學著趙岩的殺氣騰騰，指著「假冒」駙馬道：「他是假的，是奸細，抓起來！殺了！」

什麼？正在解釋的顧樂飛聽見這一句「殺了」，頓時愣住，一瞬間，那剛剛還對他好聲好氣的伍長左手一揮，右手握著的橫刀已向他的腦袋劈來。

顧樂飛急急後退兩步，跟著他身後的暗衛大叔立即拔劍抵擋，可是這並沒有多少效果，因為越來越多的士兵提刀圍了過來，整個軍營的人全在羅邏閣手裡吃過虧，個個都恨死南詔了，一聽他是南詔的奸細，兩隻眼睛都在放狼光。

眼看連司馬妧的面都沒見到，自己今天就得掛在她的軍營門口，顧樂飛急中生智，抓住剛剛說話的那個小兵，喝道：「誰說本駙馬是假的？」

這小兵也是真老實，指了指遠處，結結巴巴道：「他……」

顧樂飛循著他指的方向看去，看到了正殺氣騰騰提刀往這裡來的趙岩。

顧樂飛頓時黑了臉。「趙岩，你他娘的眼瞎了嗎?!」

趙校尉正在腦海裡醞釀一齣智除奸細的好戲，突聽對方居然用和顧樂飛一模一樣的聲音說話……這奸細好高明，連真駙馬的聲音都能模仿。

可是，為什麼奸細知道自己的名字?難道自己一仗不打，居然也出名了?

意識到不對勁的趙岩在原地愣了愣，此時他距離不遠，看得清這人的臉上像結了一層寒霜。「趙小三，你想害死我？」

趙小三是趙岩最討厭的一個小名。

這個人的聲音實在和顧樂飛很像，簡直一模一樣，可顧樂飛明明是個胖子！一個笑咪咪、白白圓圓的胖子！

只是十年前，當顧樂飛是翩翩少年郎的時候，趙岩還在逃私塾和一群娃娃們玩捉迷藏。

「你到底是誰？」趙岩有點驚愕。

見他如此，伍長悄悄暗示大家先別動手，萬一認錯人，真是大元帥的駙馬，那可不得了。伍長一直覺得這人相貌如此出塵，氣質高貴，不可能是南詔的奸細嘛！

「你說我是誰？」顧樂飛一連不眠不休趕了三天路，卻遭逢這種待遇，頓時脾氣有點爆。「妧妧去賑災之前，是誰賴在公主府不肯回去？」

趙岩雙眼圓睜，居然也顧不上和他計較，瞠目結舌道：「你、你是顧胖子？」

第三十八章

經過這一番令人哭笑不得的波折後，顧樂飛方才進了軍營，可是進去之後才知道，司馬妧根本不在此處。

她早在半月之前便率軍開拔，帶了五千餘人和幾千匹滇馬，往南詔目前占領的地區深入。麻煩的是隊伍隨時在移動，留守的將領們目前掌握的位置，未必是司馬妧部隊現在真正的位置。

聽到這裡，顧樂飛面色陰沈，一言不發。

「到底有什麼事情讓你千里迢迢趕來，非要找到殿下不可？」趙岩自己也很好奇，接收到眾將領的示意，他立即問出口。

顧樂飛看了他一眼。那不是善意的目光，帶著提防和探究，令趙岩禁不住一愣，忍不住怒了。「你為何這樣看我？老子剛剛又不是故意的！」即使現在顧樂飛站在他面前和他說話，也很違和好嗎！就好像殿下休了顧樂飛另外娶了一個美男一樣！

虧得他還和留守的幾位將領私下八卦過長公主的駙馬，他說顧樂飛是個白白圓圓的大胖子，不過公主卻很喜歡，聽得幾位將領一愣一愣的，這下可好，見了真人，發現根本不是那麼回事，剛剛他還接收到了同僚們控訴的眼神！

「抱歉，不是懷疑你。只是此事事關重大，在見到她之前，我什麼也不會透露。諸位……」他緩緩環視了一圈在場的將領，朝眾人拱了拱手。「顧某知道她如今的位置事關大靖軍事機密，但事且從權，請諸位如實告知顧某，她的位置在何處？」

眾人面上紛紛露出為難的神色。

顧樂飛嘆了口氣，建議道：「若不信任我，諸位盡可派一隊兵士跟著監視，若我有異動，隨時將我拿下。如此可好？」

羅眉不知道這一切變故是如何發生的。

自她被司馬妧的人從皇宮帶出來，便很安靜乖順，做一個最配合的人質，一心一意想讓看守者失去警惕，伺機逃走。

這個機會，她確實等到了，就在司馬妧帶領部分軍隊開拔，深入南詔腹地的時候。一個夜晚，幾個守衛聚在一起喝南詔當地的酒，似乎有些醉了，她乘機抓起囚車外的石頭朝他們頭部打去。這是她第一次幹這種事情，很是緊張，不知道自己下手輕重如何。看見這幾個人無聲無息倒下，她才輕輕舒了口氣，從守衛那兒偷到鑰匙，趁著夜色悄悄溜出軍營。

羅眉歸心似箭，根本沒有想過以司馬妧治軍之嚴，為何沒有一個巡邏的士兵發現她，為何自己輕輕鬆鬆就逃了出來。

她跑進離軍營最近的下關城。身為前任南詔王最寵愛的女兒，下關城的守將當然認得這位王女，見她狼狽逃出，守將驚訝不已，聽她想見南詔王，守將不敢怠慢，麻利地將她往南詔軍營送了過去。
她的到來自然引起南詔上層的一番轟動，不過令羅眉失望的是，羅邏閣似乎並不關心她的遭遇，反而不停盤問她逃出來的種種細節，以及大靖軍營的人馬多寡和兵力強壯程度。
見他如此冷情，羅眉氣得不想理他。
結果，就在她逃出來的這天夜晚，眾人都在酣睡的時候，大批的大靖士兵從天而降。他們藉助地勢將石頭和滾木往南詔軍營中推，待南詔士兵亂作一團，便如潮水般湧入，用鋒利的橫刀、障刀與南詔兵展開貼身肉搏。
這令人措手不及，一時間，南詔軍營中一片慘叫，血流成河。
這場由大靖發起的突襲只持續了不到一個時辰，東方既白之時，遠遠不如大靖軍隊訓練有素的南詔兵紛紛倉皇逃竄，羅邏閣唯有帶著自己的親兵狼狽不堪地往大和城的方向退卻。
他還算有良心，沒忘記帶走羅眉。
只是面對羅眉，他的臉色十分難看。「是妳引來了大靖軍！」
羅眉感到憤怒又委屈。「我獨自一人冒險逃出，怎麼說是我引來的！」
羅邏閣懶得和羅眉爭辯。他知道天下沒有如此巧合的事情，必定是司馬妧先以和談為由，讓他放鬆警惕，然後以羅眉為指路明燈，探清他軍隊的具體所在。
「殿下，乘勝追擊吧！」韋愷策馬來到司馬妧身邊，一臉興奮地揩掉臉上的血。他騎的是滇馬，不適合打仗，可爬山涉水卻是十分擅長，此次他們能夠突襲，多虧這些馬兒的好腳程。

這才是真正的突襲！都說司馬妧最擅長的便是突襲，她的成名之戰便源於此，韋愷原先不信，直到親身體驗後才明白此言非虛。

他從來沒有殺得這樣痛快，把數月以來積壓的怨憤全部釋放出去，太酣暢淋漓了！

「不著急。」司馬妧並沒有他那樣興奮，只認真囑咐道：「按照計劃，把羅邏閣趕進大和城，別提前弄死了。」

大和城是南詔的王都，離此地有幾天路程。他們選擇一路追著南詔王，像趕鴨子一樣把他趕進大和城，而非努力將他殲敵於野外，這是處於大局上的考量。

南詔王一死，南詔很可能分崩離析化為六部，群龍無首，反而不好管理。

她想要最終能夠威脅南詔交出兵權，從大靖的藩屬國變成大靖的一個道，納入雲南都督府的管轄範圍，最關鍵的一步，就是要讓羅邏閣順利進入大和城，因為，只有他進入王都，她的火蒺藜才能派上最佳用場。

這種由單奕清發明的火藥，在氣候乾燥的雲南之地簡直是要命的武器。而在王都施用，則可以散布「天降怒火於南詔王」的謠言，利用民心浮動，逼根基不穩的年輕南詔王交權。

可以說，火蒺藜是司馬妧計劃中最重要的一環。單大公子在交出火蒺藜圖紙和製作要點的時候，懵懵懂懂，問什麼答什麼，有什麼說什麼，根本不知道司馬妧要拿它來毀掉一座城。

司馬妧決定還是不告訴他比較好。

這是南詔潰敗的第七日。

一切都如司馬妧所想像的那樣發展，望著大和城內沖天的火光，齊熠目瞪口呆。「這就是單奕清那小子搞出來的玩意兒？我的乖乖，太逆天了吧！」

「這樣一來，不愁南詔不降！」以韋愷為首的將領們都紛紛露出輕鬆的神色，有種一雪前恥的痛快感。

不過司馬妧的神色並不見輕鬆。「還沒完。」

她潑冷水的一句話，令在興頭上的眾將領都有些悻悻然。司馬妧環顧一周，面孔嚴肅，提醒眾將領。「我們還需要後方的大靖府兵把這座城團團圍住，圍到城中彈盡糧絕之時，不然以羅邏閣之狡詐堅韌，必定不會輕易屈服。」

韋愷積極表現，抱拳道：「是！我去催催他們，讓他們加快行軍速度！」

司馬妧側頭，對他鼓勵地點頭一笑，然後調轉馬頭道：「既然如此，我們現在——」

話沒有說完，韋愷和所有人都認真聽著她的下一步指示，大和城內的哭叫和沖天火光彷佛只是她勝利的背景，只要她在，一切都沒有不可能。

但是突然間，好像這一切都突然靜止、消音了。

韋愷看見什麼銀色的東西晃了一下，從司馬妧的胸甲縫隙透出，露出小半截亮亮的刀尖。

那是什麼？他一時沒有反應過來。

好像是他的手下將領的刀？

可這把刀，為何出現在長公主的身上，還是……穿胸而過？

司馬妧對他鼓勵的笑容還在，可時間卻像變慢了一樣，她的聲音緩緩消失，鮮血慢慢噴湧而出，那笑容也逐漸變得模糊不清。

「大元帥！」

「殿下！」

「長公主！」

無數的人在韋愷耳邊瘋狂而憤怒地叫著同一個人，韋愷的腦子彷彿鏽掉一樣，木訥地下意識接住朝他倒過來的司馬妧身體，鼻尖嗅到濃烈的血腥味。

這味道讓他清醒過來。

長公主……竟然遇刺了？竟然不是傷於南詔之手，而是被他們自己人暗殺？

韋愷愣愣看著那個下黑手的將領被眾人一擁而上，個個提刀要殺他，他遲滯而緩慢地開口道：「慢著！留活口，拖回去審問——現在，先救殿下。」

趙岩和一個百夫長一同帶著百人小隊，和顧樂飛等人一同前往司馬妧可能在的軍營。

事情不算順利，他們到的時候只看到一些殘跡，五千軍隊已往南或往西繼續走了。幸而顧樂飛帶的暗衛大叔懂得如何根據痕跡腳印尋人，費了一番周折才成功找到軍營所在。

只是軍營看起來有些不對勁，人很少，而且在外頭站著的人都抄著長柄陌刀，寒光閃閃，好似時刻警戒敵人來襲似的。

「怎麼回事？」顧樂飛沈聲問。他雖然沒打過仗，也察覺到軍營裡頭不同尋常的氣氛。

趙岩愣了愣，拿著證明身分的銅牌朝軍營大門走去，想詢問一下看門的士兵是否軍中出了事情。

結果他還沒開口，便被身後匆匆忙忙跑來的幾個士兵撞得身體一歪。

那幾個人沒有道歉的意思，好似壓根兒沒看見他，手裡舉著綠色葉子帶根莖的植物，往軍營裡頭狂奔，面色焦急地大喊。「醫官、醫官，看我這個是不是三七！」

三七？顧樂飛的眼皮猛地一跳。

三七不是常用的止血草藥？是誰受了傷，連軍營裡的止血藥都不夠，居然需要臨時去找？

顧樂飛忽然覺得心慌。一路上，他便覺莫名其妙心神不寧，此刻這種感覺越發明顯。

趙岩同樣感覺到不對勁，匆匆和門口的士兵交談幾句，士兵看了一眼站在他身後的顧樂飛，然後轉身去大營裡稟報。

顧樂飛上前一步在趙岩耳邊低語。「軍營裡不應該備著三七止血粉嗎？」

趙岩搖了搖頭。「守門的伍長不肯說。」

顧樂飛的心頓時一沈。

什麼人受傷需要保密？

他實在不希望聽到那個人的名字，只要不是她，是誰都無所謂。

通報的小兵速度很快，不多時便領了一個黑衣輕甲的武官來，那武官身上有血，也不知道是敵人的還是自己人的。

待這武官走得近了，顧樂飛不由一愣，方才發現來人是齊熠。

齊熠變化很大。

他俊秀的臉上多了一條猙獰的深色疤痕，皮膚曬得黝黑，身板結實許多，以至於以顧樂飛眼神之銳，一時間居然也沒有認出自己的好友。

齊熠見到顧樂飛的表情也十分意外，他怔了半晌，結巴道：「堪、堪輿？你你你……是堪輿吧？」

這種時候，顧樂飛並無多少和好友敘舊的心情，急急問道：「我剛剛看到士兵臨時上山找三七了，誰受了傷？」

齊熠沒有回答，只是眼神複雜地望了他一眼。

顧樂飛耳裡一嗡。

「是她……對不對？」

緊趕慢趕，他還是來晚了。

「醫官正在搶救，刀還沒拔出來。」齊熠耷拉著腦袋，懊悔地捶起自己來。「小白，你怪我吧！是我沒用，我當時就在殿下身邊，眼睜睜看著——」

「別說了！」顧樂飛猛地高聲喝斥，說不清是對齊熠憤怒還是對自己感到憤怒，他深深吸了一口氣，平息洶湧翻滾的情緒，低聲道：「快帶我去見她。」

越走近中軍大帳，氣氛就越凝滯緊張，時不時有她身邊的隨軍侍女從大帳中端出一盆盆血水來。除此之外，大帳周圍和裡頭都十分安靜。

太安靜了，安靜得讓人心裡直發慌。

那把刀從司馬妧的背後胸甲縫隙插入，穿透身體，如果當時她身邊的將領沒有及時反應過來，把那個暗殺她的背叛者擒住，那麼很可能這把刀還有機會在她的身體裡旋轉半圈，擴大傷口，絞碎內臟，那就真的沒救了。

如今還算幸運，這刀是近身使的短刀，因而刀刃極薄，在她身體中造成的傷口不大，刺中後血流不多，才能支撐回到軍營，只要拔刀精準，止血得當，很可能救回一命。

「殿下昏過去前，還囑咐我們務必要按照她的命令列事。」齊熠抹了一把眼睛，不知道是跑動所出的汗還是淚，他低著頭，沒臉見顧樂飛的樣子，解釋道：「所以軍營裡現在只有這些人，韋愷領兵圍城去了。他說，這回就算是把命搭在這兒，也要把南詔給滅掉，不然、不然有負殿下……」

顧樂飛沒說話，任齊熠在自己旁邊絮絮叨叨說明情況。自從他知道受傷的是司馬妧，那張臉就一直面無表情，有時候內心翻江倒海，傷痛憂懼如烈火焚心，面上反而不顯，好像根本不知道應該表現出什麼來才好。

進入大帳，撲面而來的便是血腥味，並不濃烈，可這沒有讓顧樂飛緊繃的心鬆下來。

幾乎是在他掀帳而入的一剎那，便看見了那明晃晃的殺人利器從司馬妧的身體中被緩緩抽出。

從那麼纖細的身體裡抽出一把刀子來，顧樂飛真希望那把刀是插在自己身上。

帳中點了許多蠟燭和油燈，好讓光線更明亮，蓄了一把山羊鬍子的醫官神情緊繃，他正在拔刀，為避免手抖，連呼吸都不敢大意。

司馬妧的鎧甲可脫卸的部分已被小心翼翼卸去，醫官把她的背部衣服剪開一條長長的口子，有兩人不停往她的傷口上不要錢似地撒三七粉，整個大帳裡如死一般寂靜，明明是冬天，那拔刀的醫官額頭上卻滲出豆大的汗珠。

因為是背後被刺，故而她趴伏在床上，那把薄薄的殺人利器從她纖細的身體裡抽出，因為染了血而越發顯得妖異。

司馬妧一言不發，安靜得讓顧樂飛覺得害怕。

他真怕躺在床上的那個人已經死了，醫官只顧著拔刀，壓根兒沒注意到她已經失血死了……

顧樂飛輕輕地一步步向司馬妧走近，在離她一丈外的地方，小心翼翼地停住。他看見她閉著眼，臉上很多汗，胸腔有些微的起伏，似乎是痛得昏迷過去了。

他站在那裡，一動不動，幾乎連呼吸都不敢，靜靜盯著躺在那兒的這個人，貪婪而憂懼地注視著她因為痛而擰在一起的五官，依然不敢相信這一切是真的。

司馬妧身上有很多疤痕，代表她曾經受過的舊傷無數，可那些疤痕是如此淺薄，讓他無法想像當時她受傷的情況是何等危險。

而現在，就在他面前，他眼睜睜看著這個自己發誓要好好保護的女子——命懸一線。

距離上一次看見她沒隔幾個月，可是現在火光下的這張臉，卻是異常蒼白而沒有血色，彷彿隨時可能死掉。

她的背部本來是傷痕最少的地方之一，現在卻被血染紅，觸目驚心。

顧樂飛永遠飛速轉動的腦子好像一下子突然空白。

他好像想了很多，又好像什麼也沒想。

哐噹！

一聲清脆的金屬和地面相撞的聲音，驀地將顧樂飛從恍惚的狀態驚醒。

「成了！」拔刀的醫官高興地宣佈，長長舒了一口氣，然後便渾身一軟，倒在旁邊的椅子上。另外兩個醫官接手他的工作，取下司馬妧咬在嘴裡的布團，發現布團幾乎被她咬碎了，兩個人一愣，然後馬上又手腳麻利地給她做一連串的處理。

這時候，顧樂飛方才想起什麼，手忙腳亂地掏出一個錦袋來。「大夫，我從京中帶了一些治外傷的靈藥，不知可否用得上？」這些都是高嶸當時送來的，司馬妧沒來得及帶走，這回他一併全帶來了。

聚精會神拔刀止血的三位醫官，壓根兒沒發現大帳裡何時進來一個人，驟然聽見一個陌生的男音，幾人俱都一驚，抬起頭來看著顧樂飛，神情有些反應不過來。

「大夫？」顧樂飛將藥往前送了送。「大元帥已經沒事了吧？」

「七日傷口不潰爛，才算是挺過去，接下來就看大元帥的意志力和身體素質，我們也只能聽天由命。」拔刀的醫官也不知道面前這個容貌出眾的年輕人從何處來，不過長得好看的人總是容易給人好感，他接過顧樂飛手裡的袋子，一個個打開藥瓶嗅了嗅，緊接著表情驚喜。「喲，都是貢品吧，好東西！」

顧樂飛忐忑不安地問：「那她確定不會有事了吧？」

「這個老夫也不能打包票，不過公子送來的藥是必定能派上用場，大元帥若能挺過這一關，也有公子的功勞。」醫官說了半天，突然想起來自己還不知道這個能進大帳的年輕人是誰，於是順口問道：「敢問公子是……」

「在下顧樂飛，乃……」

「小白？」

一個嘶啞而虛弱的聲音驟然響起，熟悉又陌生。顧樂飛一呆。

醫官們也是一愣，大帳內又是一靜，緊接著幾個大夫手忙腳亂給她診脈，仔細問道：「殿下醒了，現在什麼感覺？」

「是小白嗎？」司馬妧勉力睜開疲憊的眼皮，卻很難做到，眼前模模糊糊只看得清人影。她自動無視醫官的話，輕輕道：「我好像聽到小白的聲音了……」

瞧她虛弱得好似隨時會挺不下去，顧樂飛只覺心口堵著一塊大石頭，難受得不行，連喉嚨也好像梗住了似的。他急急上前幾步，小心翼翼地握住她無力的右手，用生怕驚著她的柔和嗓音，溫言細語道：「是我，妧妧，我來了。妳必定不會有事，相信我。」

耳邊的聲音是很熟悉的，是小白的聲音。

可是將她的手包握起來的那雙手，修長而骨節分明，一點肉也沒有。

觸感不對，不是小白。

司馬妧皺了皺眉。麻沸湯的藥效過去，她現在很痛，眼皮依然撐不開，只模模糊糊看見有個男人在自己面前說話，他的聲音和小白的很像，可是很瘦沒肉，一點也不可愛，不知道是什麼人。

「你不是小白。」司馬妧虛弱而篤定地說。「小白呢？」

第三十九章

齊熠和三兩個留守的將領站在大帳外頭，伸長脖子眼巴巴等著，從天亮等到天黑。

醫官掀開帳子出來，年紀最大、負責拔刀的那位醫官輕咳一聲。「大元帥暫時無事。」話音剛落，人群裡立即掀起一陣歡呼，醫官把眼睛一瞪，壓低聲音警告道：「安靜，莫要吵到大元帥歇息。七日傷口不潰爛才算挺過去，這幾天都是鬼門關，你們都仔細點！」

軍隊裡除了上司之外，醫官是最最不能惹的人，故而他一發話，眾人都乖乖點頭。

齊熠也鬆了口氣。「既然殿下暫時無事，大家便恪盡職守，隨時注意周圍環境，小心敵人偷襲。」

「是。」眾人領命離去，齊熠本來也該走的，可是醫官卻上前低聲對他說了一句。「齊將軍且慢。」

齊熠頓住腳步，心裡咯噔一跳。莫不是這軍醫騙人，長公主的治療其實不成功？

幸好幸好，醫官開口的是另一個完全無關的問題。「敢問齊將軍，小白……乃是何人啊？拔刀之後殿下有過短暫的清醒，口裡一直唸叨著這兩個字。」

「小白啊？」齊熠神情頓時輕鬆下來。「小白便是殿下的駙馬。」他解釋完，又想起顧樂飛不喜歡旁人喚他這個小名，便神情嚴肅地告誡醫官。「這是殿下對駙馬的愛稱，旁人斷斷不能效仿。」

「喔，長公主和駙馬果然夫妻情深啊。」醫官摸了一把自己的山羊鬍子，頷首感慨，隨即他又問：「敢問齊將軍，那個後來走進大帳的公子，和駙馬有何關係啊？可是駙馬派來看望公主的？他一直待在裡頭不肯走。老夫想殿下……雖然是統兵的大元帥，但是畢竟男女有別，這似乎有些……」

齊熠瞪大眼睛，愕然道：「他就是駙馬本人啊！」

「什麼？」三個醫官俱是一驚，三人面面相覷一番，方才道：「可是，殿下分明說他不是啊！」三個人聽得清清楚楚，若不是大元帥傷勢過重很快昏迷，那個膽敢抓住殿下的手不放的男人，應該會被她勒令趕出軍營吧？

當然，那人望著長公主的眼神十分深情，長得又很好看，看著不知道趕了多久的路，風塵僕僕又很疲憊的樣子，堅持守在長公主的床前不願離開。

可是也不能放著一個陌生男人一直陪著昏迷的殿下吧，萬一他心懷不軌呢？

因著這層顧慮，故而醫官們才來問齊熠，聽說這位齊將軍在鎬京便和殿下熟識，肯定知道一些旁人不知道的私密。

齊熠也是哭笑不得。「他真的就是駙馬。姓顧，名樂飛，字堪輿，天底下獨一無二的長公主駙馬。」

醫官們表示不信。「長公主說他不是小白。」難道長公主還能把自己的丈夫弄錯？

齊熠撓了撓頭，搜腸刮肚試圖解釋。「呃，那是因為他瘦了，以前可胖了。殿下昏迷著，神志不清，亂說話。」

他大著膽子詆毀天下兵馬大元帥腦子不清楚，還不忘讓醫官們向她的暗衛們求證。「不信你問問殿下身邊的貼身侍衛，他們也能證明。」

「那幾位說了，看起來有點像，不確定。」醫官道。話說到這裡，醫官們看著齊熠的目光多了幾分懷疑。這小子不會自己認錯了，放了奸細進來吧？

齊熠語塞。他苦惱地撓了撓頭，忽然靈光一現，往拴在柱子旁的黑毛雪蹄大宛馬一指。「那是殿下的無痕，有靈性認人的，不是熟悉的人都不讓親近，你牽牠去見見帳裡頭那人，牠肯定能證明他就是駙馬。」

無痕適時打了一個響鼻。

話一說完，別說幾位軍醫們，齊熠自己都覺得十分荒謬。

顧樂飛啊顧樂飛，連長公主都不認你，居然淪落到只能讓一匹馬證明「小白是小白」，你的駙馬混到這個分上，真可謂悲催至極。

他喟嘆一聲，朝醫官們拱了拱手。「齊某敢以人頭擔保此人的身分，諸位無須懷疑。天色已晚，大家辛苦，快快歇息去吧。」

司馬妧昏睡了兩夜。

醒來的時候，她聽見清晨時分帳外的鳥鳴聲聲悅耳，生機勃勃。

不過，她發現，床前似乎有一個黑乎乎的腦袋。

司馬妧費力地側了側頭，發現確實有一個人枕在自己的床邊睡著了。他的姿勢有些彆扭，半側著臉枕著自己的手臂，大概睡得並不舒服。從這邊只能看見他的側臉，看不清他的完整長相。

他的側面立體而英俊，雖有些過於尖銳的冷，卻讓人印象深刻。

這是一個長得很好看又從未見過的人。司馬妧的手指動了動，不自覺地想要去摸一摸他的腦袋，不過因為身體虛弱無力，她並未真的這樣做。

為什麼會想摸摸他？司馬妧的心中泛出疑問。

大概是因為看見此人的第一眼，她無端端覺得眼熟吧？可是再仔細看第二眼，她又覺得自己並未見過此人，不知道是否是韋愷他們請來的當地郎中？

司馬妧猶豫著該不該喚醒這位「當地郎中」，恰在這時，她從公主府裡帶來的侍女端著水盆掀開帳子走進來，見司馬妧睜開眼睛，侍女又驚又喜。「殿下醒啦！醫官大人，殿下醒來了！」

侍女連忙轉身跑出去向醫官稟告這個好消息，因為聲音大，睡得並不很沈的顧樂飛亦被吵醒。他抬起頭來，恰好對上司馬妧陌生而禮貌的目光，頓時睡意全消。

有那麼短短一瞬間，他看著司馬妧，司馬妧看著他，兩個人古怪地一句話也不說，陷入尷尬又詭異的沈默。

司馬妧猶豫著先開口。「這位……」郎中？

因為不知如何啟齒，她的話只講了兩個字便憋了回去。

她根本不知道，在她說話的那一刻，顧樂飛真是徹底體會到了什麼叫肝腸寸斷、生不如死、生無可戀、萬念俱灰……

明明前天已經在她短暫的清醒時刻體會過了，但是那個時候他還能安慰自己，妧妧因為傷得太重所以腦子暫時不清楚。

可是，現在她徹底清醒，卻依然……

「妧妧，是我。」顧樂飛面無表情地開口。不是他冷漠，是他實在不知道應該用什麼表情回應沒有認出自己的長公主殿下。

伴隨著他那聲熟悉而親密的「妧妧」，司馬妧的眼睛驟然睜大、睜大、再睜大。

「你……」望著面前這張瘦得幾乎沒有肉的臉，司馬妧語塞半天，方才吶吶道：「你、你站起來讓我仔細瞧瞧。」

顧樂飛心中憂傷地站起來，忐忑地在她面前展示了一下自己頎長完美的身材。在她沈默、沒有任何表示的反應面前，他立在那兒，越發感覺到侷促不安，七上八下的內心並未有任何減肉成功的自豪和得意。

伴隨著他的動作，司馬妧的嘴也不自覺地慢慢張開。她躺在那兒，角度不是特別好，可是也足夠她看清楚眼前人幾乎沒有軟乎乎贅肉的勁瘦身材。

司馬妧瞠目結舌，足足愣了半晌都沒回過神來。

在困難面前從不低頭的駙馬爺，人生中第一次覺得自己快要哭出來了。他用發自肺腑的真摯之聲再一次告訴她。「妧妧，真的是我！」我真的是顧樂飛啊！

「呃，喔……」司馬妧張大嘴巴，愣生生回了他一句。「不可能呀！誰把你折磨成這個樣子了？」

面對親愛的長公主殿下無比真誠而驚訝的疑問，顧樂飛無言以對。

沒有人折磨他好嗎！他是自己辛辛苦苦才瘦成這樣的，真要說，是他自己折磨自己。

顧樂飛的沈默令司馬妧察覺到自己的問話有些不妥。「你……」司馬妧張了張嘴，「小白」兩個字在舌尖打轉，卻怎麼也說不出來，好像對著這樣一個人喚「小白」，是件很奇怪的事情。

「小白」這個稱呼，應該只屬於那個永遠笑咪咪、白白軟軟、圓乎乎的可愛胖子，而不是面前這個五官俊美的男人。

當司馬妧突然意識到「小白」並不適合眼前人的時候，那剛開口便戛然而止的詞句也因此顯得更為突兀，令她感到十分尷尬。

而顧樂飛什麼也沒說。

在她開口之後，他一直靜靜凝視著她。

顧樂飛瘦下來之後，臉頰上的肉不再擠壓雙眼，那雙狹長而微微上挑的眼睛專注看著一個人的時候，漆黑的眸子中彷彿有漫天星光閃爍，醉人的深情。

第一次，司馬妧發現自己不習慣被一個人如此凝視，她的心彷彿跳得快了些，令她禁不住偏移了目光，不願再看他。

始終注視著她的顧樂飛發現，司馬妧原本毫無血色的蒼白臉頰上，奇異地泛起一絲淺淺的紅暈。他伸出手來，如玉般修長白皙的手指捕捉住那絲極淺的紅暈，指腹輕輕摩挲著她因為行軍日曬復又粗糙的肌膚，黑眸深邃，專注無比。

可是他依舊一言不發，好似在等待她捱不住先開口。

司馬妧的確捱不住。

「你……」她開口了，卻再次詞窮，還是不知道應該叫他什麼。因為身上有傷，不便動彈，司馬妧唯有努力把頭偏了偏，企圖躲開那隻曖昧的手。

因為她躲避的動作，顧樂飛的眸光沈了沈。他掩住不悅，語氣不辨喜怒。「叫我一聲小白，很難嗎？」

司馬妧沒有回答他。小白，不是這個樣子的，她叫不出口。

她垂眸，低低吩咐道：「你去把守營的諸位將領叫來。」

顧樂飛的手驀地一收緊。他沒有聽話，卻淡淡道：「妳才剛醒，不急於一時。」

司馬妧默然。面對他公然的違抗，和語氣中隱隱的不悅，她想著實是人之常情，若她見熟悉的人忽然對自己舉止生疏、反應陌生，也會覺得難過。

可她真的很難將他當成小白，更不知道他為什麼要將自己變成如今模樣，是否受夠了她無盡的揉捏搓磨，不願意再忍受？

她靜默片刻後，忽而輕輕喊了一聲。「吳叔。」「吳」是暗衛大叔一號的姓。

守在帳外的吳叔耳朵很靈，聞聲掀簾而入。「殿下有何吩咐？」

「煩你將守營的諸位將領叫來。」

「是。」吳叔得令後毫不拖延，立即通知人去了。

吳叔一走，司馬妧馬上感覺顧樂飛的目光如芒刺在背，盯著自己看，黑眸沈沈，彷彿幽怨無限。

司馬妧覺得自己的心彷彿又跳得快了些。這是一種她不熟悉的情緒，衝動、感性、毫無理智可言，她直覺危險。

她早已發現，面前這個不是小白的小白，不僅僅是身體變瘦了而已，由於他不再顧忌和壓抑，因此刻意朝她釋放出來的氣勢是那樣的陌生和危險。

她想念從前那個胖胖軟軟衝自己笑的小白。

「抱歉。」司馬妧的目光中閃過失落，她的眸子垂下來，低聲道：「我很不習慣。」

一雙乾燥溫暖的手將她的臉小心翼翼捧起來，動作溫柔，卻是不容拒絕地強迫她看向自己，篤定道：「多看看，就習慣了。」低沈柔和的嗓音熟悉又好聽，然而面前的人真的像是完完全全換了一個。雖然司馬妧很喜歡抱著顧樂飛睡覺，可實際上，她並不習慣別人的肢體碰觸，他是個大大的例外。

故而，顧樂飛突兀又親密的動作令司馬妧渾身起雞皮疙瘩，她的手指動了動，有種將這雙不安分的手揮開的衝動。

無奈的是，她此時身體虛弱，沒有力氣，而且為了避免牽動傷口導致再次受傷，最好什麼動作也不要有。

好在吳叔辦事快，這種尷尬並未持續很久，包括齊熠在內的幾位守營將領得知殿下醒了叫他們，一個個都以衝刺的速度狂奔而來。

司馬妧叫這些人來，當然不會是討論我的駙馬變瘦了之類的問題，而是為了了解目前的軍情。

事關軍機，顧樂飛即使頂著駙馬身分，也是外人，為了避嫌，他當然必須退出帳外。

行軍打仗的大都是粗人，留守的三、四位將領大大咧咧，看著大元帥精神不錯，心裡都很高興，除了齊熠之外，沒人注意到大元帥和她的駙馬之間詭異的氣氛。

駙馬退出去的時候，那幽怨的小眼神，殿下看他出去了立即鬆口氣的舉動，機智聰慧的齊將軍洞若觀火，看得真真切切、明明白白。

堪輿啊堪輿，這可是你自找的……

齊熠在心底為好友惋惜不已，一個走神，沒想到司馬妧的問話已到了他的頭上。「齊將軍。」

「末將在！」神遊天外的齊熠緊急回神。

司馬妧問道：「刺殺我的那個人，是你負責派人看守的？」

「是。」齊熠回答。「為防止他自盡，已將他的手腳全部銬起，除了餵飯喝水之外連嘴都塞上布團！」

「很好。侍醫官給我換藥之後，你便把此人帶進來，我親自審問。」司馬妧的眸光一冷。「我很好奇，他與我到底有何深仇大恨，非要在陣前殺我不可。」

「是！」

司馬妧召集眾人，不只是為了審問刺殺者的事情，還仔細問了戰事情況以及後勤的補給，一樁一件，她都認真了解，指出有問題的地方，為將領解答疑惑，並針對目前情況發出新的指令。

這一個會足足開了一個時辰，待候著的醫官終於被允許進入大帳時，司馬妧已疲憊得再次昏睡過去。

齊熠從中軍大帳中走出，第一眼便看見站在大帳外十來丈距離的木柱邊，正拿兩根苜蓿草逗無痕的顧樂飛。

他看起來百無聊賴，悠閒中莫名透著幾絲幽怨。

齊熠輕咳一聲，朝好友的方向走去。

顧樂飛側頭看了他一眼，順手將苜蓿往無痕的長嘴中一送，自己拍拍手，向齊熠迎過去。

「事情談完了？」他淡淡道，表情看不出喜怒來。不過以齊熠對自己好友多年的認識，他直覺顧樂飛現在不高興，很不高興。

「嗯，完了。殿下很累，又睡過去了。」齊熠看了看顧樂飛眼下的青影，忍不住勸道：「堪輿，這幾天你也累了，好好歇息去吧，殿下的心思……也不急於這一時。」

顧樂飛似笑非笑望著他。「我急什麼了？」

急著讓殿下重新承認你駙馬的地位，恢復你駙馬的權利唄！齊熠心中腹誹，卻不敢說出口來，只吶吶道：「你突然瘦下來，判若兩人，總得給殿下一點時間適應。」

顧樂飛冷笑一聲。「說得你十分懂她的心思似的。」

果然是不高興了。

齊熠訕訕，不願去觸這個楣頭，可是他又是自己好友，不能放著他不管，也唯有硬著頭皮繼續勸。「旁觀者清，這句話總是不錯的。你以前胖乎乎笑咪咪的，殿下自然覺得你可愛無害，如今這模樣好看是好看了，可是看起來著實不好親近，也難怪殿下會……」

他小心翼翼地偷瞄一眼顧樂飛，見他沒什麼抗拒反應，似乎聽進去了，便再接再厲道：「堪輿，你不如笑一個吧？」

顧樂飛淡淡瞥他一眼。「有什麼值得笑的。」

「不，不，我是想看你那兩個酒窩還在不在。」齊熠解釋道。「你以前胖的時候，笑起來兩個酒窩，看起來特別人畜無害，估計殿下就喜歡那種感覺吧？你要是酒窩沒丟，就多對殿下笑笑，找回那種可愛的感覺，說不定就能逗得殿下心回意轉呢？」

齊熠的建議拉拉雜雜說了一大通，一言以蔽之，就是要顧樂飛賣萌。

第四十章

賣萌這項技能，顧樂飛從來沒有習得過。

曾經胖到深處自然萌的駙馬爺，無須刻意賣萌，他只要朝長公主隨意一笑，就能讓她心軟得化成一灘水。

可是，今非昔比。

現在英俊帥氣無贅肉的駙馬爺，就算把嘴給笑咧了，也絕對不可能達到以前的境界。而且糟糕的是，他兩頰的兩個酒窩因為肉量所剩無幾，淺得只剩下兩個幾乎很難注意的小坑。

酒窩猶在，笑起來的時候還能柔化他本身長相的銳利逼人之氣，透出幾分男孩般的可愛，不過若以司馬妧的眼光看，這種笑容和曾經軟萌可愛的顧樂飛比，差了何止十萬八千里。

但他之所以抵禦飢餓和食物的誘惑，颳風下雨亦要堅持每天高強度的訓練，為的不僅僅是瘦下來變得英俊而已，顧樂飛想要的，是司馬妧將他看做一個男人，而非一個抱枕。

而他最終希望的，是她真正將他當成她的駙馬、她的丈夫，而不是名為「小白」的寵物。

如果他再用賣萌的方法讓她聯想到「可愛的小白」，讓她接受自己就是從前的那個人，那他辛辛苦苦瘦下來是為了什麼？

因著這一點，顧樂飛絕不可能接受齊熠的建議。

「不必。」顧樂飛毫不猶豫地拒絕。「我自有辦法。」

齊熠眨了眨眼，好奇無比地探問：「你有什麼好辦法？」

顧樂飛瞥他一眼，勾了勾唇。「我為什麼要告訴你？」說完這句，他竟越過齊熠，徑直往中軍大帳走去。

齊熠呆愣地望著顧樂飛舉止從容瀟灑的背影，張著嘴半天，只憤憤吐出了三個字。「沒義氣！」

司馬妧又有了那種芒刺在背的感覺——理由只是她拒絕讓顧樂飛餵食。

事情要從她睡醒後開始說起。

聚集將領議事完畢後，她因為精神疲倦，又小睡片刻，待精神恢復了才讓醫官進來看診。傷處依然疼痛，好在沒有潰爛的跡象，侍女端來流食和藥汁，顧樂飛起身挽了挽袖袍，端起藥碗欲要親自餵她，卻被司馬妧委婉回絕。

可是顧樂飛又不聽她的了，神情甚至有幾分不以為然。「去年冬天妳從皇宮裡被人抬回來，養在床上的那些日子，不都是我親自給妳餵藥、幫妳按摩？」

說著，他便端著藥來到她的床前。

「你不要離我那麼近。」她很不習慣他身上散發的那種危險氣息，連帶看他的目光都帶著防備和警惕。「我不習慣。」

妳就那麼討厭現在的我？

那一刻，顧樂飛緊了緊端著碗的手，手背青筋暴起，真有一把將碗摔了的衝動，他是硬生生強迫自己忍住的。

他真是氣壞了，自她醒來之後，他就覺得自己一顆心被她抓在手裡扔來扔去，現在乾脆被她丟在地上揉過來踩過去，不僅痛，還很傷。

若不是她受了傷……他必定要把她、把她……顧樂飛在心中咬牙切齒地想，若不是她傷著，他定會採取某種非常手段「強迫」她「習慣」！

他真是氣得快失去思考能力，以致忘記了若不是司馬妧重傷，他哪有機會強行對她做那些曖昧的動作，早被她給扔出去了。

因著司馬妧拒絕的這句話，顧樂飛的胸口像堵著一塊大石頭，很鬱悶很鬱悶，導致司馬妧在喝藥和進食的時候，才會無時無刻不感覺到顧樂飛幽怨的眼神。

好想把他趕出去啊！司馬妧的心裡不止一次冒出過這個念頭，卻每一次都被她生生壓回去。

因為……她不忍心。他還是那個人，外貌上的變化也不能改變他還是小白的事實，她不能在他千里迢迢從鎬京趕來後，無情地將他拒之帳外，連面也不見他。

可是，每天面對這種目光，對她而言真的是種很煎熬的考驗，比拔刀都痛苦！

「大元帥。」這時候，外頭有士兵稟告。「齊將軍已將囚犯帶來，問大元帥何時可進行審問？」

司馬妧低頭考慮什麼時間比較合適，卻聽顧樂飛插口道：「是妄圖殺妳的那個犯人？不若讓我來審。」

聞聲，司馬妧朝他看去，正撞入他如燃起兩點寒火的眸子，那目光像在冰下燃燒著的火焰。

司馬妧看得愣住，脫口問：「為何？」

「為何？」顧樂飛笑了一下，那笑容有些刺眼，譏誚道：「他是誰的人，雖然沒有審過，但妳心中難道沒有答案？」

沒有答案？怎麼可能沒有答案。

司馬妧沈默。這就是她要親自審問的原因，如果可以，她不願將事情鬧大。

可是顧樂飛太了解她了，她不說，他也知道她為什麼沈默，不由得嘆了口氣，道：「妧妧，妳不要太天真。」

他揮手屏退帳中其餘人，緩步走到她的床邊，蹲下身子，輕輕握住她冰涼的雙手，感覺到她的手微微一顫，想要抽離。那是明顯的抗拒，顧樂飛裝作沒有發現，抬起頭來注視她的眼。「妳以為，我為何千里迢迢跑來找妳？若不是我得了確切消息，怎會如此篤定妳將遭刺？誰要殺妳、誰會獲得最大的利益，這難道不是很明顯的事情？如果妳想要讓那個人在眾將面前公然認罪，恐怕妳會失望，此人的嘴恐不會那麼容易撬。他選人還是很有眼光的，前太子的事情他完美善後，妳的事情，他同樣也可以。所以，讓我來，讓我在眾將面前審問他。」顧樂飛認真地對她說。「我不用很多刑具，或許也不需要很長時間。」

「我知道你可以。」司馬妧不自在地想要將手抽出來卻無果，只好就著這個姿勢道：「但是、但是——」

「妧妧！」顧樂飛猛然提高音量喚了她一聲，打斷她猶豫想說的話。「不要天真，他要的就是妳的命！」

司馬妧低頭看向他，那雙琥珀色的好看眸子一向堅定，此刻卻是難得的茫然無措。「你在逼我下決定？」

「不是我逼妳，是他在逼妳，他一直都在逼妳。」顧樂飛猛地握緊她的雙手，俯首湊近，薄唇親吻她冰涼的指尖。「十二王爺的暗示妳不聽，任他將妳逼到絕境，現在呢？現在妳還不清楚？他和妳之間，只能容得下一人，就像一山不能容二虎一樣！」

他的話語決絕，如同積壓許久突然噴發的火山，這些日子以來，他所經歷的痛苦、擔憂、焦慮、不安等種種負面好像都在這一瞬間釋放出來。他將強烈的情感訴諸於語言，也訴諸於和她的身體接觸，他的吻雖然只在手上，卻有著不輸於其他部位的熱烈纏綿。

面對這樣的顧樂飛，司馬妧自然無法殘忍地將手抽出。

「妧妧，我是真的怕，怕妳下一次……」

他清楚如何對她一緊一鬆，當她被自己逼到牆角之時，他忽而弱了氣勢、換了語氣，嘆息一聲，滿含溫柔的悲哀，低沈動聽的嗓音繼續在她耳邊響起。「我不想再看到任何刀劍從妳身體中拔出來的樣子。如果妳執意不願那樣做，以後便無時無刻不帶著我在身邊，讓我做妳的盾牌。妳現在懂了嗎？」他的薄唇抿起，顯出無情的弧度來。

「我……」我寧可不懂。

「妧妧。」顧樂飛輕輕地喚她。

他將她的手在自己的臉頰上摩挲，用鼻尖輕嗅和碰觸她帶著草藥和血腥味的氣息，溫熱的鼻息拂在上面，柔軟溫暖的唇瓣在她的肌膚上親了又親，留下一個個濕熱的吻。

一陣酥麻感傳遞上來，司馬妧的身體輕輕抖了抖。她垂眸看著幾乎是半跪在自己床前的這個男人，彷彿完全不認識一樣。

她感覺到他熾熱真實的情感，卻也同樣感覺到疑惑——好像面前的真是另一個人一樣。

小白會親密地挨著她，卻絕不會用這種過於曖昧的舉動對待她。

可是他們分明就是同一個人啊？他為何會如此的……司馬妧的心中很亂。

更讓她心亂的是另一件事，比起面前人的變化，目前另一件事更需要她立即作決定。

這一步一旦踏出，恐怕便不再有回頭的機會。

要這樣做嗎？不然呢？她還有別的選擇？

「我知道了。」司馬妧嘆了口氣，頷首緩緩道：「此人，由你來審。」

「把人帶來。」

隨著顧樂飛一聲吩咐，兩個孔武有力的士兵將那個刺殺者押解過來。此人手腳皆被十餘斤重的鐵鍊綁縛，嘴裡塞著布團，頭上套著黑布，隨著士兵將刺殺者的黑布摘下，露出一張普通卻熟悉的面孔，人群裡響起一陣譁然。

「是左將軍！」人群中有人驚呼。

顧樂飛沒有選擇在比較私密的中軍大帳內審問，改在軍營中一片較大的空地。除卻齊熠和其餘三、四個將領在場外，暫時不當值的百餘名伍長以上的士兵被准許觀看。

這些士兵之所以譁然，便是因為此人他們認識，竟是曾和他們一起從南詔的圍攻中突圍的左將軍。

這些人都是較底層的小兵，雖然聽說過陣前刺殺大元帥的是自己人，卻因為消息封鎖，這些人不知道到底是誰，所以當刺殺凶手露出真面目的時候，許多人都十分驚訝。

倒是刺殺者本人，雖然經過好幾天的禁閉和關押，驟然見到陽光和那麼多人的注視，依然顯得十分淡定。

「左甫。」顧樂飛緩步走到他面前，俯身抽出他嘴中布條，沈聲問道：「誰派你來暗殺大元帥？」

左甫不說話，自顧自環視一周，沒見到司馬妧本人，目光不由閃過一絲惋惜。

這快速閃過的惋惜被顧樂飛捕捉到，他冷笑一聲，伸手狠狠捏住左甫的下頜。「你惋惜？惋惜什麼？如果大元帥在場，你還準備再殺她一次？」

左甫一口唾沫吐到顧樂飛臉上，冷冷道：「是。」

人群再次譁然，包括齊熠在內的幾個將領都看得氣憤起來。「左甫，你和殿下有何深仇大恨，非置她於死地不可？」

「關你們屁事。」左甫絲毫不給其餘幾個昔日同僚面子。

齊熠冷冰冰道：「左甫，你若不招，我們就用刑了！」

左甫哼笑一聲，不答，回他一記輕蔑的眼神，好似在說「有本事你就用，我不招」。軍中那些用刑的花樣他又不是沒有見識過，都是他玩剩下的，大不了痛一痛就能挨過去，有什麼好怕的？

「我知道你不怕酷刑。」許久不開口的顧樂飛忽然道：「不過你難道不好奇，為什麼本來打算親自審問你的大元帥不出現嗎？」

左甫神色微微一動。

他依然不開口，任由顧樂飛繞著他慢慢走了一圈。面對這個據說是長公主駙馬的年輕公子微笑如水的表情，左甫無端端有種不祥的預感，卻始終不願示弱——

如果不能自盡，就寧死也不能交代出主子是誰。這是他進入五皇子府後每一天都在受的訓示，已經深入骨髓，即便現在天高皇帝遠，他只要一想到「洩密」，大腦就會自動聯想那些曾經洩密的悲慘例子，身體就會忍不住發寒。

「其實大元帥無意為難你，她只是想知道真相而已。」顧樂飛輕輕嘆息一聲。「哪怕你是南詔的奸細，或是北狄的舊部，因著她曾經殺過你的族人而仇恨她都沒有關係，她並不恨你，只是想知道真相。」

他的聲音低沈悅耳，語氣真誠而悲傷，再加上他駙馬的身分在軍營已是眾所周知，由他代公主發言也很令人信服。聽得在場人不由得連連點頭，想起無端端遭受手下背後一擊的大元帥，都覺難過不已。

「姓左的，大元帥那麼好，你為何要殺她！」場中有人喊出眾人的心聲。

左甫回那人一口唾沫。

很好，左甫，這是你自找的，可怪不得我。顧樂飛袖袍一揮，轉身走開，道：「給他灌藥。」

話音剛落，就有四個士兵上前強行壓住左甫四肢，第五人上前撬開他的嘴強行將藥汁灌了下去。

灌完藥後，四個人把左甫提起來，一路往軍營一側的伙頭營那裡拖。其他圍觀的士兵不知道為什麼要去伙頭營，好奇跟著過去看熱鬧，結果便見左甫被扔進了豬圈。

嚴格說來，不是他們平常看見的豬圈，籬笆被加高兩倍，裡頭居然公、母豬都有，氣味也不怎麼好聞就是了。

這位駙馬爺要幹什麼？他想把左甫和豬關在一起羞辱左甫？

士兵們正覺得疑惑不解之時，忽聽蜷縮在豬圈一角的左甫發出一聲刺耳的呻吟。

那不是痛苦的呻吟，隱隱帶著喘息，在場者都是男人，一聽便知道這呻吟代表什麼意思。一看左甫面色詭異地泛出潮紅，呼吸急促，那處隆起，雙眼死死瞪著顧樂飛，好似要把他千刀萬剮，還有誰不明白發生了什麼事？

「公豬，母豬，隨你選。」顧樂飛往三處地方挨個指過，頓了頓，又補充道：「喔，差點忘了，若是選擇自己，恐怕我就得讓人用強了啊，左大人。」

此話一出，在場士兵面面相覷，個個目光驚恐，下意識後退兩步。望著豬圈裡頭哼哼唧唧的肥豬們，他們覺得中午吃的豬肉好像在肚子裡翻騰，連齊熠和其他幾位將領腦補一下可能即將發生的畫面後，胃裡也禁不住一陣翻江倒海。

比起酷刑，這種羞辱不只是身體上的，還有心理的，想想都噁心，更何況……

「顧！樂！飛！」

左甫咬牙切齒，身體的反應卻令他的喘息越發急促，連聲音都不穩。「這種禽獸不如的行徑你竟做得出……有朝一日，必將你千刀萬剮！」

「禽獸不如？」顧樂飛淡淡笑了笑。「禽獸不如的是我，還是你的主子？陣前殺將，置大靖國運於不顧，這種人，值得你如此效忠？」

這話很有些暗示的意味，左甫瞪大眼睛。「你、你……」莫非他早就知道是誰派自己來的？

「左甫，我真為你感到不值。」顧樂飛招了招手，隨他來的兩個暗衛翻入惡臭逼人的豬圈，將已在忍耐極限的左甫架起來，往豬群的方向拖過去。

在場將士都忍不住偏過頭去，本想不看，可是心裡偏偏又覺好奇，忍不住偷瞄，一邊偷瞄一邊背脊發涼，只覺這位長得好看的駙馬爺簡直是人面惡魔，手段卑鄙無恥。

顧樂飛倒是渾然不覺，悠哉的聲音在左甫背後響起。「左甫，好好想清楚。你說與不說，於我而言沒有差別，但是大靖的士兵需要一個真相。陣前拚死殺敵，竟還要擔心自己人捅刀子，呵……」

左甫知道他的話中深意。既然他說與不說對顧樂飛都沒有差別，那麼就證明顧樂飛確定他的主子是誰，只是想要他親自在眾人面前說出來而已。

他接受的訓練是絕不可以透露主子的身分，但是如果他不說卻被對手知道了，這同樣也是他的錯。

換言之，如今若還能回去，他也是一死。

比起死，面前越來越靠近的、散發著騷臭的髒兮兮的豬屁股，還有身體克制不住的反應，都讓他胃裡一陣翻江倒海。

一想起馬上要發生的事情，自己在眾目睽睽之下，竟然要把一頭豬給……

左甫渾身打一個寒顫，衝口而出。「是當今天子！」

四周一寂。

這幾個字說出來，左甫只覺渾身輕鬆，無所顧忌地吼道：「是皇帝陛下要殺司馬妧，若她忠君，就讓她對著鎬京的方向自裁！」

「愛國忠君，愛國在先，忠君在後。」

一個沙啞的女音沈沈響起。

眾人回頭，便見臉色蒼白、身披斗篷的大元帥在兩個侍女的攙扶下緩緩朝這邊走來，紛紛連忙向大元帥施禮。

這是司馬妧受傷以後第一次出現，她走得很慢，幾乎大半身體都靠在侍女身上。她盡力挺直身板，讓自己的精神顯得好一些，這反而更讓許多人看得眼眶一熱，心裡直發酸。

幾天前，大元帥還親自領著他們殺南詔來著。

「左甫，你為天子，我為大靖，各為其主，我不怪你。」司馬妧揮了揮手，示意暗衛們將左甫從豬圈裡頭帶出來。

「左甫，你聽好了。」司馬妧注視著他，認真道：「即便司馬誠要殺我，我也必將西部一線的戰事平定，保大靖太平。其餘的，恕本帥將在外，軍令有所不受。」

她的聲音不大，卻十分堅定沈穩，激得眾人心頭湧起一陣激蕩的熱血，一時忘記直呼皇帝名是大不敬，只覺得如此忍辱負重的大元帥令人佩服。

齊熠也覺興奮起來，此時顧樂飛扔給他一個眼神，齊熠立即會意，第一個帶頭跪下抱拳，大吼道：「末將願追隨殿下，平定西南！萬死不辭！」

許多人如夢方醒般也跟著跪下來。「追隨殿下，平定西南，萬死不辭！」

從眾效應是可怕的，看到上百人齊唰唰下跪表忠心的壯觀場景，被灌了解藥的左甫心裡一陣陣發寒。他直覺這就是一場算計好了的秀，而作秀的目的……他不敢再往下想。

目前西南戰事未平，那等到平定之後呢？她想帶這十多萬府兵去幹什麼？

左甫的身體猛地一抖，下意識望向司馬妧，只覺得她平靜堅定的面容下藏的是無限殺機。

第四十一章

「駙馬爺，您可以進來了。」

顧樂飛在中軍大帳前吹了不知道多少冷颼颼的風，受了不知道多少個過路軍士的注目禮，終於得了掀簾侍女的一句放行令。

當對左甫的徹底審問結束後，顧樂飛欲回中軍大帳看妧妧的時候，卻被暗衛攔在了門口。「殿下傷口迸裂，醫官和侍女在幫她換藥。殿下吩咐，若駙馬來了，不許放行。」

換藥，要脫衣服。顧樂飛很快抓住關鍵字。

然後他覺得很不高興，憑什麼一把年紀老掉牙的醫官能看她的後背，他身為駙馬卻不可以？

以前她還允他給自己做全身按摩來著！她還抱著自己睡覺來著！她還把腦袋枕在自己的肚子上滾來滾去來著！憑什麼現在不讓他進去！

於是，因著被暗衛大叔這麼一攔，原本心情不錯的顧樂飛整張臉頓時陰下來。

他冷笑一聲，黑眸沈沈地盯著暗衛大叔。「我乃駙馬，莫非還需要避嫌？」

暗衛大叔無奈攤手。「是殿下的意思。」

於是顧樂飛的心情更不好了。

雲南的冬夜還是很冷的，風也大，不過他就是賭氣要站在大帳門口，不肯去別帳取暖，導致過路士兵都好奇地紛紛張望，奇怪為什麼駙馬不進去陪大元帥，偏偏要站在門口吹冷風。

聽說大元帥嫌駙馬爺長得醜，剛醒來的時候都不認他——士兵們竊竊私語。

啊，不會吧，長這麼好看還被嫌醜？看來駙馬也過得挺不容易，難怪手段那麼變態——誰說男人不八卦？

待到侍女通知駙馬爺終於被准許入內的時候，裡頭的醫官已經在收拾藥箱囑咐各種注意事項，換藥完畢的長公主也已經將上衣穿好，帳中暖和，可她包得嚴嚴實實，除了臉、脖子、手，一點多餘的肉都不給顧樂飛露。

顧樂飛真是好傷心。

「你們退下吧。」心碎的駙馬爺幽幽吩咐。「殿下這邊我來伺候。」

司馬妧微愣，抬頭對上顧樂飛黑黝黝的眸子，不知怎地有些心虛。待閒雜人等都走光了，顧樂飛方才幽幽開口。「妧妧，妳可知我在外頭站了多久？」語氣哀怨如同棄婦。

司馬妧更覺心虛，輕咳一聲，問：「左甫那邊，已經審完了？」

轉移話題。顧樂飛怨念十足地望著她。「對啊，審完後我便站在帳外候著，吹了半夜的冷風。」

說得司馬妧越發心虛。

可是……她絕對不希望自己換藥的時候顧樂飛在場，會很尷尬啊！

她不說話，一時間兩人又陷入沈默。

顧樂飛幽幽嘆了口氣，知道自己不能太著急，便主動從袖中抽出一張名單。「左甫咬出來的人，是妳親自料理還是我來？」如果不是因為這些人都是軍中的，他連給她過目都不用，自己就先把他們處理掉了。

司馬妧接過名單，數目大約十來人，她迅速瀏覽一遍，沈吟片刻，道：「我來。」這裡畢竟是軍營，如今不需顧忌司馬誠的皇帝身分，她的權力最大，既然她發話要自己動手，顧樂飛也不攔著，只是提醒道：「留兩個活口和左甫一起，日後有用。」

有什麼用？自然是占據大義的最好人證。

「左甫。」想起這個人，就不自覺地想起今日白天那一幕，司馬妧覺得自己真是大開眼界。「難怪你讓我得了訊號再出現，原來是因為……」有如此重口味的一幕，竟讓她也覺得……呃……印象深刻。

「他要殺妳，我沒把他千刀萬剮已經很放過他了。」

司馬妧沈默。

顧樂飛繼續這個越發無下限的話題，他淡淡道：「人發起情來，有時也與畜牲無異，鎬京城中的骯髒事多了，只是妳沒見過。當然，純粹令慾望主宰身體的，那的確是畜牲，可若是……」他話鋒一轉，忽而壓低嗓音，緩步朝司馬妧走近，俯身緩緩道：「若是濃情密意、水到渠成，那便是陰陽調和，世間極樂，歡喜無限。」最後四個字，他的音咬得很低沈，好似慢慢在舌尖打了個轉方才悠悠飛出去。

伴隨著顧樂飛最後幾個音沈沈落下，他的嘴唇已快碰到司馬妧的耳尖。

他分明看見那耳尖泛著微紅，讓人很想忍不住咬一口，可就在這時，司馬妧忽而回過頭來，清澈無波的眼睛直直盯著他瞧，好似要看透他的心思一樣。

她道：「你說此話，是想上我？」

「咳咳咳！咳咳咳咳咳！」

顧樂飛蹲在地上劇烈地咳起來，被自己的口水嗆到了。

比起他委婉又挑逗意味極濃的情話，司馬妧的白話真是簡單粗暴，赤裸裸地表達出他最想幹的一件事，真是把顧樂飛刺激到了。

這不能怪司馬妧，她在軍中待過的時間那樣長，沒受過多久的傳統閨閣女子教育，反倒是軍中士兵的葷話聽得最多。

望著蹲在地上簡直要把肺咳出來的男人，司馬妧疑惑萬分地偏了偏腦袋。她想了想，覺得可能是自己料錯了，顧樂飛並不是那個意思。

於是她便努力伸手拍了拍他的背，如過去那樣給他順氣，歉意道：「若我說錯了話，莫要介意。」

雖然手感完全不一樣了，不過她拍背順氣的動作倒還很熟練，顧樂飛感受著背後熟悉的觸感，內心充滿了莫名的悲憤。

他、他從來不知道妧妧居然是這麼……呃……簡單粗暴的一個人，明明以前她不是這樣的！

顧樂飛也不想想，司馬妧面對一個軟軟萌萌的抱枕，除了捏捏捏抱抱抱，她就只想著豁出命來也要護住他才好，腦子裡根本沒有過如此不純潔的念頭，當然更不會宣之於口，但是現在不一樣。

唉，顧樂飛在心底嘆了口氣。

他感覺自己好失策，接下來……該怎麼辦？

如果他現在給她一個肯定的回答，她會是什麼反應？顧樂飛的心裡忽然湧出一絲詭異的期待。

可惜司馬妧並沒有給他這個機會。

「你若覺得舒服些了，便坐下吧，我有話問你。」為他順背的那隻手抽離開來，顧樂飛深感失落，但聽得司馬妧語氣認真，便知她是有正事要問。

唉，真不想談正事。顧樂飛垂頭喪氣地坐下。

見他一副沒精打采的樣子，司馬妧心想是不是自己剛剛的話讓他不高興了。於是她再次道歉。「我出言直爽，你也是知道的。若我剛剛冒犯了你，還請莫要介懷。」

誰知道此言一出，面前的男人「唉」了一聲，看起來居然更加沒精打采。

難道……自己又說錯話了嗎？司馬妧疑惑不解，不過還是決定暫時將這件小事放一放，問自己心中關心的事情。

「陳先生在京中想做什麼？」

司馬妧的意思，便是代表她知道陳庭早有反意，甚至也知道他和顧樂飛是一夥的。

其實不難推測，陳庭和他們二人走得近，種種細節和行為分析下來，猜也能猜個八九不離十。

司馬妧以前只是不去想而已，若她願意去想，她便能分析出真相。

那麼，陳庭現在到底在做什麼呢？

他正在和高延密謀，如何將鄭青陽從尚書令的位置上拉下來。

高延接到自己女兒的信，得知前太子的事情又被人翻了出來，而且還和顧樂飛有關，不由得渾身冒出一身冷汗。

一個顧樂飛不足為懼，可是他的背後站著的是司馬妧。

他早就猜測，司馬妧離京後，鎬京城中鬧得沸沸揚揚的皇宮鬧鬼傳言很可能是有人故意為之。因為這傳言質疑了司馬誠皇位繼承的合法性，他相信背後之人肯定還有相應的證據沒有拿出來。

當然，司馬誠不會那麼傻，坐等別人將他拉下皇位。當年的事情做得縝密小心，他完全可以找一隻替罪羊，同時派人除掉司馬妧和她的同黨，而那隻替罪羊得讓眾人信服是真的，他才能繼續安穩坐好皇位。

還有誰比高延更合適？

就算不是現在，待高嫻君誕下皇子，高家勢力更上一層樓，等到那個時候他也要對高延動手的，只是早晚的問題罷了。

高延幾乎算出了日後可能發生的每一步，他以一介寒門之身混到如今的地位，靠的就是他自己的能力和那顆敢搏敢賭的狠心。只是沒想到年紀大了，非但沒有享福，反而碰到如此棘手的困境，一時竟不知如何是好。

就在這時候，陳庭再次找到了他。

「繼續回去當你的尚書令吧，高相。」

陳庭之意便是無須示弱，向司馬誠展示他高延在朝中的深厚根基，威逼司馬誠讓他重回相位。

「而我，我要鄭青陽。他不是當年的涼州刺史嗎？」陳庭好似算計透了一切。「你想要你未出世的外孫當皇帝，怎麼能忘了鄭青陽這個人證？」

鄭青陽作為當年參與密謀的一顆棋子，的確是能證明司馬誠暗殺太子的人證。陳庭說出高延心中藏得最深的想法，說得高延心中一跳，還未來得及喝斥，便聽陳庭繼續道：「那孩子不是男孩也無妨，橫豎女子當政，也非難事。只要……有人支持。」

最後這句，說得著實意味深長。

高延不動聲色。「長公主如今恐怕自身難保吧，說不定便客死異鄉回不來了。」一旦撕開那層客氣面紗，打開天窗說亮話，高老頭的嘴毒得很。

陳庭呵呵一笑，其實因為雲南那邊遲遲沒有消息傳來，他現在心裡根本沒底，不過絕對不能讓高延看出來。

「高相說話太有意思了，且不說我家公主武功高強、身邊又有先皇給的暗衛，必定無事。就算她受了一點小傷，莫非高相以為長公主的舊部都是吃素的嗎？」

「先皇給的暗衛？」陳庭彷彿無意中透露出來的訊息令高延覺得心驚膽戰。「何時的事？我怎不知？」

陳庭笑了。「既然是先皇最得力的暗衛，自然不會輕易讓人知道。不然你以為，為何長公主的駙馬進入皇宮如入無人之境？」

高延淡淡道：「陳大人莫糊弄我，身手高強又了解皇宮地形的侍衛雖然難找，但是想找還是有的，不是隨便找什麼人來就可以冒充先皇暗衛。」

陳庭笑容依舊。「不信，高相去找十二王爺問問啊。」

高延心中一跳，怎麼連多年銷聲匿跡的司馬無易都牽涉了進來？

正當他驚疑不定之時，便聽得陳庭悠悠提醒道：「高相，自你決定扶五皇子司馬誠登基那一刻起，你早已沒有退路——」

顧樂飛並不知道陳庭的速度那麼快，居然已經和高延勾搭在一起，他一五一十地將自己出京之前，和陳庭所密謀的那些事情告訴司馬妧。

既然已到如今這個地步，他再隱瞞也無用，反正那個聰明又可愛善良的小白，從來就只存在於她的想像之中，他的城府、他的算計、他的多疑，今天就讓她看個清清楚楚好了。

顧樂飛帶著幾分自暴自棄的心情，從陳庭進京後的事情說到自己出京，撇去細節不說，只說事情概要，也足足花了兩個時辰，直說到深夜。

司馬妧揉了揉眉心，她本來就傷著，氣血虛弱，讓她強撐著聽這麼久的事情，她著實感到疲憊。

顧樂飛看見了，有些懊惱自己話太多。「大致便是如此了，妳有什麼要說的，明天再議吧，今日先歇息。」說著，他便過來給她寬衣蓋被。只是他以前也從沒有做過給她寬衣的事情，軍服的樣式又與常服有異，驟然要解，一時找不到扣子在何處，顯得笨手笨腳。

司馬妧覺得尷尬，卻難得地沒有拒絕，垂眸看他擰著眉頭滿臉不高興，動作糾結又笨拙。

自見面以來，這是她第一次從顧樂飛身上看到小白的影子，他情緒的直白流露令她極為懷念，又覺暖心。

「你……」本想喊小白，結果還是有些喊不出。司馬妧見他笨拙解扣的樣子，連忙制止住他的動作。「你別忙了。」

「我是妳的駙馬，還不能幫妳脫一件外袍嗎？」顧樂飛的聲音再次回歸幽怨模式。

司馬妧窘迫搖頭。「不是，我還有話要說。」

顧樂飛表示不聽。「明天再說，妳的身體更重要。」

「我就說一句。」她嘆了口氣，眉頭微蹙，思考了片刻，方才道：「陳先生身邊保護他的人可足夠？」

顧樂飛一愣。「怎麼？」

「我了解陳先生，他如今所作所為乃是為反而反，他不在乎自己的死活，也不在乎最後會帶來什麼後果。」司馬妧的眉心不展，斟酌片刻才道：「我擔心他劍走偏鋒，搭上自己的性命。」

雖然很不高興她這麼擔心另一個男人，不過顧樂飛還是寬慰了她。「顧吃他們在京城護著他，不會有事。如今妳只需早日養好傷，一切問題都將迎刃而解。」

第四十二章

不多日，韋愷那邊傳來好消息。他帶領軍隊包圍南詔國都大和城，不接受和談，不接受休戰，想要他退兵，只有一個條件——南詔王羅邏閣親自出城投降。

羅邏閣硬氣得很，自然不接受這等條件，包括下關城在內的數城守將紛紛出兵救王。可是他們前腳剛走，後腳就接到急報，說自己守著的城池被大靖士兵給占了。

這時候，這些守將如夢方醒，記起大靖在大後方還駐守著十萬人馬，靠滇馬的吃苦耐勞和好腳程，隨時可以派數千人馬快速攻入南詔任何一座城池。

南詔的貴族上層開始有勸降之聲，可是羅邏閣不甘就此認輸，他隱約知道司馬妧似乎出了問題，便不死心地派人在夜間潛行出城，尋其他部族尤其是雅隆部求援。可是不等他的人說動這些族長，大和城內再次火光沖天，無數火球從天而降，將大和城內最繁華的四方街引燃，百姓頓時四下逃散，一片鬼哭狼嚎。

這時不僅是大和城，整個南詔國內都謠言四起，稱南詔王不該擅自與大靖挑起戰爭，陷南詔於水深火熱，這是本主神在降天火懲罰南詔王。

謠言傳到羅邏閣耳朵裡，氣都快被氣死了。

「都是一群賤民！」

羅眉站在南詔皇宮的賢英殿外，聽著憤怒的謾罵。她覺得羅邏閣當了南詔王之後就不再是最愛她的那個哥哥，他現在最愛的是他的地位和權力。

可是……即便如此，她也想盡可能地幫他一把。

「哥哥，我們以芙蓉膏換大靖退兵，如何？」大靖皇帝可是已經上癮了呢。

羅邏閣猛地轉頭看她，兩眼放光。

可惜，這並不是一個聰明的主意，因為芙蓉膏是能戒的，而司馬誠服用的量畢竟很少。

高嫻君本想請許老頭入宮為司馬誠診治，卻被她父親的一封信給制止住——不用管他，安心養胎。

父親這麼一說，高嫻君也回過味來了。如今司馬誠一旦病發就見誰打誰，她萬一躲閃不及，被他傷到肚子裡的寶寶，那可怎麼辦？

後來事情又出現變化，羅眉被司馬妧帶走後，沒有芙蓉膏食用的司馬誠經過一段時間後，情況竟然好轉，發病時間越來越少，眼看著居然自己熬了過來。

南詔王也是被逼急了，這是他目前唯一的把柄，卻沒料到這件交易落到司馬妧手裡沒有任何分量。

說實話，在羅邏閣主動提起此事之前，她都不知道司馬誠悄悄染上了芙蓉膏。

即便她現在知道，那也無所謂，司馬誠挺不挺得過來那都是他自己的事情，別想她用一場全勝來交換什麼芙蓉膏。

倒是此事「順利」傳遍全軍上下，讓大家都知道原來自己皇帝被南詔王女陷害，身上染了這玩意兒。

大靖一口回絕南詔王的交易後，羅邏閣便只有將希望寄託在雅隆部。雅隆部的戰鬥力很強，而且雙方有同盟之約。可惜，雅隆部的主力如今被哥舒那其圍在狹長的河西走廊北段，以西北騎兵凶狠快速地反覆衝殺之，被打得暈頭轉向，根本無暇顧及南詔。

時局如此，羅邏閣投降，雅隆部潰敗，只是早晚的事了。

那麼問題來了，勝利之後，她應該帶這支軍隊去幹什麼？

司馬妧按下戰報，並不打算現在就召集守營將領宣佈消息。她看了一眼不遠處坐著的那個男人，和她類似，他也正在看消息，是一直奔波在外的佳餚千里迢迢從鎬京傳來的訊息。

顧樂飛讀得十分仔細，從司馬妧的角度看他的側臉，黃昏的光線恰好打在他的臉部輪廓一側，泛著帶著光輝的完美弧度。

司馬妧猶豫了一下，開口道：「顧樂飛。」

對面的男人下意識抬頭看向她，當他反應過來司馬妧喊的是什麼稱呼之後，不由得挑了挑眉，看不出是高興還是不悅。

「陪我出去走走吧。」她道。

往軍營西邊走不遠便是洱海，碧波濤濤，一眼望不到盡頭，無怪乎從未見過大海為何物的當地人將此湖喚作「海」。

蒼山雪，洱海月，是南詔最美的景致。

黃昏時分的洱海，夕陽映照在湖面上，金光閃閃，寂寥又美麗。

司馬妧裹著厚厚的毛皮斗篷走在洱海邊的草海上，越靠近水面風越大，她並未走得離洱海很近，也無心賞景，之所以選擇這裡而非中軍大帳，只因這裡空曠且無人，不擔心有人偷聽。

她的身體還很虛弱，全身除了嘴巴、眼睛、鼻子之外，幾乎都裹在毛絨絨的斗篷裡。她一步一步走得很慢，卻拒絕顧樂飛的攙扶。

顧樂飛抿了抿薄唇，沒有說什麼，沈默地跟在她身後，始終保持在離她半步的距離，只要她摔倒，他必定能及時攙扶。

他們倆保持著這個距離，一直從軍營走到洱海邊上，其間不少士兵偷偷拿眼好奇地瞧，只覺大元帥和她的駙馬之間好生奇怪。

「妳叫我出來，是有要事？」

「嗯。」司馬妧猶豫片刻，方才道：「今日的軍報，皆是好消息。」

她說完這一句，顧樂飛立即猜到她叫自己出來說話的意圖。

「待南詔投降之後，該當如何？」司馬妧問。「我手上這支軍隊，絕不能輕易還給司馬誠。」

「那就……清君側。」顧樂飛輕輕地說道。

在這被風吹得連綿起伏的草海之上，除了司馬妧以外，大概只有風聽見了他的這句話。

清君側，本指清除君主身旁的壞人，但是歷朝歷代奪權者們都心照不宣的事實是，清完君側之後，下一個該清理的就是「君主」了。

「當今天子受小人蒙蔽，先是勾結北狄謀殺前太子，如今又派人陣前刺殺天下兵馬大元帥。弒兄殺妹，天理不容，謀害大靖棟樑，動搖大靖國運，長此以往，國將不國，這時候豈不是最應『清君側』？」

他神色淡然地說著要讓大靖變天的謀逆之語。在他看來，這個皇帝早就該下臺了，司馬誠的皇位本來就不屬於他。

「不過在這之前，我必須先行回京安排諸事，和陳庭接頭，將妳我兩家人都接出來，妳才能好好『清君側』。」

他的語氣比黃昏的風還要肅殺冷寂。「在南詔王投降之後，妳先將捷報按下不報，整合軍隊內部，清除掉不願追隨妳的將領。我先行啟程回京準備，妳待開春再拔營不遲。」

「這些人裡頭，若是齊熠不願呢？」司馬妧問。

「那就不要讓他回去了。」顧樂飛平靜道。「西南這片地方如此之大，一輩子守在這兒保衛大靖，也沒什麼不好。」

連他最好的朋友都可以捨棄，他是真的下定決心，義無反顧。

「為什麼？」司馬妧突然問。

顧樂飛一怔。「什麼為什麼？」

走在他前面半步的司馬妧忽而停下腳步，轉過身來抬頭看他。

她明亮清澈的琥珀色眸子裡透著疑惑與探究。「為什麼要如此盡心助我，這可是掉腦袋的事情。」

這是她單獨叫顧樂飛出來的另一個原因，就如將腦袋綁在褲腰帶上打仗的將士，為的不只是保家衛國，還有功名利祿。

司馬妧認真對他道：「說吧，如若事成，你想要得到什麼。若我能做到，必將滿足。」

顧樂飛靜靜凝視著她。裹在毛絨裡，她的臉顯得特別小，在黃昏的柔和光線下泛出細膩溫柔的光澤。

他抑制住自己想要伸手撫摸的慾望，輕輕嘆了口氣。「我以為妳明白的。」

「明白什麼？」司馬妧微愣。

顧樂飛在這時候俯下身來。他只離她半步遠，如今他微微彎腰，於是兩人的臉越貼越近、越貼越近。

他溫熱的氣息縈繞在周圍，唇幾乎要貼到她的臉頰上，司馬妧的心猛地狂跳起來，緊張地後退一步，卻被他突然攬住腰，止住了後退的動作。

「我以為妳明白的。」顧樂飛的眸中彷彿盛滿晚霞的霞光，他的聲音在司馬妧的耳邊沈沈響起，連氣息也驀地變得灼熱。

「我只想要妳而已。」

話畢，他溫軟的唇擦著她的臉頰，循著她的嘴唇而去。司馬妧的頭慌忙往左一偏，最終那一吻只是蜻蜓點水般地吻在她的唇角。

這純情十足的一吻還未結束，顧樂飛本想再接再厲攻占最終目標，卻突感腦袋下方骨頭一疼，一隻有力的手掌捏住了他的下頷，迫使他扭過頭。

司馬妧是身體很虛弱，可是不代表她連這點力氣都沒有。

「你，想要我？」

她重複了一遍顧樂飛的話，沙啞的聲音好似刻意壓低了幾分，令這個本該充滿粉紅色的問題變得肅穆萬分。

顧樂飛的頭被她往左側擰了兩寸，想看她一眼都只能斜著看，這姿勢彆扭無比，他不得不抗議。「妧妧，妳先縮手，藏吾麼哈哈說發。」妧妧，妳先鬆手，讓我們好好說話。

司馬妧頷首，表示聽懂了。她將他的腦袋扳回來對著自己，依舊不鬆手，一雙銳利的眸子在他的面部梭巡。「你從什麼時候開始想要我？」

這根本不是說情話，是在審問犯人。

顧樂飛好傷心，覺得自己的滿腔情意一定是被狗吃掉了。

「很早。」在她一刻不放鬆的箝制下，他努力發出正確的音節。「尚主茲後，慢慢……喜番，庵後……是愛。」

司馬妧心中猛地一跳，箝制住他的手驀地一鬆。

慢慢，喜歡，然後，愛妳。

她看他的目光也從銳利探究慢慢轉為疑惑。「所以，每當我捏捏抱抱你的時候，你不僅很享受，或許心裡還想著上我？」

為什麼又是那個字……顧樂飛在心裡默默淚流滿面。

妧妧能不能不要那麼直白，感覺自己好像很卑鄙無恥、猥瑣下流。

「其實，」顧樂飛艱難地嚥了一口唾沫，喉結滾動幾下。「我、我不介意，妳來上我的。」

回答的是令他尷尬的沈默。

伴隨著沈默，司馬妧箝制住他的那隻手慢慢從他的下頷滑下來，收回。她的眸子輕垂，表情亦從茫然轉為淡淡的失落。「原來是這樣啊……我該知道的，沒有人會心甘情願給我捏肉而不求回報。」

顧樂飛心臟一緊，像被一隻手抓住，難受地透不過氣。

明明他認為自己做得沒錯，可是見不得司馬妧難過的樣子。她本就傷勢未癒，臉色蒼白，一張臉瘦得只有巴掌大，那雙永遠堅定平靜的眼睛裡此刻盛滿失落，更加顯得她脆弱無助。

「妳別難過……」他好似喉嚨裡梗住了什麼東西，胸中一股熱氣直衝腦門，不加思考竟衝口而出。「妳不喜歡，我再吃回來便是！隨便妳捏，妳想怎樣都可以！」

司馬妧抬眸，仔細瞧著他衝動又認真的神情，試圖將他的表情與過去的小白重合起來。嘗試幾次後，她不得不承認一個事實——現在的顧樂飛更好看。

過去的小白，若是認真了，總是瞇起的眼睛睜大，也和如今的顧樂飛一樣，黑眸閃亮，特別迷人。

可是小白太胖了，即便他認真起來很有幾分魄力，可是她總會將第一印象定在他白白圓圓的身體上，下意識覺得他認真起來也是好可愛的白團子，一看就讓她的心忍不住發軟。

但是現在的小白呢?他認真注視著一個人的時候，薄唇會抿出一個極具誘惑力的弧度，她的心禁不住撲通撲通狂跳，恍恍惚惚地想，這個人在晚霞下的眼睛果然特別閃亮好看……

哪一個小白更好?

「吃回去?」司馬妧淡淡笑了一下，只是笑容澀然，她搖了搖頭。「回答我，你如此辛苦地減下來，為的是什麼?」

司馬妧澀澀的笑容是那樣刺眼。

她不喜歡自己的這個答案，所以，即便吃回去，她也不會再喜歡捏他了嗎?

顧樂飛很想摸摸她的臉，將她難過的表情撫平。可是他不敢，他怕她又生氣，這一次或許她不會再箝制住他，而會直接甩袖走人。

第一次，顧樂飛不知如何是好。

他自詡聰明絕頂，料事如神，卻在她面前屢敗屢戰，屢戰屢敗。

他從來不知道，全心全意愛一個人，是一件雖然很幸福卻又很痛苦的事情，因為他所擅長的一切都對她無效，更不知道下一刻她會不會就這樣轉身而去，以後都不再看他一眼。

「妳想聽原因?好，我告訴妳。」顧樂飛梗住的喉嚨艱難地發聲。「我不希望只是妳的小白而已。」

司馬妧一愣。「什麼?」

「小白，小白……聽起來，像不像一個寵物的名字?」

司馬妧微微茫然，隨即眼神漸漸清明，她急急地辯解。「我從未將你當過玩物一般的……」

「噓。」顧樂飛伸出一隻食指按在她的唇上，平靜注視著她，低沈柔和地緩緩道：「乖，聽我說完。」

話頭一旦打開，後面的話便也容易說出來。這本就是在他心裡壓抑了許久的念頭，一朝全數對她傾訴出來，反而輕鬆。

「妳喜愛我的緣由，無非是我像團子、抱枕，妳的身體喜歡，因而心上也跟著喜歡。妳從未思考過這種喜愛的原因，也無意去思考。妳和我朝夕相處，慢慢了解我，或許妳想將我當作一個很好的朋友，可是妳離我離得太近了，總將我當作一個親密的寵物，永遠貼心、永遠可愛的寵物。妧妧，妳回答我，妳會像愛一個男人一樣愛這個寵物嗎？」

顧樂飛平靜而無情地將他們和睦相處背後的真正關係揭開。

「妳不會愛上一個寵物，我也沒有自信讓妳愛上。是的，我自卑，妳對我的肉愛不釋手的時候，我卻在為自己的一身肥肉而自卑難受。我慶幸它讓妳喜歡我，卻又痛恨它讓妳不會如愛著情人一樣愛著我。」

司馬妧呆呆地仰頭望著他，腦中嗡嗡亂響一陣，然後忽而安靜，好似她一下子明白了，在她高高興興抱著顧樂飛入眠的日夜，顧樂飛自己的心中其實是如何煎熬難耐。

他是否曾經睜眼到天明，卻依然要在自己面前表現出什麼事也沒有的樣子？

她以為自己對小白很好，其實對他最殘忍的……就是她自己吧？

一滴水珠突兀地從她的臉頰滑落。

顧樂飛的心一緊，不由得有些慌張。

「不、不要哭啊……」顧樂飛輕輕抹去她的淚滴，平靜的表情浮出無措。這是他第一次見到司馬妧哭，還是因為自己，不由得又慌亂又感覺十分罪惡。可是罪惡之中，又有幾分詭異的欣喜。

「我沒哭。」司馬妧本就沙啞的聲音越發啞了，嘴卻很硬。「風太大，沙子進眼睛了，我從來不會哭的！」

「好好，妳沒哭。」顧樂飛投降，他無奈地嘆息一聲。「晚上涼，我再說最後兩句，我們便回去吧。」

司馬妧偏了頭去，不讓他再盯著自己的臉瞧，低低道：「你說。」

「妧妧，我一直在等著妳問我，為什麼我在瘦下來之前從不表現出任何對妳的情意，那樣我會回答妳——因為我知道不可能。妳不可能會愛上那樣的我，我又何必自討苦吃？」

「怎麼會！」她猛地回頭，高聲駁斥。「你沒有試過怎麼知道？我、我是真的很喜歡小白！」話音剛落，她便覺自己失言了，因為面前的男人眼中明顯射出狡黠的光，好似奸計得逞。

莫不是……故意誘我說這句話？司馬妧一怔，心中無端冒出三分火氣，可是不等她生氣，便見面前男人用可憐巴巴的眼神望著自己，表情楚楚可憐，讓人發不出火。

他的笑容由苦澀轉為竊喜般的得逞，兩眼注視著她，面上滿含殷切期待，用幾乎是卑微的語氣問她。「妧妧，既然妳那麼喜歡過去的小白，那麼，可不可以分一點喜歡給現在的小白？」

前面的話都是真的，但也是苦肉計，顧樂飛真正想說的，就是這最後一句而已。

司馬妧愣怔在原地，呆呆望著他，竟不知如何回答。

太陽漸漸從山上落了下去，四周慢慢黑下來，風也越發冷了，可是司馬妧卻覺得身體好像越來越熱。

她想，這都是因為面前這個男人始終專注而溫柔的目光。她從來不知道，原來一個人的注視可以讓另一個人體會到融化的感覺。

「我……」司馬妧動了動唇，腦海裡不住迴響著他剛剛的話和說話時的表情，心中又軟又疼，充滿了內疚不安。

她一直以為自己對顧樂飛很好，卻根本沒有想到他原來過得這樣辛苦。她很心疼，因而根本說不出拒絕的話。

司馬妧沒有喜歡過人，她想，自己並不討厭顧樂飛。

如果是眼前這個人，似乎……不，她要想想。

對待這種事情，連長公主也該慎之又慎的。

司馬妧抬起頭來，認真地對他說：「我……我要想想。」

想想？那便是他有機會了？顧樂飛勾了勾唇，笑容愉悅起來。「那便想想吧。不過，別讓我等太久。我已經等得夠久了，妧妧。」

司馬妧眨巴幾下眼睛，極認真地點了兩下頭。

此時太陽徹底落下去，抬頭便是滿天星斗，顧樂飛覺得面前人的唇似乎凍得更白了，便試探著伸出雙手將她擁入懷中。天那麼冷，風又大，他真擔心她凍壞。

司馬妧的身體一僵。

她本能地警惕顧樂飛的任何肢體接觸，可是想起剛剛他說的那些話，又覺得……自己好像應該讓他抱一抱來償還，畢竟她之前抱了他那麼那麼多次。

這種償還的念頭很可笑，可司馬妧真的就是這麼想的，所以她沒有拒絕。

顧樂飛無比滿足地將她擁在懷裡，根本捨不得放手，甚至得寸進尺地在她耳邊要求道：

「有言在先，我不要聽到否定答案。」

第四十三章

很可惜，顧樂飛沒能等到他日思夜想的回答，就得拍拍屁股走人。

因為羅邏閣抵抗不住，降了。

韋愷親自押著投降的南詔王以及整個南詔王室前往靖軍大本營，接下來的談判將牽涉到軍事、政治、經濟等一連串問題，如今勝券在握，司馬妧可以按照她心中藍圖將蒼山洱海徹底納入大靖。

而除此之外，司馬妧還壓下捷報不表，拖延時間，收攏麾下將領，整治軍隊，為日後清君側聚集人手。

留給司馬妧的時間不多，顧樂飛得馬上回京救人以及為她造勢。

「妧妧。」

這是顧樂飛留在軍營的最後一夜。此時，司馬妧正披著外袍坐在桌前奮筆疾書。這是要帶給她數名舊部的信件，信中所說之事均是絕密，必須由顧樂飛親自帶到，並在閱後馬上銷毀。

司馬妧正凝眉思考如何措辭更能讓舊部們理解，便聽得旁邊人用低沈磁性的嗓音喚自己，語氣裡頗有幾分幽怨。

見她不答，顧樂飛又喚了一聲。「妧妧。」

司馬妧抬眸。「怎麼？」

顧樂飛的臉上寫滿了不高興，好似在控訴她因為寫信而冷落自己是多麼不應該。「我明天就要走了，妳親親我唄。」

她一怔。「我為什麼要親你？」

「因為我明天就要歸京了啊，好長時間都看不到妳，妳不該親親我？」顧樂飛厚顏無恥地探身過來把臉湊近。

他往前湊近，司馬妧的上身立即向後仰。「又不是我趕你走的，為何我要親你？」

「可我是為妳的事情在奔波。」他注視著她的眼睛明亮濕潤，水汪汪的。「妳難道不該給我一點辛苦的酬勞？」

有要這種酬勞的嗎？司馬妧在他濕漉漉的目光中微微一恍神，握著狼毫筆的右手輕輕一抖，不小心將墨跡染到左手的指甲尖。

「啊，弄髒了。」眼神很毒的顧樂飛忽而狡黠地勾了勾唇角，小心地包握住司馬妧的左手，然後將腦袋湊過去，張嘴，含住她那根染了墨的手指。

一陣酥麻的電流由指尖直竄心臟，司馬妧的心猛地一顫。

燭光下，顧樂飛兩眼微瞇成狹長一線。這是他愉悅時慣有的表情。

他非但含住了她的指尖，還用靈活的舌頭在她的指上緩緩繞了幾圈，留下濕乎乎的唾液痕跡。

「乾淨了。」

時間彷彿過了很久，其實不過短短一瞬。當顧樂飛的唇戀戀不捨離開司馬妧的手指頭時，她指尖上的丁點墨跡已然消失無蹤，在燭光映照下亮晶晶的，沾染著他口中唾液。

「所以……親親我？嗯？」顧樂飛的嗓音忽而變得喑啞，尾音的語調微微上揚，帶著奇異的誘惑。他眯眼瞧著她，薄薄的唇勾起一個曖昧的弧度。「妧妧，妳不親我，我會很難過的。」他表情委屈，簡直讓人無法拒絕。

這是大家說的……調情嗎？

司馬妧呆呆收回那隻被他含過的手指頭，覺得那種酥酥麻麻的感覺好像還縈繞在指尖不散，自己的臉莫名發燙。

她從來不知道小白原來這麼嫻熟於同女子調情，一舉一動，無不讓人臉紅心跳、心醉神搖，以前那幾次她還以為是偶然，現在看來，好像……並不是呢。

司馬妧直率地感嘆道：「陳先生說你少年時吃喝嫖賭皆精通，原來不是吹牛呀！」

顧樂飛的笑容驀地一僵。吃喝嫖賭皆精通，關鍵字在「嫖」。那時的他心灰意懶，想要做給旁人看，卻騙不過自己的心。蒼天可鑑，他絕對是第一次努力討好一個女人，更是第一次把一個女子的手指含入口中，不覺這樣做噁心，反而不捨得放，後果卻是被這個女子揪出了過去的黑歷史。

如果這一頁不揭過去，以後他每次想要親近司馬妧，估計都會被她感嘆一句。「陳先生說你少年時吃喝嫖賭皆精通，原來不是吹牛呀！」

陳庭真多嘴！

「我只喜歡妧妧，也只對妧妧這樣。」顧樂飛的語氣真摯。他想握住司馬妧的手故技重施，卻被她一把拍開，頓時很有幾分委屈地解釋。「旁的女子，我看都不看一眼。」

這話他說得理直氣壯，因為本就是真的，真的不能再真。

司馬妧眨了眨眼，她直覺他說的是真的，可是反過來想，她又覺得自己揭這種舊事好像很小家子氣，還像是吃醋。

「嗯。」她點了點頭，有點心虛地快速道：「我信你。」

顧樂飛的雙眼驀地一亮。「那……」

「時候不早了，我得快些將這幾封信寫完，你在一旁等等。」司馬妧神色迅速恢復淡定，她自如地撥開他扒在自己衣服上的鹹豬手，將狼毫筆沾了墨，復又重新伏案書寫，並且不忘記叮囑他。「莫要打攪我。」

顧樂飛哀怨無限地「喔」了一聲。

其實，他想問，妧妧是不是害羞了？

但是他心知自己剛剛已經做了過分的事情，為了自己不被她惱羞成怒趕出帳子，不得不硬生生忍住了。

唉，好難受，一想到明天便要歸京，注視著燈下人認真書寫的側臉，顧樂飛好想抱住她親親。哪怕親不到，像過去那樣被她抱住捏捏揉揉也是好的。

濃重的夜色之中，陳庭帶著顧吃、顧喝，緩步走過黑暗寂靜的巷子口，最終在一間緊閉的小門前站定。

陳庭伸出他完好的右手，按照兩長一短的節奏，敲了三次門。

門無聲無息地打開，開門的人平凡得讓人記不住臉。他鞠躬道：「我家先生已久候，陳先生請。」

陳庭熟門熟路進了中院一間小屋。屋中燃著一盞孤燈，一名白鬚老者端坐在榻上安然喝茶。見進門的人一臉膿瘡、頭上生癩、衣裳破舊，雖然知道是做出來的效果，高延卻也禁不住皺了皺眉。「陳先生何時去掉這身裝扮？」

「那要看我家殿下何時入京了。」陳庭淡淡一笑，不等主人請便坐下，顯然對此地已很熟悉。

對面嫌棄的目光於陳庭而言沒有妨礙，他微笑如常，朝高延拱了拱手。「恭喜高相重回相位，得償所願。」

高延捋了捋白鬚，淡淡道：「客氣話不必多說，我知道你不會為此事高興，你正在高興的，是另一件事吧。」

「喔？莫非高相今晚已經將人帶來了？」

「不然呢？既然是合作，雙方都該拿出誠意來，是不是？」高延銳利精明的目光在陳庭臉上掃了掃，彷彿在暗示他什麼。結果陳庭沒什麼反應，卻讓高延看那張臉又看得噁心了，最終還是移開了視線。「老七，把人帶進來。」

伴隨著高延的吩咐，一個蓬頭垢面的中年男子被強力推了進來。

撥開那亂糟糟的頭髮一瞧，赫然是鼻青臉腫的鄭青陽。

高延能一腳踹開鄭青陽重回相位，自是搜集了他不少受賄以及犯事的罪證，哪怕是鄭青陽的手下人做的，也將屎盆子扣在他頭上。

司馬誠有意保住鄭青陽，可是高延此次卻絕不讓步，於是鄭青陽成了君臣博弈的棋子。司馬誠敗下陣來之後，鄭青陽便徹底落在高延的手上；更可怕的是，沒有人知道鄭青陽在他手裡，都只以為他被軟禁在家、不能見客而已，而鄭家人惶惶不可終日，卻因為高相的威脅根本不敢往外透露分毫消息。

陳庭圍著狼狽不堪的鄭青陽走了兩圈，悠悠問道：「當年前太子被殺時，鄭大人是涼州刺史，是也不是？」

「是、是……」鄭青陽認不出眼前這個滿頭癩子的傢伙是誰，可他知道現在保命最重要，於是侍衛剛把他嘴裡塞著的布團去掉，他便急急道：「當年的事情我確有參與，是當今聖上與北狄密謀勾結，與高相沒有半點干係！」

倒真是會見風使舵，不過僅憑著這點小聰明一度坐上相位，也是運氣太好了點。陳庭淡淡一笑，揮了揮手。「帶走。」

顧吃、顧喝聞聲便上前來，卻被高延的侍衛給攔住。

陳庭挑眉。「高相這是何意，莫不是不想把人給我？」

「陳先生也體諒體諒老夫。你把鄭大人握在手裡，問出全部真相，到時候反過來打老夫一耙，讓老夫怎麼辦？」高延捋了捋白鬚，和藹地笑道：「陳大人有什麼要問的，便在這裡都問了吧。」

「我要的是實話。」陳庭的笑容漸淡，目光很冷。「高大人在此，讓他怎麼說實話？」

「我命他說就是了，當年的事情老夫確有參與，沒什麼不敢說的。」高延笑咪咪道。「在這間屋子裡，什麼真話都儘管說。出了這間屋子，便請陳大人記住，什麼該忘掉。」

陳庭盯著高延看了片刻，方才緩緩道：「可以。不過此人，高相可千萬別讓他死了，不然……」

「這是老夫的護身符，老夫怎會讓他死呢？」高延的笑容十分真誠。

因為消息滯後的緣故，當陳庭收到司馬妧遇刺的消息時，顧樂飛已經踏上歸京之途。他並未沿著來時的路線，而是先到川西見過周奇，並遞交司馬妧的信件。周奇對司馬妧完全是無條件支持，沒有任何值得顧樂飛操心的地方。之後，他從長江水道順流而下抵達江南道。

他沒有將給姜朔祖的信直接交給本人，而是去見了樓寧。司馬妧也有一封給樓寧的信。樓寧比起一年前出京之時沈穩了許多，也黑瘦許多，想來在江南道管理農事的日子並不輕鬆。

顧樂飛速戰速決地給他講了一番京中形勢，樓寧雖然地處偏遠，卻也著意打聽過這些消息，只是司馬妧遇刺一事令他大驚失色。他已經不是一年前那個什麼也不懂的翰林，自然知道表妹遇刺背後隱藏的是怎樣齷齪的心思和算計。

只是拿到那封司馬妧的親筆信時，他依然是萬萬沒想到，她會選擇這樣一種決絕的方式以絕後患。

「這封信，你看著時機交給姜朔祖。妧妧說他思想正統、為人綿和，未必會接受，不過若是事成，他也不會反對就是了。」

樓寧一愣，猶豫著接過那封信，緩緩點了點頭。

若是那人連自己同父異母的親妹妹都不放過，她又為何不能睚眥必報？若不是那人夥同北狄攻陷嘉峪關，自己的父親也不會戰死！樓寧外放一年，膽子也大了很多，覺得這世間之事，很多時候並無對錯，只有勝敗。

此時顧樂飛又道：「江南道地處偏遠，估計監察御史朱則收到消息的時候，鎬京的天早就已經變了。他這些年政績不錯，又是我父親的半個門生，若還想往上升一升，你便勸他最好乖乖的，妧妧手裡握著的東西，比司馬誠可硬得多。」

樓寧頷首，他對顧樂飛深深行了一個大禮。「外祖與外祖母，還有我的內子與兩個孩兒的性命，便全託付給駙馬了。」

「放心吧，我必將他們如數帶出。」顧樂飛望了一眼鎬京的方向，低低道：「畢竟，我的母親和妹妹也在他手裡。」

辭別樓寧，顧樂飛又馬不停蹄沿著運河一路北上前往河北道。見過田大雷之後，顧樂飛還要去見一見自己的父親和單國公。待見過這幾人，他便要去找司馬無易，為前太子死亡鳴冤這種事情，司馬無易最適合出馬。

顧樂飛的計劃很仔細，可他沒料到，剛入河北道，還沒見到田大雷，竟會碰到半路截殺。

那是一個清晨，他帶著兩個暗衛從驛站出發，策馬向北邊驛道狂奔，卻見晨光熹微之間，遠遠的，驛道上有一群騎馬的人慢悠悠地走著，一點不著急的樣子。

顧樂飛本來不覺得此事奇怪，可是暗衛之一卻忽然策馬靠近他，低聲道：「駙馬，情況有異。」

「前面那群人都蒙著面。」另一個暗衛道。

顧樂飛的心猛地一驚。他左右環顧，驛道一側是農田，另一側靠山，均是密密麻麻的樹林子。前面是來路不明的殺手，後面沒有一個援兵，即便兩個再厲害，也不可能以一當十。

就在這時，他左邊的暗衛大叔忽然一手拔刀，一手高高揚起馬鞭，往顧樂飛的馬背上狠狠一抽。「駙馬，走！」說著便從馬上騰空而起，朝攔路的殺手奮力撲殺而去。

只聽顧樂飛的馬一聲長嘶，馬頭一轉，直接踏入廣袤的農田。農田泥濘，不適合暗殺者埋伏，眼見顧樂飛選擇這個方向，埋伏在密林中的殺手嗖地放箭。

「駙馬，快跑！」右邊的暗衛在顧樂飛的馬背上又抽了一鞭，一邊護著他往前狂奔一邊為他擋去刀光劍影。顧樂飛壓低身體，死死拽住韁繩一路狂奔，兵器的鏗鏘碰撞不斷，他聽見身邊不斷有慘叫聲，後面響起的噠噠馬蹄聲不知道是殺手還是他自己的人，鼻尖那股濃烈的血腥氣揮之不散，他分不清那是自己中的箭傷還是暗衛受的刀傷，或者是那些被命中要害而死的殺手。

他的心中只有一個信念：快跑！他一定要活下去，他必須活下去！還有那麼多重要的事情沒有做，母親和妹妹在等他援救，妧妧在等他去助，而且她還沒有說到底喜不喜歡他，他絕對不能死在這裡！

千里之外，雲南。

司馬妧突然睜眼從床上坐起，環顧靜悄悄的大帳，還有尚且昏暗的天色，表情浮現出些許茫然。

雞鳴才一道，連士兵晨起訓練的時間都還沒有到，可是自己為何會突然驚醒？心中無端覺得慌亂，好像有什麼不好的事情要發生一樣。

是剛剛作惡夢了嗎？似乎也沒有。

司馬妧捂著自己的胸口，眉頭微蹙。她想起十二年前樓定遠率軍守衛嘉峪關的那夜，自己的心就是如此不安。

這種古怪的直覺來得毫無根據，卻總是那樣準。

莫非……誰出事了？

第四十四章

整個上午，司馬妧佈置軍務的時候都心神不寧。

她心不在焉的樣子被齊熠看出來，趁著眾將散去的間隙，他悄悄問道：「殿下身體不舒服？」小白走之前可是對他耳提面命，務必要把長公主看顧好。

司馬妧搖了搖頭，欲言又止，猶豫許久才道：「我擔心小……我擔心顧樂飛在路上出事。」

畢竟，天下沒有不透風的牆，他僅帶兩個暗衛走，太莽撞了。

齊熠撓了撓頭，面對這種沒確鑿證據的擔憂，他不知如何安慰，只好乾巴巴道：「殿下放心，小白可機靈了，吉人自有天相，肯定不會有事。」

司馬妧抬頭望了他一眼，聽他一口一個小白叫得順溜，便忍不住好奇問道：「你叫他小白不覺得奇怪嗎？」

齊熠茫然。「奇怪什麼？」

「他……他現在高高瘦瘦，一點也不……」一點也不像白白軟軟的小白肉團子？司馬妧不知道如何形容才好，齊熠卻很快會意，他哈哈笑了兩聲。「殿下有所不知，我認識堪輿的時候，他便是如今模樣，只不過沒有如今的五官長得那麼開。小白這個小名是他幼時因為膚色白才被母親如此喚，和……呃，和胖沒有半點干係。」

「是這樣？」司馬妧微微失神。「原來是我弄錯了。」她以為的小白只是她以為的而已，顧樂飛本來就是那副樣子，以為他完全換了一個人而不習慣的，只有她而已。

以前的小白是什麼樣子，原來她一點也不知道啊……

「殿下！殿下！」一個人匆匆忙忙衝進大帳，赫然是趙岩。他沒能隨司馬妧去前線打仗，每天都很不高興，因著陪顧樂飛來看她的緣故，得以賴皮留了下來，如今得了一個看守南詔王的任務，每天都很有幹勁。

「羅邏閣那廝說要和您、和您談一筆交易！」趙岩氣喘吁吁道。

「什麼交易？」

趙岩沒說話，他看了一眼還在帳中的齊熠。司馬妧道：「說吧，齊熠不是外人。」

「他……」趙岩咬了咬牙，壓低音量道：「他說他可舉南詔之力助您謀反，只求您放了他！」

司馬妧的雙眸一眯，寒光四射。

「帶他來。」

「是！」

望著趙岩匆匆離開的背影，齊熠若有所思。「殿下……沒和他說？」清君側的事。

司馬妧搖頭。「他的身分敏感，軍職卻不高，我正考慮。」比起趙岩的嫂嫂是明月公主的複雜關係，齊熠就乾脆多了。睿成侯自進京後就只有地位沒有權力，而且齊熠又是養在嫡母名下的庶子，如果事成，睿成侯家一人得道雞犬升天，如果不成，大可與這個逆子撇清關係，將他逐出族譜。

故而齊熠只需要考慮自己願不願意。站在他的立場，支持司馬妧幾乎是肯定的，不然不說別的，顧晚詞他是別想娶了。

自韋愷押解羅邏閣回來之後，已經過了一個多月，這正是大靖的春節，軍營裡氣氛放鬆，好酒好肉，大家都很高興。大家都以為之所以現在不拔營返回，是因為大元帥想要大家先過個好年，年後再走不急，沒人知道大元帥正在趁這時候收歸兵權。

一開始，有人發現兩個將領突然不見了，卻沒多想，畢竟戰事已定，偷偷跑出去找樂子的人不少，只要不被發現，大元帥也睜隻眼閉隻眼。

直到年後還不拔營，而且有三、四個面熟的將領竟再也沒有出現過，大元帥甚至在沒有皇令的情況下將南詔的兵權全部拆解分割，取消南詔王室的權力，還將雲南都督府的範圍擴大到南詔地區，命韋愷暫任雲南太守。

軍中漸漸有流言四起，道大元帥被皇帝的人刺殺後起了異心，這是不願回京，要帶著他們在雲南這塊地方當土皇帝？

土皇帝？那大元帥吃肉，他們能分杯羹嗎？

很多人雀躍起來。比起上層無端端消失的那些將領，底層士兵對忠君的執念更少，他們只知道大元帥帶自己輕鬆打了勝仗，升了軍功，拿了很多好東西。

如果這片地方完全屬於大元帥，想必自己能拿到更多的好東西吧？畢竟大元帥從來不虧待手下。

有人興奮又緊張地討論著，也有人毫無興趣，只想回家守著自己的老婆孩子；而還握著兵權沒消失的將領們，竟也睜隻眼閉隻眼由著他們討論，甚至對手下士兵的看法頗為感興趣。如此一來，更加讓下頭的人確定大元帥這是要有大動作了。

這種風聲傳到被囚禁的羅邏閣耳朵裡，自然起了心思。不過他比這些士兵看得更遠，他不相信司馬妧的諸項動作只是為了在雲南當土皇帝而已。

他想得更大膽，認為司馬妧是想將如今的大靖天子取而代之。

既是如此，他和司馬妧之間便應當不是仇敵關係，而是可以談判交易的盟友。

羅邏閣想得很好，可是，當他被士兵帶入中軍大帳之時，望見帳中兩排各站著五名將領，司馬妧端坐在上頭，一派威嚴氣勢，心中不由咯噔一跳。

「跪下！」一個士兵踢了他一腳，厲聲呵斥。

生平從未想過自己會跪在一個女人下頭，羅邏閣覺得十分屈辱，為了保命卻不得不照做。

經過一個月的休養，司馬妧的氣色已好了很多。她一身戎裝，坐在元帥的大椅上笑吟吟地注視著羅邏閣，看得他心裡無端端發毛。

她道：「你拿什麼和我談條件，嗯，羅邏閣？」

韋愷挎刀站在司馬妧左下第一個的位置，望著底下那個被司馬妧逼得啞口無言的前南詔王，心情十分平靜。對司馬妧的計劃，他或許是知道得較多的一個。

韋愷知道她要「清君側」，也知道無論羅邏閣再怎麼努力談條件，也終究會被司馬妧押著回京。

南詔王就是她平定西南之功勛的最好證據，而陣前被刺，則是立功的大元帥蒙受冤屈、申冤無門、不得不清君側的理由。

韋家和樓家有舊交，但是在樓家被忌憚監視的時候，韋家還能執掌北門禁軍，便是靠著三代純臣的家風，只忠於皇帝，不站隊、不結黨。

但是，如果這個皇帝不值得效忠，而他的妹妹更值得效忠呢？

爺爺沒有教過韋愷遇到這種情況應該怎麼做，而韋愷自己的選擇是留下來。

「我替妳守雲南。」司馬妧向韋愷說出她要做什麼之後，韋愷的反應很平靜，好像這一刻他早已料到。不過他也是深思了很久，方才慎重回答。「南詔我鎮著，雲南我守好，妳若事成，召我歸京也罷，將我留在此地不理也罷，我都會好好守著此地。」

司馬妧問：「如若我不成呢？」

「如若不成，妳還能逃回來的話，我便睜隻眼閉隻眼，權當不知道意圖謀逆的長公主逃到了我這裡。」

司馬妧盯著他看，好像想看出他說的是真是假。在她的銳利目光下，韋愷勉力笑了笑，說了一個並不好笑的笑話。「殿下，妳就留我在這裡當個土皇帝吧。」

這就是韋愷的選擇。

顧樂飛從漆黑如墨的濃濃黑暗中醒來。外面光線明亮，他只覺眼皮子很重，身上好幾個部位隱隱作痛。

「醒了，師父，他醒了！」

伴隨著一個孩童清脆高亢的叫喊，一個滿臉皺紋的老頭過來把了把顧樂飛的脈，然後粗暴地扒開他的嘴巴，扯出他的舌頭看了看。

這是哪兒？

顧樂飛望著頭頂乾乾淨淨的青紗帳，腦子裡像糊了漿糊，一片茫然。

「大夫，聽說他醒了？」

一個大嗓門由遠及近。此人的聲音豪爽，中氣十足，顧樂飛被他吼得心神一清，沒看見臉孔，卻已知道此人是誰。

「田……大雷？」他一開口，才發現自己的聲音沙啞而虛弱，難聽得很。

「誒，是我。」田大雷一屁股坐到顧樂飛床邊，不忘問大夫。「他沒事了吧？」

老大夫慢悠悠捋了捋鬍鬚。「人醒了就沒事，接下來好好休養，小心落下病根。」

「知道了，多謝大夫！小趙，送大夫出去寫藥方，別忘了打賞！」

顧樂飛聽著田大雷和大夫的對話，隱隱記起自己在昏迷之前的事情。他們被人一路追殺，一人在攔截殺手的時候殉職，另一人護著他在密林裡足足躲了七日，喝泥坑中的水，每日只靠幾個果子充飢，狼狽地翻山越嶺，只能循著大致的方向往石門城去。

他們運氣好，終究是越過山林到了石門城，卻不想那裡也有追殺者等著。

顧樂飛低低問道：「和我一起來的……那個暗衛呢？」

田大雷一愣，大嗓門驀地低沈下去。「你醒來之前，他就不行了。」

顧樂飛閉了閉眼。「火化吧。他們暗衛，都是不留屍身地火化。」

「他是暗衛？」田大雷一怔，忽然長嘆一聲。「難怪他身受四十六道刀傷，一路拖著血淋淋的痕跡也要把你送到我府上，原來是訓練有素的暗衛。說實話，我田大雷這輩子見過的真正硬漢子不多，他算一個。」

「要不是他來得及時，你估計也活不了。」頓了頓，田大雷又撓頭道：「若不是你懷裡的信，我還真不相信你就是殿下的駙馬……」

顧樂飛沒有心思和他說自己是怎麼瘦下來的，只低低道：「他火化之後，將骨灰收集起來。他們的墓都是葬在一塊兒的。」

田大雷點頭。「知道了，我會照做。話說你怎麼會被人追殺，而且只帶著一個護衛？殿下怎麼沒給你多派些人？」

顧樂飛沒回答，往自己身上掏了掏，卻發現自己被換了一身衣服，不由得有些著急。

「我原先衣服裡的東西呢？」

「都在，你渾身上下被砍了二十幾道口子，不把衣服脫了，大夫沒法給你治傷啊。」一眼看顧樂飛就要掙扎著起來，田大雷著急。「別動！傷口萬一迸開又是一番折騰，我可不想殿下到時候找我麻煩！欸，你是不是在找這個小牌子？」

田大雷的手一晃，一個拇指大小的犀牛角小牌子便出現在顧樂飛面前。

顧樂飛的眼神一利，立即奪了過來。

就這一個動作，讓他好一陣喘氣，看得田大雷一陣緊張，生怕他的傷口迸了。

「你衣服裡的東西，我都親自查了一遍，沒敢讓別人經手。」田大雷壓低了他的大嗓門。

「這牌子上刻著『五皇子令』幾個字，當今聖上還沒有五皇子，難道是……」

「看了妧妧給你的信，你還有什麼不明白？別裝傻了。」顧樂飛摩挲這塊質地精良的牌子，一寸寸感受著它的花色紋路，眉心微微皺起。「那些追殺者呢？」

「我找了個剿匪的名頭，派人將看得見的都解決掉了，可是暗地裡還有多少，我就不清楚了。」田大雷想起自己看到的信，雖然隱晦，可是他好歹也被殿下逼著讀過一點書，能看得懂。越是看得懂，心裡越是緊張。「殿下、殿下真要起事了啊？」

顧樂飛側頭，瞥他一眼，淡淡道：「怕了？」

「怕倒不是，殿下一句話，我刀山火海都敢去。」田大雷撓了撓頭，猶猶豫豫道：「可……可若真是他的人在追殺你，那豈不是……沒起事就暴露了？」

「不是司馬誠。」顧樂飛篤定道。

「可是這牌子……」

「真正的牌子不是這樣。」想起在左甫身上搜到的那塊，和這個幾乎別無二致的牌子，顧樂飛不得不感謝自己心細，不然還真讓那老匹夫騙過去了。越想他的臉色越冷，眼神也越冰寒。「除了司馬誠和他的殺手，還有一個人知道他的牌子是什麼模樣。」

「是你派人去殺顧樂飛！」

鎬京某處的僻靜小院充滿肅殺之氣，永遠優雅從容的陳庭竟衝動地抓住高延衣襟，將他從榻上生生提了起來。

高延的衛士和吃喝玩樂所帶領的人，齊唰唰亮出刀劍，一時間小小的屋子裡寒光四射，殺意逼人。

陳庭將顧樂飛的情報網發展到除了皇宮之外，鎬京各處的消息無一不探聽準確的地步，他不知道顧樂飛那裡出了事情，卻查出高延派了一隊秘密人馬出京，時間就在顧樂飛給他遞消息說司馬妧被刺但已無事，並且告知他自己將從河北道返回的消息之後。

很顯然，在他與高延分享了這條消息之後，高延後腳就派人去追殺顧樂飛！這個老匹夫！

面對難得暴躁的陳庭，高延拍了拍陳庭揪著自己衣襟的手，慢悠悠道：「陳大人稍安勿躁，且聽老夫解釋。」

陳庭冷笑一聲。「高相背地裡放得一手好暗箭，還有什麼好解釋的！」

「老夫承認，此事確是我派人去做的，而且事先沒有告訴陳大人，也是老夫的錯，可是……」高延注視著陳庭，瞇了瞇眼，渾濁的雙眼射出銳利精光。「陳大人難道不覺得，顧樂飛遲早是長公主的一顆絆腳石嗎？」

陳庭的心猛地一驚，揪住高延衣領的手也一鬆。

高延繼續慢悠悠道：「此人城府甚深，心智狡詐，且對長公主影響甚大。如若事成，難保他不會借著長公主的信任將權力收歸於自己手中，到了那個時候……」高延意味深長地看了陳庭一眼。「你我可就是在為他人做嫁衣了啊！」

陳庭沈默著盯住高延看了片刻，忽然手一鬆，冷笑一聲。「我現在相信當年的前太子被刺確有你的『功勞』了。對付外敵不成，算計自己人倒是有一套。」

陳庭譏誚的意味那樣明顯，弄得高延的臉色頓時難看起來。「陳大人，我們可是一條船上的螞蚱！」

「不，我們只是因為有共同的敵人，故而結成暫時的共同利益而已。」陳庭冷冷道。「你是擔心顧樂飛和我協助殿下將你未出世的外孫趕下臺來吧！上一個是顧樂飛，待到司馬誠死，下一個就輪到我和殿下了！」

高延的臉色忽青忽白，明顯是被陳庭說中心思。但是他的反應很快，臉色不多久就恢復如常。「陳大人說笑了，我確實是在為長公主考慮。嫻君肚子裡的是男是女都還不一定，我怎麼會將寶押在這種虛無縹緲的事情上？自然還是為長公主一人馬首是瞻。」

陳庭對這番虛假至極的話不屑一顧。

可是時機未到，他還不能和高延撕破臉，唯有繼續和他虛與委蛇，故不得不調整了一下自己的臉色。「高大人這一次瞞著我做的事情，我便不說什麼了，還望大人將追殺者召回。陳某如此要求，這完全是為大人好。若顧樂飛死了……」他緊緊盯著高延，陰寒的字句從牙齒間緩緩說出。「若顧樂飛死了，長公主必以命抵命，以血償血！」

他的語氣狠戾，饒是老辣如高延，心中也突地一跳。

陳庭意味深長地看他一眼。

「高相，不要以為長公主是只軟柿子，你是沒有見過她真正發怒的時候。當年的北狄王呼延博死後，生生被她割下頭顱，屍身懸在嘉峪關口風乾三月……想必高大人，不會希望此事重現。」

第四十五章

顧樂飛躺在院子裡曬日光。

春日的陽光暖融融，大夫說多曬曬能幫助傷口癒合。

自他到田大雷府上後，那些追殺者已經消失無蹤，不知道是被田大雷都滅了，還是給他們的主人召了回去。

不知道陳庭知不知道這件事？

陳庭不像會過河拆橋的人，或許這些追殺者的突然消失，是陳庭知曉後對高延施壓？不管怎麼說，高延是絕對不能留的了。

守在院子裡看護的侍女和小廝，不知道這個長得特別俊美的公子是田將軍的什麼人，陽光灑在他身上，金光閃閃一般，好看得不得了。

在此時，侍女們聽見自家主人爽朗的大嗓門。「顧……呃，那誰誰，你看看誰來了！」

因為顧樂飛的身分不便暴露，田大雷總是喊他「那誰誰」。

顧樂飛瞇了瞇眼，只見一個一身白袍掐金絲的熟悉身影踏門而入。那人一入門，田大雷便將院中所有閒雜人等屏退。

「呵呵，小胖別來無恙？」騷氣得令人討厭的語調，一口一個「小胖」提醒顧樂飛曾是個「胖子」的事實，如此討厭的人，天底下除了司馬無易不會再有第二個。

顧樂飛按捺著火氣道了一聲。「十二皇叔別來無恙。」

「我無恙，不過你好像有恙。」司馬無易自顧自尋了一張椅子坐下，袖袍一甩，笑道：「從雲南回來便遭追殺，還讓我最心愛的暗衛們殉職了，感覺如何？」

最心愛的……顧樂飛聽得一陣惡寒。

「此次是顧某大意，連累了他們二人。」打落牙齒和血吞，因著有求於人，顧樂飛不得不忍。

司馬無易笑了笑，倒也看出來顧樂飛的頭頂已經快要冒煙，見好就收，不再逗他。「你急匆匆遣田將軍聯繫我，到底有何要事？」

顧樂飛看了他一眼。「自然是鳴冤。」

「鳴冤？」司馬無易一愣，驀地有不好的預感。

顧樂飛卻笑了。「此事非皇叔莫屬。」

天啟五年應該是個好年頭吧！很多大靖的老百姓這樣想著。

春天來臨，大靖帝都鎬京的皇城傳來好消息，端貴妃為當今天子誕下一位皇子。

隨著河南、河北兩道的賑災結束，大批難民得到安置，來自江南道的新型農作物占城稻因為產量高、口感佳，開始在大批土地條件適宜的農田試種推廣。

西北的哥舒那其將軍傳來大捷的消息，雅隆部人被哥舒那其率領西北邊兵包了餃子，精銳盡損，狼狽逃回老家。過了半月，西南也傳來好消息，定國長公主將親自押解南詔王羅邏閣回京，同時將南詔納入雲南版圖，並奏報陛下，請求設立大靖第十一道——雲南道。

捷報頻頻，不僅驅除外敵，還開疆拓土，定國長公主的戰神之名再度傳開。一時間，大靖百姓自發地舉行各種慶祝活動，慶祝大靖勝利，也祈求老天保佑今年能平安過年。

百姓們的歡樂氣氛似乎也感染到了端坐皇城的九五之尊，即便他收到司馬妧非但沒死反而將南詔徹底打下來的戰報，也沒有流露出太多生氣的情緒。

沒關係，開疆拓土的功勞最後會算在皇帝頭上，至於司馬妧，一次殺不死，還有下一次，只要她乖乖交了兵權回來，他有一百個辦法收拾她。

司馬誠志得意滿地如此想著，邁著輕快的步子走入高嫺君的宮中。望著躺在床上的母子，他的心簡直高興得要飛起來。

「來、來，朕的麟兒，快快笑一個。」司馬誠伸出手指頭戳了戳小嬰兒白嫩嫩的臉蛋，熟睡的娃娃胡亂揮了揮手，沒醒，懶得理他。

司馬誠哈哈大笑，他伸出手，本想抱一抱孩子，不過猶豫了一下還是算了。皇家有抱孫不抱子的傳統，他不願為此違例，也不想太寵這個孩子，免得他母族仗著孩子的寵愛氣焰囂天，高家現在的氣焰已經很高了。

思及此，司馬誠的笑意淡了些。他望向坐在床頭靜靜望著自己的高嫺君，柔聲道：「旨意已經擬好，我答應妳的后位，待麟兒百日宴那天便向天下宣佈。」

高嫺君微微笑了笑。其實自從有了這個兒子，她對后位反而沒有那麼執著。「多謝陛下。」

「先別忙著謝。」司馬誠伸手摸了摸她的臉，低笑道：「妳若知道我還打算在那天再頒一道立太子的旨意，豈不是不知道如何謝我才好了？」

高嫻君的眼睛緩緩睜大，滿臉驚訝之色。

「陛下莫逗臣妾玩！」她似嗔似喜，半是試探半是心裡真的歡喜。

司馬誠捉住她的手親了一口，低笑道：「自然是真的，君無戲言。」

這巨大的歡喜來得太突然，高嫻君喜得快懵了，但是她還來不及謝恩，便聽身邊的男人轉口道：「不過，朕有一個條件。」

高嫻君的心頭如同被一盆涼水潑下。她就知道，司馬誠絕不會無緣無故對一個人那麼好。即便如此，她依然裝作十分欣悅的模樣，柔柔道：「什麼條件？」

「妳父親，該告老還鄉了。」司馬誠又輕啄了一下她的手，這一次的語氣卻不是那麼溫柔。「該給你們母子的，我都會給，可是那必須是我自願，而不是他逼著我。嫻君，妳明白嗎？」他伸手為她捋了一下散亂的髮絲，動作溫柔至極。

高嫻君的心很寒。

如果沒有父親在朝坐鎮，司馬誠很快就會一點點翦除高家勢力，這樣一來，即便她是皇后，即便她的兒子是皇太子，也只是空占名頭、毫無勢力，只能仰仗司馬誠過活。

可她能怎麼辦呢？

「嫻君？」

司馬誠溫柔的呼喚仍在耳邊，卻令高嫻君覺得一陣陣噁心。她垂眸思索著，竟想不出什麼推託法子，只好動了動嘴，剛要開口答應，卻聽得外頭宦官一陣急匆匆的腳步。

「陛下、陛下，不好了！」

司馬誠眉頭一皺，起身沈聲道：「何事喧譁？」

拿著拂塵的宦官氣喘吁吁，急急行了個跪拜大禮，磕頭道：「回陛下，十二王爺往大理寺遞了訴狀，正賴在大理寺門口鳴冤不走呢！」

「十二王爺？」司馬誠不可置信地重複一遍，上前道：「你說誰？」

「便是陛下的十二皇叔，守陵的十二王爺，他、他歸京了！」

司馬誠回過神來，頓時火冒三丈。「沒有朕的命令，他敢回京！」

「不只如此，」那宦官跪在地上不敢起來，身體哆嗦著道：「王爺他、他向大理寺狀告的人是、是……」

「是誰？」

「是陛下啊！」

「我的大姪子死得好冤啊！」

大理寺門口象徵清平公正的神獸獬豸石像前，一名氣宇軒昂的中年男子正趴在石像上……撒潑打滾。

大理寺一干少卿乃至正卿都尷尬地站在旁邊，不知道應該如何是好。

這撒潑打滾的中年人正是多年不曾露面的十二王爺司馬無易，雖然眾官員都不認得他，可是王爺的腰牌玉牒作不得假。而隨著時間流逝，大理寺門口聚集來看熱鬧的人越來越多，有其他官署蹺班來看戲的，也有好奇的平頭老百姓。

眼看著大理寺的「人氣」越來越旺，大理寺卿覺得一陣腦門疼，他走過去悄悄勸司馬無易。「王爺，要不咱們進去說？」

「進去說？大理寺卿的意思是接了本王的訴狀？」

他一聲吼，惹得眾人的目光全聚集在大理寺卿身上，搞得他一陣尷尬，訕訕道：「下官不能接啊……」

「為何不能接？」司馬無易吹鬍子瞪眼。「狀告當今聖上勾結北狄謀殺前太子，本王可是有確鑿證據，人證物證俱在！」

他話音剛落，人群裡不由得一陣交頭接耳，眾人議論紛紛。

恰在此時，一聲宦官尖利的聲音響起。「聖上駕到！」

司馬誠親自來了。

他正好聽見司馬無易最後那一句「人證物證俱在」，惱羞成怒，御輦還未放下，他便怒氣沖沖吩咐禁軍。「將司馬無易拿下！」

「本王乃是你皇叔！你有何罪名可以抓我？饒你是當今天子，這也是以下犯上，目無尊長！」

司馬無易挺胸直背，目光如電，氣勢逼人，與剛剛那副撒潑打滾的模樣判若兩人，竟是一副豁出命來的架勢。

司馬誠氣得不輕。「你犯的就是欺君之罪，拿下！」

皇帝一發話，禁軍自然要聽令，可是好像冥冥之中有誰算準了時機似的，禁軍還未將司馬無易抓起來，便聽見一陣馬蹄疾馳。「報──」

鎬京城中策馬狂奔是絕不允許的，除非是緊急軍情。

司馬誠心中猛地一跳，深吸一口氣，伸出手來，以一個帝王的威儀平靜道：「呈上來。」

「是！」

拆開那封軍報，只迅速閱了第一行字的關鍵字，司馬誠就雙手一抖，眼前一陣陣發黑──

司馬妧，十五萬大軍，清君側！

這份軍報的發出時間是七日前，那時，司馬妧的大軍已經出了劍南道的地界，朝王畿地區而來。算算時間，若按正常行軍速度，慢則七日，快則三日，司馬妧便將軍臨城下，劍指鎬京！

意識到這一點的司馬誠眼前又是一黑。

「為何劍南經略使不稟報?!為何她一路浩浩蕩蕩竟沒有一點風聲！」司馬誠出氣地將稟報的士兵一腳踢開。

天子一怒，伏屍百萬，見高高在上的皇帝火冒三丈，雖然不知原因，可無論是官員還是百姓，或是禁軍、宦官和宮女們，紛紛跪下，俯首在地。

望著俯首帖耳的上百來人，司馬誠的氣依然無法消散。他實在想不通，那麼浩蕩的大軍，為何沿路官員和軍府均不稟報？

原因實在太簡單了，因為定國長公主是率軍「凱旋」啊！除了睜隻眼閉隻眼的劍南道經略使范陽，其他不明所以的沿路官員們都以為長公主是西南大捷，率著軍隊歸京領賞呢。

直到她的軍隊離鎬京不過幾百里路卻依然有十五萬人之眾，沿路府縣的官員才覺出一點不對勁。

難道……這麼多人全是去領賞的？好像，有點不對吧？

一個膽子大的州刺史在迎接司馬妧大軍的時候，大著膽子問出心中疑惑，結果司馬妧派人將他押下，連夜命他……寫了一篇檄文。

是的，說來可笑，司馬妧手下沒有文采特別好的人，竟乾脆將無辜的刺史大人抓了。長公主殿下簡單粗暴地給了刺史大人一篇命題文章，讓他就司馬誠勾結北狄謀害前太子、以及陣前派人刺殺元帥之事，討伐天子身邊奸佞，要求務必言辭懇切、字字真誠，不僅要在檄文中羅列確鑿的證據，還要以一副蒙冤的態度，以皇妹對皇兄的苦苦規勸為主，不寫好這篇命題作文，不許刺史大人回家。

可憐文質彬彬的州刺史是秀才遇到兵、有理說不清，他就司馬妧提供的人證和諸證詞熬夜三天，不眠不休，終於寫出這篇檄文來。

然後，這位州刺史竟然不肯走了。本來，他句句指責司馬妧有不臣之心、意圖牝雞司晨，如何如何不是……罵人不帶一個髒字。可是，待他依著司馬妧提供的證據寫下那篇檄文後，發現自己竟然找不出那些證據之中的漏洞，便是那些人證，他也是親自挨個審問過的。

既然她這邊沒錯，那麼……有錯的便是當今天子了。

州刺史大人思前想後，權衡利弊，居然橫下一條心，決意放手跟著長公主。所以，司馬誠之所以得知司馬妧大軍逼近的消息，不是因為州刺史被放之後通風報信，而是州刺史大人不要自己的官職了，導致他手下官吏惶惶不安地四下打聽，恰好司馬妧將刺史的那篇檄文沿路公開散發，被他們看到，於是才有了這封軍報。

望著軍報後附的那篇檄文，司馬誠又是心虛、又是氣憤。在他看來，自己是皇帝，做什麼都是對的，錯的只有司馬妧！這個女人打從一開始就不安好心，想當女皇！

「來人！」司馬誠面如寒霜，殺氣騰騰。「將樓家和顧家人全數下獄！」

「是！」一隊禁軍侍衛領命之後立即往鎬京東邊跑去，只是隊伍之中有幾個南衙的子弟互相看了幾眼，然後其中一人偷偷繞到隊伍最後，想著找到機會便先行溜了，好去通風報信一番。

司馬誠並不知道南衙十六衛中竟有膽敢抗旨不遵之輩，他想著顧家和樓家人的分量足夠和司馬妧談判了，不過為了保險，他當然要再加一道砝碼。

「把司馬無易給朕抓起來！」

「是！」禁軍士兵回道。

然而……司馬無易呢？

禁軍士兵們舉目四顧，在跪拜的上百人中搜索一圈，結果是目瞪口呆。剛剛還在這裡撒潑打滾的那個人呢？

「回、回陛下……」禁軍小隊長結結巴巴。「十二王爺不在此地！」

司馬誠還來不及說什麼，便看見鎬京東邊某處忽而火光沖天，不多時，他聽見有人在驚呼。「是顧府和樓府燃起來了！」

又過了一會兒，匆匆歸來的禁軍士兵急急稟報。「回陛下，兩家府邸著火，沒法進去，找不到人！」

司馬誠的臉色陰沈得可怕。

他終於意識到這是一場針對自己的陰謀。無論是突然出現又消失的司馬無易，還是著火後找不到的樓、顧兩家人，都是早已計劃好的！

司、馬、妧！妳早就在肖想朕的皇位了吧！可惜，朕絕不會讓妳如願！

司馬誠的命令從牙縫裡一個字一個字迸出來。「繼續搜！活要見人，死要見屍！樓家和顧家的，一個都不許跑！」

他就不信，司馬妧還能在他的帝都瞞天過海！

這是要把樓家和顧家一網打盡？莫非長公主出事了？在場跪拜的官員們心中驚駭，卻萬萬不敢抬起頭來觸怒天子。

司馬誠氣急敗壞，想起自己手上一點那女人的把柄也沒有，頓時有些慌張，急急道：「回宮！」

他要趕快擬旨，給哥舒那其發令，命他率軍進京救駕，誅殺逆賊！

皇帝的御輦和儀仗隊伍浩浩湯湯擺駕回宮，伏跪著的上百人中有人偷偷抬起頭來看了一眼遠去的御駕，摸了摸鼻子，悄悄嘟囔。

「鎬京的天……是不是又要變啦？」

驛兵懷揣八百里加急的軍令跨出朱雀門，策馬向著西北的方向，一騎絕塵而去。此時的他根本不會想到自己還未跑出鎬京範圍，就被一支羽箭穿喉而過，死得不明不白。

有人從他的懷中翻出明黃色的軍令來，交到驛道邊停著的一輛馬車中。

「公子。」說話的人聲音沈沈，是久未露面的顧樂。

一隻修長白皙甚至有些蒼白的手伸出來，接過那封軍令，輕輕咳嗽兩聲，吩咐道：「八條驛道，都派人守好了？」

「是。」顧樂猶豫了一下，又道：「可是公子，我們人手有限，若要晝夜堅守，恐怕……」

「無妨，能拖一刻便是一刻。哥舒那其即便收到軍令，他想南行強入大震關救駕，恐怕也是不易呢。」馬車中的男子帶著自信的笑意如此說道，只是似乎身子很虛，又不住咳了兩聲，方才道：「顧樂，你去吧。」

「是，公子。」

隨著顧樂率人離去隱藏起來，這輛停在驛道邊的馬車緩緩啟動，朝西南的方向駛去。

馬車不大，卻坐了八人，故而有些擁擠。樓重和樓老夫人、樓寧的妻兒三人，以及顧樂飛的母親崔氏和妹妹顧晚詞，全部在這裡。
望著哥哥蒼白得沒有一絲血色的消瘦臉頰，顧晚詞還不敢相信這一切是真的。他們竟然真的從軟禁數月的府中逃出，而哥哥竟然恢復了十二、三年前的模樣，不，比那時更好看，也……更令人心生敬畏。
顧晚詞記得今日清晨，那個在自己臥房門口突然響起的敲門聲。
「晚詞。」
有人在門口喚她。哥哥的聲音？不可能，外面看守重重、密不透風，哥哥是如何進來的？
顧晚詞愣了半晌，方才試探著前去開門。
晨光熹微，濛濛亮的天色中，她看見比十多年前更為英俊逼人的哥哥站在自己面前。他披著一襲黑貂斗篷，對她微微笑著伸出手來。「晚詞，收拾東西，我們該走了。」
越過哥哥高大的身軀，顧晚詞看見庭院裡那些看守者都不見了，代替的是許多黑衣侍衛，還有站在哥哥身後的尚書令高延。這個白髮白鬚的老頭笑咪咪地望著她，好似心狠手辣的從來不是自己。他對顧晚詞和藹地笑道：「顧小姐，若不快些收拾，可就來不及了。」
為什麼是高延？
從暈乎乎跟著哥哥出京到現在，顧晚詞一直沒有機會問出這個問題，此時他們已經坐上離開鎬京的馬車，她終於得了機會。「哥哥，你如今和高相勾……」勾結在一塊兒了嗎？
她覺得這個詞不好，故而欲言又止。

「勾結？」顧樂飛替她說了出來，揚了揚眉。「不，只是暫時的合作而已。」

高延追殺他一事……來日方長，秋後算帳便是。如今還用得著他，不著急。

顧樂飛如此想著，又忍不住咳了幾聲。他傷勢未癒便匆忙趕來，以至於路上染了風寒，現在還未好。

不明所以的崔氏以為兒子的傷很嚴重，著急不已。「樂飛，你的傷到底嚴不嚴重，給娘看看，別硬撐著啊！」

「若不行，莫強撐。」樓重盯著他緩緩道：「樓某雖老，卻還能頂點用處。」

樓老夫人卻關心另一件事。「那個……駙馬啊，你的傷是在雲南受的嗎？那、那我們妧妧……」

「老夫人以為，為何妧妧要清君側？」顧樂飛將藏在袖中的那道剛剛截下來的軍令遞過去。「她是陣前遇刺，九死一生。若不是命大，這次她便永遠留在雲南回不來了。」

樓重緊了緊拳頭。他早就料到，若非逼不得已，她根本不是這般有野心的人。

「她想怎麼做就怎麼做吧。」樓重道。

樓重此言勾起眾人對未知前途的迷茫，顧晚詞忍不住悄悄拉了拉他的衣襟，小聲問：「那、那齊熠呢？」

她的話剛一問完，便見自己哥哥扭過頭來，以戲謔的眼神望著自己，弄得她禁不住一陣臉紅，偏過頭去，恨不得把自己多嘴的舌頭咬下來。

「他無事，跟著妧妧呢。」顧樂飛的聲音裡有明顯的笑意。「我同他說，若不好好聽話，日後別想娶我妹妹。」

「呸，誰要嫁給他！」顧晚詞呸了一聲，心虛地轉移話題。「那我們現在要去哪兒？」

顧樂飛倚在車壁上，淡笑一聲，神態輕鬆。「自然是去尋妳嫂嫂。」

第四十六章

白天也全城戒嚴的鎬京，很像一座鬼城。

近百萬人的繁華帝都，沒有平時的車水馬龍，家家門戶緊閉，連人來人往的東、西二市也蕭條得不見幾個人，街上除了身著甲冑手執兵器的禁軍肅殺走過，幾乎是空無一人。

沒有人知道為何天子要發布戒嚴令，許多百姓透過窗戶偷偷向外張望，心中充滿不安。

而康平坊中，趙瘸頭的破落小院裡，好似渾然不覺風雨欲來的陳庭正端坐在桌前，凝神細思，後又奮筆疾書。

高延進來的時候，看見的便是陳庭伏案疾書的場景。

「外頭已戒嚴，這種時候還需要陳大人著急寫什麼？」

「自然要著急。」陳庭筆下不停，連眼皮也沒抬。「殿下的檄文，還是要我親自來寫才好。」

「喔？」高延若無其事地往案桌那兒走了兩步。「長公主不是已經有檄文了？」

「那篇啊，文采不錯，立意太差。」陳庭唰唰兩筆收尾，快速將寫滿了字的宣紙吹了吹，捲起來交給等候在一旁的顧欒，然後才回頭看向高延，微微一笑。「那篇檄文中請求當今天子為前太子的謀殺案以及殿下被刺之事申訴冤屈的內容，大錯特錯。」

高延不動聲色。「喔？如何錯了？」

陽光透過窗櫺斑駁地投射在陳庭臉上，顯得他的臉有些陰森。「司馬誠勾結北狄謀殺前太子，得位不正，如何當得天子之名？」

高延的心咯噔一跳。果然，他不要司馬妧「清君側」，而要司馬妧「清、君」！

「可是……」高延沈聲道：「陳大人莫忘了，你答應過老夫，要讓司馬誠將皇位傳給我的外孫！」

「喔？陳某何時答應過？」陳庭站起來，他消瘦的身子比高延足足高出一個頭，兩人站得近的時候更顯壓迫。他淡淡笑道：「道不同，不相為謀。高相若想當皇帝的外公，不若趁著殿下還未兵臨城下，早些勸司馬誠退位，或許能如意喔。」

語罷，他步履優雅地越過高延向外走去，除了桌上的文房四寶，這片他居住數月的小院，竟幾乎沒有留下任何痕跡。

而且以後他也不會再來。

「陳大人想走？」高延轉身，語氣驟然陰沈。「只要老夫喊一聲反賊在此，立即會有上百禁軍衝進來將你捉拿砍頭！」

陳庭頭也不回，朗聲一笑。「高大人以為我被抓了，你便能摘得乾淨？」他悠悠道：「為免司馬誠將你當作替罪羊送給殿下處置，高相還是早日為自己謀劃吧。」

站在空空如也的院落中，高延面沈如水，一言不發。他早就知道會有這麼一天，故而與陳庭的合作有所保留，且背著他去暗殺顧樂飛，可惜沒成功，算那小子命大。

如今，只看到底是他的勢力強，還是司馬妧的拳頭硬。如果能藉著司馬妧的兵臨城下逼司馬誠退位讓「賢」，那便是他最希望的事情。

陳庭此人狡詐如狐，不過，只要他還在鎬京城內，那就是他對上司馬妧之時的保命人質。

高延的眼中劃過一抹殘忍的血色，他揮了揮手，兩個黑影無聲從隱蔽處出現，高延低聲吩咐。「跟上他！」

黑影唰唰竄離，高延定了定神，又命令道：「大公子現在何處？秘密通知他回府！」

旌旗搖曳，趙岩帶隊在就地紮營的士兵中巡視，偶爾望一眼東北的方向，眼神悵然。他知道此地離鎬京不過十幾里地，明日便可抵達鎬京城下。

他萬萬沒有想到自己會以這種方式歸京，想必此時趙府之中，明月公主正對他的哥哥和父親大吵大鬧吧？

不遠處，一身黑衣金甲的長公主帶著數名將領正穿過營寨，檢視士兵們的狀態。她時不時停下腳步，和某個百夫長甚至是小小的伍長說幾句，不知道她問了什麼，這些人的面色都浮現出困惑的神色，然後憨憨撓了撓腦袋，回答她。

似乎回答讓她啼笑皆非，她忍不住勾了勾唇，沒有再說什麼。

長公主的傷已經大好，面色雖並未恢復當初的紅潤，有些蒼白，卻不顯憔悴。她的目光一如既往的銳利，身形筆直，一眼望去，她那在士兵堆裡並不算特別高挑的身材竟是異常堅定，令人信服和畏懼。

這個女人曾經收復嘉峪、蕩平北狄，現又帶他們滅了南詔，平定大靖西部，如果說她的下一戰是大靖的國都鎬京，好像「贏」也不是不可能的事情……

趙岩聽過很多士兵在路上的遐想，滅了狗皇帝之後，長公主會不會登基當女皇？他們這些人會不會有從龍之功？不求封侯，但求給多多的賞賜、衣錦還鄉。

趙岩本來是可以和韋愷一起留在雲南的，可是他不願意。他想，長公主一定要成功，若她死了，他便又不知道自己的人生目標在何處了。

趙岩望著司馬妧的方向發呆，便被一個匆匆跑過的什長撞了肩膀，那什長跑過去向司馬妧行了個禮，大聲道：「稟告大元帥，樓將軍等人已安頓完畢！」

司馬妧的眼神微微一動，回過頭來，認真對什長道：「帶路，我親自去看看他們。」

這座匆忙紮起來的帳篷已經算軍營裡很大的了，因著要住的是大元帥的家人，士兵們也著意收拾了一下，乾乾淨淨的。這個時候，顧樂飛正懶洋洋地半臥在床上，向站在一旁的自家妹妹討要妝粉。

顧晚詞被他纏得抓狂，將粉盒憤憤扔過去，不解道：「你要這東西做甚！」

顧樂飛抓過粉盒，頗為熟練地打開，沾了白粉往自己的唇上抹了又抹。抹完了唇，他還嫌不夠，又往臉上四處亂抹，本就臉色蒼白，如今這樣一塗，簡直像鬼一般。

他不覺自己舉止怪異，反而喜孜孜地轉頭問妹妹。「妳看我這樣虛不虛弱？」

顧晚詞無語。「你……你這是要……」

「噓。」顧樂飛作了一個噤聲的手勢，不等他說什麼，帳外傳來一陣急促的腳步聲，守在門口的士兵齊齊道：「大元帥！」

妧妧來了！

顧樂飛立即轉身，軟軟地伏在自己床上，一副虛弱至極的模樣。因為動作太著急，牽動了還未完全好的傷口，倒真的忍不住咳嗽了幾聲，看起來像病得很重似的。

顧晚詞表示不忍直視。偏偏除了她以外，在場的其餘長輩都笑咪咪地望著，似乎猜出了他的心思，並樂見其成。

「外祖！」司馬妧進來的第一眼便看見盤坐在床上的樓重，她單膝下跪向樓重行禮。「妧妧不孝，讓外祖和外祖母受苦了！」

樓老夫人見她臉色並不紅潤，心疼地扶她起來。「妧妧，我們沒事，妳的傷怎麼樣啊？」

「妧妧無事。」司馬妧笑著起身，和樓家兩老以及表嫂等人寒暄一陣，又去慰問了崔氏和顧晚詞，最後才輪到顧樂飛。

她和其他人說話的時候，顧樂飛也不插嘴，默默倚在床前，時不時輕咳兩聲。待司馬妧的目光望過來，他便也抬頭朝她望去，眼神深情。

「你……」司馬妧在他的目光下愣了一愣，注意到他慘白得沒有一絲血色的嘴唇，失聲道：「小白，你受傷了？」

小白？顧樂飛的心劇烈一跳，這個久違的稱呼讓他禁不住有幾分狂喜，他仔細觀察司馬妧的面色，她正急急朝自己走來，似乎根本沒有意識到自己喚的是「小白」。

「是誰傷你的？傷在何處？」她關切地接連發問。

顧樂飛心中竊喜，可是面上依然裝作虛弱無力的樣子，輕輕搖了搖頭。「無礙，只是一點皮……咳咳咳……皮肉傷……」他一面捂著嘴咳嗽，一面朝顧晚詞使了一個眼色。

接到信號的顧晚詞心中湧出幾分無奈。她怎麼覺得哥哥變好看之後，在嫂嫂這裡反而更加難混了？

不過謹守兄妹義氣的顧晚詞，還是心不甘情不願地在旁邊敷衍地幫了幾句腔。「嫂嫂，哥哥在路上遇刺，後又受風寒，一路上奔波勞累。我們這麼多人住在這兒，哥哥不好歇息，嫂嫂不如將哥哥帶到中軍大帳，吩咐人悉心照料吧。」

聞言，司馬妧微微一愣。

倒是顧樂飛心中大呼「幹得好」，朝顧晚詞投去一個讚許的眼神。

可是她的大帳裡只有一張床啊？司馬妧猶豫著看向他。「需要請軍醫給你看看嗎？」

「我看不用，他需要好好歇息，再上點藥。」這時候樓重緩緩開口。如果忽略他眼中的笑意，會覺得他的建議一本正經。「妧妧，妳便將駙馬帶過去好好看護吧。相信多日不見，你們小倆口也有私房話要說。」

私房話？司馬妧的腦子裡不由自主浮現出只有他們兩人在的時候，顧樂飛是如何說「私房話」的，頓時更加猶豫。

「咳咳！」顧樂飛擺了擺手，垂眸輕嘆道：「不必，這裡就很好。明日即將抵達鎬京，莫要給妧妧添麻煩。」

你就裝吧！顧晚詞在心中哼了一聲，側過頭，權當沒看見。

見他虛弱得似乎隨時會被風吹走，臉上白得沒有一絲血色，司馬妧開始擔心他的傷是不是很重，就什麼也顧不上了，果斷地點點頭。「來人，將駙馬抬到中軍大帳去。」

抬？顧樂飛微愕，他沒有那麼弱，完全可以自己走，不需用抬的！可是不等他拒絕，四個士兵已經抬著擔架過來，手腳麻利地將顧樂飛拖下床來放到擔架上，公然將他抬出了帳篷。

顧樂飛捂臉，這……簡直沒法見人了好嘛！

司馬妧在中軍大帳前站著。

她為何不進去？自然是因為醫官在裡面為顧樂飛看診。由於他有外傷，檢查需要脫衣，司馬妧自認為自己留在那兒不方便，於是便貼心地站了出來。

醫官沒花太長時間就出來了。

「稟殿下，駙馬的傷勢已在癒合，並無潰爛跡象。只是畢竟二十多處刀傷，流血頗多，未休養足夠便著急趕路，身體一弱便易染風寒，吃幾副藥固本培元，不日便能好。」

聽醫官詳細稟報一番顧樂飛的傷勢，司馬妧微微放下心來，想著此時顧樂飛該穿好了衣裳，她便掀簾走入了大帳。

結果第一眼便看見一個赤裸上身的男人身體。

聽見門口傳來的動靜，顧樂飛懶懶地從床上坐起，薄薄的上身肌肉隨著他的動作賁起。他的皮膚一如既往的白，身體勁瘦有力，身上那些還未癒合的傷口倒不顯得難看，反而有幾分別樣的男人味。

誰能想到，滿身白花花肥肉的小白也有練成這等身材的一天。

司馬妧尷尬地站在那裡，不知道是進是退。就在這時，她聽見顧樂飛的聲音響起。「替我上個藥，成嗎？」說著他便舉起一個白瓷的藥瓶。這不是醫官給他開的藥膏，而是在河北的時候大夫開的，他一直隨身帶著。其實他早已上過一次藥，現在還不到再次上藥的時辰，這只是一個讓她過來的藉口而已。

司馬妧很單純地相信了。

她從藥瓶裡倒出半流質的藥膏，顧樂飛自覺地背過身去，先讓她上背部的藥。他的背肌均勻好看，只是蝴蝶骨的兩側均有較深的傷，粉色的皮肉翻出，頗為驚心。

司馬妧小心翼翼地給傷口一點點抹藥，唯恐自己手勁太大弄痛了他。

涼涼的藥膏抹在傷口上，顧樂飛輕輕「嗯」了一聲，司馬妧的手驀地一抖，竟覺得有些緊張。

以前戰事急迫的時候，她也給自己的手下將領上過藥，看見他們的身體，她並沒有什麼特別的感覺，因為她關注的只是傷勢而已。

可是，總歸和現在給顧樂飛上藥的感覺是不同的。

「陳庭給了我一篇新的檄文，讓我交予妳。」

司馬妧出神之際，忽然聽見身前的男人緩緩開口，說的是要緊事。

「他的意思，是讓妳藉司馬博被殺之事，徹底否定司馬誠皇位的正當性，逼他退位。如今大靖皇室的先皇正統一脈只剩妳和司馬誠，若他得位不正，他的兒子按理也不該當皇帝。我猜，陳庭擬這篇檄文的意思是為妳當女皇鋪路。」

女皇？司馬妧抹藥的手指在他的背部頓住，她猶豫了。

「幹掉司馬誠，再扶植一個旁支上來不行嗎？對於一個人是不是能當好皇帝，正統之說有何意義呢？」

她實在是看得很透。顧樂飛嘆了口氣。「可是天底下的糊塗人太多了，他們認死理、認正統；而且幹掉一個司馬誠，妳能保證下一個新帝不針對妳？陳庭的法子，確是一勞永逸之舉。」

顧樂飛慢慢轉過身來，握住司馬妧僵在空中的右手，抓著它貼在自己的胸口，定定注視著她。「妧妧，妳認真回答我。妳，想要那個位置嗎？」

司馬妧抬眸朝他看去。

顧樂飛從她的眼神裡看到茫然和猶豫，而她從顧樂飛的眼神裡看出了忐忑和緊張。

「你希望我坐那個位置嗎？」她沒有直接回答，卻先反問了他。

顧樂飛微微一怔，沒想她居然把皮球踢了回來。

「妳要聽實話？」他問她。

「自然。」

顧樂飛深深吸了口氣。「我不希望。」
司馬妧居然不覺意外。「為何？」
顧樂飛將她的手按在自己的左胸前，朝她微微笑了一下。「做了女皇，豈非要面首三千？我自然只希望妳有我一個人就夠了，這不是很顯而易見的事？」
聞言，司馬妧又是一怔。
這個回答實在是太簡單了，如此感情用事、簡單直白，沒有任何權衡利弊，沒有任何仔細謀算，根本不像是精於算計的顧樂飛會說出來的話。
不過，她偏偏相信了呢。
注視著顧樂飛微笑的臉，司馬妧伸出另一隻手的食指，不自覺地想要像以前一樣撫摸面前的這個人。她的指尖從他的鼻尖一路下滑，從唇部到喉結，再從胸口到小腹，她的動作很輕，顧樂飛卻覺得一股電流循著她的指尖從上竄到下。
小腹一緊，他幾乎是在她的手指到達肚臍的瞬間便起了反應。
他的嗓子喑啞下來。「妧妧，妳想幹什麼？」
隨著他急促的呼吸和緊繃的身體，腹部的數塊薄肌也隨之起伏，司馬妧感受到指尖觸摸的肌膚逐漸攀升的熱度。她無意識地低頭一瞧，因他下頭只著一條薄褲，幾乎是毫不費力地就看見了小小白的形狀。
司馬妧奇異地茫然了一下，然後食指上移，在他的胸前用力按了按，如同以前那樣捏他時的動作一般。

可惜手感完全不同，好硬。

「妧妧。」顧樂飛的嗓音低啞得異常性感，也不阻止她的動作，反而勾了勾唇，好似在引誘她。「妳莫不是故意的？」

「為何以前我怎麼捏你抱你，你都沒有這種反應？」她的語氣帶著明顯的疑惑，還示意著朝下看了看。然後她發現彷彿自己的目光猶如實體的觸摸一般，在她的注視下，小小白竟然越發精神昂揚。

頓時司馬妧的手輕輕一抖，恰好按在他的紅櫻上。

顧樂飛低低「唔」了一聲，忽地俯身向前，一口咬在她修長的脖頸之上，熱呼呼的氣息噴在她的肌膚上，啞聲道：「妳怎知道我沒有過？」

午夜時分，在她睡得香甜之際，不敢動彈，默默等待反應過去，甚至獨自睜眼到天明的，從來只有他一人而已。

「妧妧，妳不能太狠心。」顧樂飛啃咬著她的脖子，語氣又是憤恨又是委屈。

司馬妧微微紅了耳朵，推他一把。「你還要上藥嗎？」

顧樂飛的回答是咬她一口。

蔚藍的天空下，日光明媚，鎬京城頭的守衛們眼睜睜看著地平線上出現列隊整齊的一排排軍隊，像是沒有盡頭一般，不斷朝自己的方向進發。

十五萬軍隊，密密麻麻如黑壓壓的潮水般向鎬京城襲來。

這無盡的人潮看得鎬京守衛一陣眩暈，他們之中的許多人從未經歷過戰爭，更不知道如何才能戰勝由最善戰的長公主所指揮的軍隊。

百年未受戰亂的大靖國都，終於在今天遭受了一次徹底的圍城。而將利劍指向這座帝王之城的，不是夷狄，而是他們自己的天下兵馬大元帥，定國長公主。

鎬京可戰之兵為南北三萬禁軍，以十五萬對三萬，相當於一個禁軍起碼要殺五個人才算回本。好在現在是守城戰，裡外足足三層的厚實城牆絕非一朝一夕能夠攻破，只要他們能等到各道府兵率軍支援，便不會處於劣勢。

可是，為何他們只是圍城，卻並無任何要攻城的姿態？

此刻，在外廓城牆上守著的有南衙十六衛的兵，也有北門四軍的兵。他們帶著微微茫然的神色，看著黑壓壓的大軍如退潮般分開一條路，一個纖細的人影從這條分開的路中緩緩走上前來。

數月不見，這個女子的氣勢還是那麼足，眼神依舊銳不可當。可是，比起周圍五大三粗的男人，她確實過於纖細了些，甚至臉色也蒼白，令人不由得想到那篇在鎬京滿天飛的檄文中，她在陣前遇刺的事情。

難道皇帝真的不等到她打勝仗便派人刺殺她？

守城的禁軍們在心中犯起了嘀咕。

「你們還愣著幹什麼，快放箭啊！」猛然反應過來的守將匆忙催促屬下。「下面站的可是逆賊首領，還不趁此機會誅殺之！」

「可是，她是長公主啊……」有人在隊伍中小聲嘀咕。

司馬妧在離箭樓正常射程之外的地方停了下來，她仰頭朝數丈高的鎬京城牆望了望，然後揮了一下右手。

身後立即有士兵為她遞上弓箭，羽箭尾端赫然綁著一卷白色的布帛。司馬妧搭箭、拉弓、瞄準，對著朱雀門上「鎬京」兩個鐵畫銀鈎的大字牌匾，嗖地一箭射去——正中匾額。

「好！」

軍隊中爆出一陣歡呼。這射程已經超出尋常士兵的能力範圍之外，長公主能隔得這麼遠射中那塊匾額，自然應該叫好。

見叛軍士氣如此高昂，守城的禁軍右將有些著急道：「快叫兩個神射手來，射逆賊首領！」

可惜他話音剛落，便見那股黑色的潮水復又從中間合攏，他所謂的叛軍首領已經往回離開，即便是神射手也找不到她的位置了。

守將懊惱地捶了一下牆磚，卻沒發現周圍不少士兵竟然悄悄鬆了口氣，好似很慶幸逆賊首領安全了一般。

「將軍、將軍！」

此時兩名校尉舉著那支綁布帛的羽箭匆匆朝右將軍跑來。守城的禁軍們好不容易將那枝箭從匾額上取下來，一看內容，不由得結結巴巴。「稟將軍……這是一封勸降書！」

「勸什麼降！」右將軍氣急敗壞。「大靖士兵堅決不向逆賊投降！」

「不、不是，長公主是要……」校尉一時錯口，被右將軍狠瞪一眼，只好訕訕改口。

「她是要得位不正、謀殺太子、暗害皇妹的五皇子……呃，不對，是當今天子，出城投降！」

第四十七章

「大公子，再不趕路，天該黑了。」

高崢站在驛道邊回望已經看不見的鎬京城，聽見趕車的隨從在身後小心翼翼地催促他。

奉父親之命回老家祭祖的他已經出京數日，一路風平浪靜，可是心中卻始終隱隱不安。明明不到日子，卻突然讓他獨自回鄉祭祖，還帶給他許多身手不凡的侍衛和大筆田契與銀票，叮囑他路上要低調，儘量隱姓埋名，怎麼看都像逃難。

高崢並不知道，高延是將他視為高家萬一覆滅所能留存的最後一點血脈，故而在得到司馬妧即將圍城的消息後，他才會如此急迫地將大兒子送出城。

高延知道，如果司馬妧成功當政，他自己很可能被清算，連帶高家也討不了好。可是自己這個傻兒子對司馬妧一往情深，又沒涉及多少政治事務，女人心軟，想必很可能放過他。

這就是為什麼高延在眾多兒子之間選擇高崢的緣故。

「大公子！」隨從心急地催促。

但願父親母親和姊姊都無事。高崢輕嘆一聲，轉身道：「啟程吧。」

「司馬誠死了？這怎麼可能？」

在鎬京崇聖寺一間清舍內，十二王爺司馬無易突地站起。「小胖，這人是誰，說話可靠嗎？」

顧樂飛真不想接話，這不是間接承認自己就是小胖嗎？

好在許老頭自己主動回答。「端貴妃的不孕是老朽治好的。這些日子她又感身體不適，再加上皇長子發了小兒黃疸，便急召我入宮。其實老朽真的不想去啊，都是那幾個禁軍小夥子硬架著我……」

「停。」司馬無易聽得頭大。「說重點。」

重點就是，許老頭是如何知道司馬誠「肯定」死了。

於是許老頭敘述了一下他所見到的。

高嫻君想著他不過一個大夫，翻不了什麼浪，便不許旁人將他和公主有舊的事情說出去，算是保了一把許老頭，讓他能在宮中行走。

這天，給皇長子看完病開了方子，然後得了端貴妃的賞賜和腰牌便可出宮去了。不過他沒走多遠，便想起來忘了囑咐皇長子的奶媽那藥房的藥引有些特別要注意的事項，故而他和帶他出宮的宦官說了一聲，宦官帶著他往回走。

皇長子的住所在端貴妃的偏殿，離正殿有些距離，許老頭一時尿急，跑去出了個恭。宦官想著這才多長時間，也懶得跟著，讓他快快回來。結果許老頭回來的時候走岔了路，好巧不巧路過正殿的窗櫺，聽見殿中有一男一女在爭吵。

女的聲音有些奇怪的嘶啞。她道：「這……如何能怪我？」

男的似乎很生氣，聲音隔很遠都能聽見。「妳父親這是逼著朕死，想讓朕給你們高家登極鋪路！」

許老頭一個哆嗦。他知道這是皇帝的聲音，值此多事之秋，本著多一事不如少一事，他決意快快溜得遠遠的。

不過終究還是抵不過好奇心，他伸長脖子往雕花窗裡偷看了一眼。

就那麼很短的一眼，他看見穿著明黃衣袍的人正死死掐住女子的脖子，那女子的身形很熟悉，正是端貴妃。

電光石火間，許老頭見端貴妃隨手將一個花瓶抓起，狠狠砸在男子的後頸部，鮮血直流。

只這麼一眼，他便立即捂住嘴巴，邁著小碎步快速地悄悄溜掉，然後到了偏殿，同宦官說他餓了，要趕緊回家。

這宦官帶著許老頭入了不知多少次宮，早已習慣他的怪脾氣，聞言也不多想，想著這事早點了結為好，便麻利地帶著他出了數道宮門，往皇城外去。

一路上，許老頭都走得很快，擔心自己再不走就走不出去了。事實上，的確在他離開後不久，端貴妃就發布了關閉宮門的命令。

許老頭忘不了那一幕，腦子裡一直回想著。他的眼睛很好，看得清端貴妃那一下很狠，一塊花瓶碎片深深扎進皇帝的血管裡。

後頸那個部位……端貴妃下手真準啊。

這一下雖不致死，不過為了避免皇帝好了之後治罪，直接將人殺了也不一定。

以端貴妃那個女人的平日做派……有何不可能？

許老頭越想越慌。他想端貴妃肯定會追查當時在她宮中的有誰，不允許任何弒君的消息透露出去。如此一來，順藤摸瓜查到自己頭上，豈不是很輕易的事情？

敘述完來龍去脈，許老頭完全不顧自己的形象，一把抱住顧樂飛的手，哼哼唧唧道：「顧公子，你救了老朽一次，就得救老朽第二次啊！若不是為了幫你的忙，老朽壓根兒不會進宮惹上這檔子事！你得罩著老朽啊！」

突然得知這麼一個重大消息，只是還不能確定，顧樂飛心神劇震。對許老頭痛哭流涕地求庇護，他只是心不在焉地拍了拍老頭的肩。「罩你，當然罩你。」

彼時，高嫻君也和許老頭一樣，在驚慌失措地找人罩她。

她要找的，當然就是她最信任的父親，當朝宰相高延。

高延被召進宮，看到躺在龍榻上那具早已失去呼吸、面色青紫的屍體，整個人都懵了。

高嫻君也不知道這一切是如何發生的，司馬誠氣急敗壞來掐她，她覺得整個人都喘不過氣，她很害怕，因為這一次她感覺到他很可能真的掐死自己。

於是她胡亂抓住案几上的花瓶，用力往司馬誠的後腦砸去。她原本只是想砸昏他，不料沒能砸暈司馬誠，卻讓他鮮血直流。

「高嫻君，妳這個賤人……」司馬誠捂著脖子上的血，搖搖晃晃地朝她一步步走來，她看見他眼中的怒火和赤裸裸的殺意。

司馬誠忘了，他和高嫻君吵架，為了避免自己丟臉，他屏退了殿內的所有人，還命令他們在殿外一丈之外等候，所以這句話，竟成了他留在人世的最後一句。

高嫺君盯著他的臉，臉上沒有恐懼。她一步步後退，突然間，她毫不猶豫地抄起手上殘破的半個花瓶，朝司馬誠的咽喉狠狠扎過去。

然後，她成功了，她居然真的成功殺死了她的夫君，當朝皇帝司馬誠。

望著還在地上垂死掙扎的那個男人，高嫺君的心中居然並無多少害怕、惶恐和難過，只覺得快意，非常非常的快意。

「咯，咯……」氣管被扎破的司馬誠只能發出這種難聽的聲音。臨死之前的他似乎終於感到何為恐懼，企圖用盡最後一絲氣力抓住高嫺君的腳踝，向她祈求什麼。

高嫺君無情地將他的手踩在地上。

「去死啊！」她惡狠狠地踩住當今天子的手，狠狠碾壓。

司馬誠如瀕死的魚一般掙扎數下，眼珠凸出，不動了。

沒氣了？高嫺君不可置信地探了一下他的鼻息。

真的沒氣了？原來，殺一個皇帝不比殺一個普通人更難呢……高嫺君愣了半晌，忽然笑了。

終於，自己終於不用再向他曲意逢迎！他死了，她的兒子就是皇帝！什麼狗屁皇后，她根本不稀罕，要做就做皇太后！

她眼睜睜看著司馬誠斷氣，幾乎是暢快地大笑起來。皇太后的位置唾手可得，她再也不用看任何人的臉色，不用違心侍奉任何男人，不用擔心色衰失寵，她可以為所欲為，因為她的兒子就是皇帝！

她笑得很瘋狂、很大聲，直到殿外有宦官敲門詢問娘娘出了何事，高嫻君才終於清醒過來，寒毛直豎，意識到自己幹了一件如何大逆不道的事情——

弒君。一個弒君的女人，還想讓兒子當皇帝？

不，不能讓這件事傳出去！不能讓任何人知道司馬誠死了，還是她殺的！

反應過來的高嫻君以迅雷不及掩耳之勢封鎖宮門，清洗現場，掩蓋消息。負責部分皇宮守衛的神武軍將領本就和高家親密，自她生下皇子後更是言聽計從。

於是，高嫻君以雷霆手段迅速掌控後宮，將除神武軍外的其餘禁軍一律替換，曾生下孩子但未入太廟的幾個女人被迅速處決，孩子也嚴加看管，閒雜人等一律不得隨意走動，否則二話不說，投入司禮監大獄。

她雷厲風行，煞氣重重，除了一個心腹宮女之外，沒有任何人知道躺在那兒「休息」的皇帝已經死了。

高延聽完來龍去脈，只覺一陣眩暈。

他萬萬沒想到，踏出最關鍵一步——足以改變全盤棋勢的這一步，竟然會是自己的女兒在如此突然的情況下做出的。

可是，接下來該如何是好？

「父親，今後該如何是好？」剛剛親手殺了自己丈夫的女人，臉上並無任何悲傷，她仰起頭，微微茫然地看著自己的父親，疑惑又擔憂地問道：「可否假擬詔書，傳位於我皇兒？」

假擬詔書？高延又覺腦袋一嗡。這件件全是死罪，哪一件都足夠誅九族的，寫上史書也是遺臭萬年的那種。自己最引以為傲的這個女兒，豁出去之後竟是這般不顧後果？

「讓為父想想……」高延嘆了口氣想要坐下，但距離那具新鮮的皇帝屍體太近，他覺得膈應，便又站了起來，在殿中踱步。

「為今之計，有兩條。」高延思慮半天，方才緩緩如此道：「第一條路，便是假擬詔書，傳位皇長子，以皇長子之令率軍援京，誅殺叛賊司馬妧。」

高嫻君眼前一亮，正要說什麼，卻聽父親轉而道：「這法子十有八九不會成功。連司馬誠都拿司馬妧沒有辦法，憑什麼指望一個剛登基的小嬰兒，況且登基一事，恐怕難以服眾。」

「那第二個法子呢？」高嫻君急急問。

「第二個法子……」高延回頭，深深看她一眼。「那便得看司馬妧的意思了。」

「高相深夜前來，所為何事？」

燭光下，陳庭微笑的神情一如既往從容。

正所謂狡兔三窟，陳庭在鎬京城布下的偏僻院子有數處，若非他故意將自己的形跡透露給高延手底下的人，那些跟蹤他的人彙報給高延的只是一處空宅院。

之所以這麼做，無非是想著若事情有變，兩人恐怕還有合作機會，沒承想這麼快就用上了。

高延倒也沈得住氣，明明心裡裝著火急火燎的事情，面上依然不動如山，回以微笑。

「此話怎講？老夫若無事，就不能來找陳大人敘舊了？」

「敘舊？陳某不知道你我有什麼舊好敘。」陳庭習慣性將手攏於袖中，這是他心中有算計時的常用姿勢。「若高相無事，陳某倒有件事情，想請高相幫忙。」

高延心中微微一動。

幫忙？這不就意味著是談判的條件，有交易的可能？

他心下竊喜，面上卻依然淡淡的。「喔？陳大人竟然有事相求，那不妨說上一說，老夫若能相幫，必定不會推辭。」

「其實準確說，也不是我要幫忙。」陳庭微微笑了一下，忽然站起身，身體側了側，好似在為何人讓道一般。

正當高延疑惑的時候，從屏風後緩緩走出一個人來。因著光線並不好，陰影過深，高延起先並未看到此人的樣貌，但是他行步之時，飄起的純白衣袍一角的四爪龍紋卻首先映入高延的眼中，頓時心裡咯噔一跳——

四爪、九蟒，是親王才能穿的服制。

這時，陳庭的聲音又在高延的頭頂響起。「是十二王爺想要見你。」

高延一抬頭，便見一個面目有些熟悉的中年男子站在燭光之下，對著他微微一笑，那上挑的眉尾，還有眼下獨特的淚痣，都令他迅速想到二十年前在帝都風光無限的十二王爺。

那時候，高延還是一個沒什麼權力的小京官而已。

這麼多年，除了多出幾條皺紋，此人竟是變化不大。

「老臣參見十二王爺。」

縱使心中大駭，不明白這時候司馬無易出來攪什麼局，高延明面上還是正經行了大禮。可是在行禮的瞬間，他突然想起面前這位乃是先皇的親弟弟，論起繼承的正當性和合理性，他恐怕比司馬誠的兒子甚至司馬妧本人都更具分量。

陳庭到底想幹什麼？高延心中驚疑不定，就在此時，他聽見司馬無易說：「高相不必多禮，起來說話吧。」

「是。」高延恭恭敬敬地坐下。

「高相，本王想請你幫一個忙。」

高延裝得誠惶誠恐。「老臣不敢，請王爺直說，老臣若能做到，必將赴湯蹈——」

「我要見皇帝一面。」不等高延說完，司馬無易毫不客氣地打斷了他，並且生怕他沒聽清楚一般，一字一頓重複。「高相，煩你帶本王入宮，本王要見我的姪兒，當今皇帝司馬誠一面。」

什麼？剎那之間，高延臉上浮現出來的驚恐、慌亂、無措被司馬無易和陳庭盡數收入眼簾，即便他努力恢復鎮定，可下意識的反應是騙不了人的。

看來許老頭的消息是真的，司馬誠果然出事了。

陳庭的眼珠微微偏了偏，感覺到一直藏在屏風後沒有出現的那人輕輕從後面離開，他方才安然斂了斂眉，垂眸蓋住眼中的笑意。

而現在，主動權終於在他們手中了。

深夜的鎬京實行宵禁，尤其是在大軍圍城的敏感時刻，任何一個在入夜後隨便於街上亂走的人，若無證明，都可能被禁軍抓起來。

但是今天，南衙十六衛的人卻抓到幾個不同尋常的人。為首者，一個全身裹在黑色披風中的人緩緩抬起頭來，他們並沒有認出面前的人是誰，然而這個人卻朝他們亮了亮手中的東西。

那是一封信，署名司馬妧。

十六衛的人握劍的手俱是一緊。

「若想這次圍城安然無恙度過，便帶我去見你們的長官林荃。」此人將信件翻過來，露出封漆的大元帥印，微微笑道：「你們也不希望家族在此次內亂中出事吧？李七郎、楊三郎、孫五郎、張大公子……」

他竟挨個將這隊禁軍士兵點了一遍名。

眾人驚駭。「你是誰？」

「這不重要。」此人淡淡笑了笑。「重要的是，速速領我去見林荃。」

從鎬京城內飛出了一隻灰鴿子。

若是平常，一隻鴿子並沒有什麼奇怪，可是如今的鎬京城全城戒備，這種情況下，在深夜飛出一隻灰鴿子，而且是往城外的軍營去的，若不是白虎門的守軍集體失明，就只能說這鴿子的隱蔽做得好，沒讓人發現了。

可憐這隻鴿子好不容易飛出鎬京，卻差點在軍營裡讓人抓住烤了吃，幸而巡查的什長發覺這鴿子腿上綁著東西，及時將這件事報了上去。

綁的是紙條，攤開來，上面的字跡瀟灑飄逸，司馬妧一眼便認出，這正是顧樂飛的親筆書。

他說得很簡單，只道司馬誠出事，恐有宮變。

不多時，帳外又有士兵來報，道又抓到一隻鴿子，上面寫的是一模一樣的內容。

「牠從什麼方向飛來？」司馬妧抽開紙條詢問道。

「東邊。」

東是白虎門的方向，白虎門的守軍主要是南衙十六衛，司馬妧攤開紙條，復又凝神細思，心中隱隱有了一種預感。

「傳令下去，全軍集結。」

今夜值勤的齊熠在她身旁，聽她如此說，不由得微微一愣。「殿下，現在？」

「就是現在。」司馬妧頷首。「全軍列陣，中軍隨我往白虎門！」

「是！」齊熠抱拳道，末了又忍不住問：「今夜開戰？」

司馬妧沒有點頭，也沒有搖頭，只是深深看了齊熠一眼，道：「他們能不能看到明早的太陽，便全看我們的威懾是否足夠。」

他們，包括顧樂飛、陳庭、十二皇叔、吃喝玩樂，還有眾多在鎬京城中秘密為他們做事的人。

鴿子能飛出來，就代表白虎門的守將已被他們說動，不管守將是出於何種理由。

總而言之，若如信中所言，司馬誠真的出了事情，宮變必在今晚。

第四十八章

雖然司馬妧不清楚宮變的主導者是誰，但是她清楚，無論打算立誰為新帝，只要她不答應，這道聖旨連鎬京都飛不出，遑論整個大靖。

司馬妧正是清楚這一點，才讓軍隊夜間突然集合。在圍城內的顧樂飛、陳庭和司馬無易也十分清楚，他們之所以能站在高延對面，和這位如今鎬京實際上的掌權者面對面談判，所依仗的不是掌握了他的弒君秘密，也不是什麼謀害前太子的秘密，而是司馬妧駐紮城外的十五萬軍隊。

沒有她的軍隊鎮著，高延轉身就會殺了他們，而不是像如今這般，恭恭敬敬對兩人行禮道：「既有殿下手令，此事宜早不宜遲，我們速速去見林荃將軍，讓殿下的軍隊早日入京支持新皇登基才是。」

陳庭和司馬無易互相看了一眼，微笑道：「高相領路吧。」兩人都發現了高延的臉色有些難看。這是自然，除了北門中的左右神武軍統帥效忠於他之外，他沒有其他任何軍隊，如果林荃也聽司馬妧的話，打開白虎門，十五萬大軍一擁而入，哪還有什麼新皇登基，他們高家不被司馬妧幹掉就該謝天謝地了！

高延望了望黑漆漆的街道，不知道他命令等在暗處的人有沒有將自己的情況稟報給遠在皇宮的高嫻君。幸好他來之前告訴高嫻君，若他子時過後還不歸，便讓她自行召集文武百官，通知神武軍準備宮變。

如今只要他慢慢拖時間，拖著不回去，待傳位聖旨一下，皇位換人做，看司馬妧還有什麼理由清君側！

話雖如此，高延卻還是心裡發虛、走路發飄。他不知道原因何在，直到他見到右屯衛大將軍府中的林荃，還有坐在林荃身邊的——顧樂飛！

他的腦袋頓時一嗡，一言不發，轉身就走。

「高相且慢。」顧樂飛緩緩開口。「林大將軍有話要問你。」

林荃的臉色說不出是好是壞，神情複雜地望著高延。「駙馬告訴我天子已死，可是真的？」

若司馬誠未死，他或許還要搖擺一下，可若是連皇帝都不在了，那……

「噹、噹、噹……」

萬籟俱寂的將軍府，遠遠聽得街上傳來打更的聲音，近了又遠了，算一算，這該是子時的更響。

高延轉過身來望著眾人，臉上帶著奇異的微笑。「不錯，天子已駕崩，但立皇長子為太子的詔書已下，如今天子崩，即位的自然是太子。新皇即位，長公主莫非還有理由領兵圍城？」

陳庭冷笑一聲。「端貴妃弒君殺夫，她的兒子有何資格當新皇？」

「端貴妃弒君殺夫？」高延回以冷笑。「證據何在？」

顧樂飛冷冷道：「司馬誠自己得位不正，還想讓他的兒子當皇帝？」
「得位不正？」高延亦冷冷道：「那只是長公主的說辭。先皇親自下令傳位於五皇子，如何得位不正！」他一聲厲喝，白髮老者怒目圓睜，竟是頗有氣勢，一時居然唬住眾人。
氣氛凝滯之時，忽然門外跑來一個傳令兵，急匆匆道：「稟告大將軍！」
林荃掃了一眼在場眾人，知道這些人是趕不走的，便直接道：「說。」
「城外的軍隊突然集結，而且大批往白虎門湧來！」
高延的眉心一跳。
顧樂飛笑了笑。「高老頭，任你說得天花亂墜，只要殿下的軍隊一入城，是新皇還是假皇，一切自有決斷。」
林荃陰著一張臉。「本將還未發話，駙馬爺已決定要打開白虎門了？」
這位到現在還沒想明白站在哪邊更有利？顧樂飛微感無奈，正準備開口遊說，便聽有一個傳令兵匆匆道：「報——」
「稟告大將軍，府外、府外有數千神武軍包圍了府邸，說大將軍夥同逆賊弒君叛亂！」
高延眼前一亮。高嫻君竟然想到了請神武軍包圍林荃的將軍府，這招釜底抽薪，妙！
「哈哈哈哈！」高延的語氣突然變得狠戾。「長公主想要皇位，那就給她！不過在座諸位的命，今天就拿來送她登基吧！」
「我們死了，高相也活不了。高家滿門再加一個貴妃和皇長子都給我們陪葬，說起來我們也不虧，是不是？」自進來之後便未曾開過口的司馬無易，此時方才緩緩出聲道：「現下這般情況，你我雙方說什麼都無用，高相不如去城頭和長公主談判。她點頭，便皆大歡喜；她搖頭，你我雙方就魚死網破、不死不休。」

當南衙將軍府發生變故的時候，宮變也在同時發生。

韋尚德沒有想到，這一次深夜被召入宮、特地囑咐他帶上印鑑的結果，竟然是被扣在宮中，變相監禁。

和他一起被扣的還有包括大行臺左僕射萬谷、御史大夫趙源等五十餘名肱股大臣，守在殿外的神武軍本是他所轄制的北門四軍之一，可是那個女人不但早和神武軍將領串通一氣，還藉著召他入宮的機會奪取他的大將軍印，竟是要以此印直接控制北門四軍，進而控制整座皇城！

妖妃！他就知道，萬萬不該讓這女人在侍奉先帝之後，還繼續在宮中伺候當今皇上，蠱惑人心，妄圖掌政！

「本將要見陛下！」韋尚德大喝。

高嫻君微微一笑。「本宮說過，陛下現在除了本宮，誰也不見。」

接下來，高嫻君先是命馮常侍宣讀了立太子的聖旨，之後便命群臣跪拜新太子。緊接著，高嫻君竟然直接宣佈天子病重，由太子監國，鑑於太子年幼，當由太子生母垂簾聽政、遙控朝堂。

皇帝自始至終都沒有出現，有的只是無數持大刀、虎視眈眈的士兵，一有臣子站出來質疑聖旨，立即被拖出去斬首，絕無二話。
這是、這是謀逆啊！殿外的血跡未乾，韋尚德等老臣在心中無力大呼。
天子到底出了何事？怎麼會突然病重？這女人……這女人明明就是想要借著皇子奪權！如今鎬京內憂外患，如何是好？
「皇上、皇上！臣等請求覲見陛下！」萬谷突然不要命地大叫起來。
御史大夫趙源站在殿中央怒目圓睜，也不行禮，對著高嫻君一聲怒喝。「妖妃！妳竟企圖亂政禍國，老夫第一個饒不了妳！」
「饒不了我？」高嫻君一手抱著襁褓中的皇長子，一手把玩著韋尚德的大將軍印，勾唇一笑，風情萬種。「趙大夫，形勢比人強，如今誰饒不了誰，你還看不明白嗎？」
她掃了一眼在場大臣，眼神忽而一厲，冷冷道：「皇上病重，特命太子監國。本宮說的句句屬實，如有不從者，斬！」
一個斬字，煞氣十足，斬釘截鐵。
她如今當然有底氣說這句話，有了韋尚德的大將軍印，和司馬誠的另一半印鑑相和，她便可以控制人數多達一萬五的北門四軍。有了這支禁軍，她才有實力讓皇兒登基，還有去救出她的父親。
高嫻君清楚，高延出事了。
子時已過，高延人不至，卻有消息說他和南衙十六衛起了衝突。這就是說，林荃已經有了防備，甚至有可能動用十六衛的禁軍力量挾持高延、衝入皇城，甚至打開城門放司馬妧入京。

司馬妧，那個女人……真是棘手。

高嫻君低頭看了一眼襁褓中酣睡的小嬰兒，眼中一抹柔情晝過，然後迅速變為狠戾。她的皇兒是權傾天下的九五之尊，絕對不容任何人威脅他的皇權！

「來人！封鎖宮門，命羽林軍將南衙禁軍全部替換，所有人不許出宮，連隻蒼蠅都不許飛出去！違者殺無赦！以太子之名擬旨，宣右屯衛大將軍林荃速速入宮覲見！」

「是，末將遵旨！」

當神武軍的將領頭也不回地往外匆匆而去，一場無聲的政變大幕緩緩開啟，濃黑而安靜的夜色彷彿成了暴風雨來臨前的徵兆。

高嫻君挺直脊背，拖著華麗的裙襬，抱著渾然不知自己已經成為大靖太子的嬰兒，緩緩走出大殿。而在她的身後，大殿的門被士兵迅速合起、上鎖，五十餘名三品以上的當朝大員就這樣被強制地關在殿內。

趙源惡狠狠道：「妖妃！當誅！」

「韋大人，這可如何是好？」萬谷看著殿門被合上，燭火因著風全部顫了顫，他頓時慌亂起來，有些六神無主。

「看著現下情況，我們這些老骨頭暫時還死不了，萬大人放心吧。」韋尚德攏袖苦笑。

「至於明日如何，便要看長公主的了。」

萬谷茫茫然。「長公主？她、她遠在城外啊……」

「那又如何？」趙源冷笑一聲。「只要她不同意，妖妃的任何一道旨意都飛不出鎬京，什麼皇后、皇太子的，不過就是甕中之鱉罷了！」

今夜注定是個無眠的夜晚。

梅江早早便察覺到皇宮中湧動的不安氣息，司馬誠所在的寢宮以從未有過的三層士兵嚴密看守之，這令他覺得詭異。他企圖送些什麼東西進去看看情況，卻被馮常侍攔在殿外。

「梅公公還是歇著去吧。」馮常侍的笑容令梅江覺得很陰冷。「今夜哪兒也不去，安分點，才能保命。」

皇帝出事了。

這是梅江的第一預感。

長公主知道這件事嗎？梅江又想，可是不等他想法子向外頭通報這件事情，就得知皇城端門之外，北門羽林軍和南衙翊衛發生火拚的事情。

梅江當時一屁股坐在地上，額上竟然滲出點點冷汗來。

南北禁軍火拚，這是兩朝以來從未有過之事，出現這種情況，只能說明兩軍被不同的人控制著。

越過皇帝，控制禁軍，還能是想幹什麼？

「張德。」他吩咐自己身邊最信任的宦官。「去打聽一下，韋尚德大人今夜可有入宮？」

「公公，不必打聽了，出不去。」張德低眉悄聲道。「端貴妃身邊的李喜告訴我，端貴妃剛從前朝回來後，立即下令全皇城封鎖。現在到處全是禁軍，小的哪兒也去不了。不過，這形勢，估計著……」

梅江默然無言。

此時此刻，端門前的火拚還在繼續，並且有持續擴大的態勢。

被強行命令交接班的南衙翊衛梗著脖子，拒不從令，結果其中一人和羽林軍交班的隊長一言不合，雙方打了起來，很快演變成一場在端門前的短兵相接。

這場並沒有得到南衙最高長官指令的火拚很快地擴大開來，端門前聚集的羽林軍越來越多，那些被迫交接班的南衙翊衛、千牛衛、驍衛等人也紛紛聚集而來，要羽林軍為這道命令給個說法。

「換崗就換崗，你他娘的還要什麼說法！你們這些小子腦子裡裝的是屎啊，連軍令都敢違抗？」

羽林軍帶隊的小隊長大聲嚷嚷著，提刀衝進人群，馬上有數個南衙士兵以刀迎擊，場面徹底混亂起來。

皇城如此，鎬京城頭則是另一番劍拔弩張。

白虎門前，高延居右，後面是一隊全副武裝的神武軍，林荃、陳庭、司馬無易、顧樂飛居左，後面站著南衙的監門衛和領軍衛。

而在這兩方軍隊之外，城頭還站著協力軍隊，就是不知如何是好的其餘北門三軍的人。北門的人和南衙的這些人一樣，除了負責皇宮宿衛和帝都安全外，還負責守城，結果今夜卻看見自己人兩兩對峙，他們尚且沒有接到上司的命令，故而根本不知道是應該聽丞相的，還是聽南衙的大將軍林荃的。

神武軍的人是怎麼回事？還有那不是長公主的駙馬嗎，怎麼會出現在城頭？聽說駙馬身邊站著的似乎是本朝唯一的王爺？

其餘三軍的士兵傻呆呆站在那兒，不知所措地看著兩方人馬對峙。

現下是神武軍不如南衙的人多，可是如果其餘三軍加入，形勢就會完全不一樣。

但是……但是長公主領著三萬精銳站在白虎門前呢，連撞門的巨大圓木都準備好了，眼看是要攻城的架勢，為何不先抵禦長公主的人馬，反而自己人和自己人在城頭前槓上了？這到底是怎麼回事啊！

鎬京城頭燃起千支火把，而城下軍隊的火把更是不計其數，猶如另一片星空。

高延站在城頭，一言不發。他不是不想說話，而是在等。

他在等消息，等皇宮那邊事成的消息傳來。

可是他在等，顧樂飛等人可不會陪他等。因著司馬無易地位最高，他有資格第一個開口質問。「高大人帶兵意圖挾持本王，可有得到我那皇帝姪兒的允許？恐怕是沒有吧，高相一個文官，帶著兵深夜上城頭，要讓我那皇帝姪兒知道，肯定是饒不了你。既然高大人敢這麼做，莫非皇帝出事了？竟然管不了你了？」

司馬無易驟然睜大眼睛，提高音量，微微張著嘴巴作出驚訝的樣子，演技很是浮誇。

不過這也無所謂，他本來就是想要攪亂軍心而已。

高延老神在在，半點不受他影響。「老臣乃是受皇帝密令前來和長公主談判，陛下仁慈，不願鎬京百姓遭此橫禍。」

說得真好聽，好像司馬誠還活著一樣。司馬無易腹誹，追問道：「喔？那密令何在？又要談什麼內容？怎地還不開口？」

「既是密令，自然不能給王爺看。至於內容，還要再等等。」高延瞥了一眼城頭下黑壓壓的軍隊，神情鎮定，淡淡道：「長公主都不急，王爺急什麼？」

司馬妧怎麼不急？一見顧樂飛等人全上了城頭，南衙的禁軍和北門的人竟然成對峙的架勢，她便知道今晚恐怕很難善了，搞不好便是一場大規模混戰。

「殿下，怎麼辦？」齊熠在身後悄悄問她。

司馬妧望了望高高的城頭。光線不好，她看不清楚，不過似乎司馬無易正和高延交談，並不緊張的模樣。

她擺了擺手，下令道：「再等等。」

並沒有等多久，高延派去皇宮報信的人便回來了。此人運氣好，出宮的時候南北禁軍還沒開始火拚，不然他恐怕不會完整無缺地回來。

「相爺，成了。」此人在高相耳邊輕輕道，簡短敘述了一下事情經過，高延越聽越高興，眉毛上揚，一臉喜色。

見狀，一直不開口說話的顧樂飛側了側頭，對林荃道：「林大將軍，我猜他掌握了北門禁軍，你信不信？」

林荃微愣。「此話怎講？」

顧樂飛笑了笑，還沒來得及解釋原因，便聽見有士兵的聲音遠遠傳來。士兵一邊大叫，手上還拿著命令。「羽林軍、神威軍、神策軍、神武軍中人聽令，命高延暫代北門禁軍左羽林大將軍職位，爾等悉數聽命於他，不得有誤！」

觀望許久的北門其餘三軍見了軍令，雖然滿心疑惑，卻也不得不抱拳道：「遵命！」

見狀，高延的嘴角勾出一抹得意的笑，緊接著士兵又宣讀第二道旨意。「太子有令，宣右屯衛大將軍林荃入宮覲見！」

「太子？」林荃愕然。「何時出來一個太子？」

「當今皇長子殿下，就是陛下親自擬旨定下的太子！」

第四十九章

「一干朝堂重臣已經入宮聽旨並拜見太子殿下，陛下深感身體不適，有意退位讓賢。」高延的手往林荃的方向一指，眼神精光四射，氣勢逼人。「林荃！你身為南衙禁軍長官，自然也該入宮覲見太子！」

他說得理直氣壯，又有宮裡來的詔書，不光是林荃，在場的士兵竟都有些要相信的樣子。

偏偏這時候，一隻手按下高延伸出來的指頭。

「林大將軍聽命於陛下，又不是聽命於太子。太子的命令，何須聽從？」顧樂飛微微笑了一下，眼中卻沒有笑意。「怕是襁褓中的太子被某些人所左右，想要林大將軍入宮送死吧？」

林荃聽得背脊一寒。

是了，太子還是個奶娃娃，如何能下令？這旨意必定不會出自太子之手，那麼必是端貴妃所出。

就在此時，他感覺有人輕輕扯了一下自己的袖子，側頭一看，一直沈默不語的青袍文士正對他無聲微笑。

高延沒有察覺到這一幕，他被顧樂飛說得心虛，眼神微閃一下。此處的確是破綻，以皇帝的名義召見才能服眾，可是高嫻君急著想要確立太子的名義，竟然因此留了這處破綻。

顧樂飛再接再厲。「高相想讓林大將軍入宮送死，然後一手掌握南北禁軍，如此一來皇帝也得聽你的，自然能讓太子即位。依我看，皇帝到現在還不露面，肯定是遭了毒手，既然如此，高相有何資格要讓禁軍聽令於你？」

「唰！」

一道雪亮的刀光亮起，高延從身旁校尉的腰間抽出佩刀，冷冷指向顧樂飛。「長公主乃是逆賊，你身為公主駙馬，亦是逆賊，莫要企圖蠱惑軍心！本相今夜的所作所為，皆是陛下授意！」

「高延！」

突然，一聲氣沈丹田的渾厚大喊從城牆下傳來，迴蕩數次，令高延猛地清醒，記起下頭還有數萬人馬。他下意識想要回頭，卻突然被神武軍的一個校尉按住腦袋壓下。

「大人，有暗箭，勿抬頭！」校尉急急道，話還未說完，便聽一道破空之聲傳來，一枝箭直直射來，「叮」地打在兩塊城磚的縫隙之上。這箭只要再往上兩寸，就能射下高延的人頭。

這、這不該是在射程之外嗎？司馬妧這個女人的力氣到底有多大！

「高延！殿下有令，有話直說！談得成，談；談不成，滾！」

傳令兵氣勢十足的渾厚聲音再次響起，配合剛剛那枝利箭的效果，更添幾分額外的氣勢。

高延陰著臉揮了揮手，校尉會意，將事先準備好的帛書以箭射出，射在城下的土地之上。雖然如此交流並不方便，可是也總比隔空喊話好。

見城下的士兵拿走了那封帛書，高延揮了揮手，校尉亮開嗓子替他喊道：「司馬妧，陛下仁慈，不念妳忤逆圍城之罪！只要妳交出兵權，承認皇太子的正統身分，便仍可做妳的長公主！」

承認皇太子的正統身分？

「若本公主不從呢？」

「不從？」高延揮了揮手，北門的人立即亮出寒光閃閃的大刀，相應的南衙的人也利刃出鞘，兩方的刀互相對峙，如同交錯的犬牙。

「不從的話，恐怕他們三人身為逆賊同黨，要血濺城頭！」

站在高延身後的神武軍人，他們的刀齊唰唰指著顧樂飛三人。

「妧妧，莫管我！」顧樂飛忽然轉頭，一邊大聲道：「只要能成妳所願、護妳周全，顧樂飛死而無憾！」

嘖嘖，這話酸的，他的牙都要被酸掉了。司馬無易在旁邊捂了捂臉頰，涼涼拆臺。「小胖，別喊了，隔這麼遠，聽不清。要說情話，不在這一時半會兒，保命再說。」

「老子高興。」顧樂飛面無表情回頭。「干你何事？」

事實上，他的嗓子還不錯，司馬妧的確聽到了。不僅她聽到了，很多士兵都聽到了，齊唰唰的目光朝長公主看去。有將領在她的耳邊小聲問：「殿下，待會兒萬一真的傷到駙馬……」

司馬妧擰眉不語。

刀劍無眼，一旦打起來……

就在這時，司馬妧忽然覺得有個東西似乎在城頭晃了五下。

那是一把和火焰的光交相輝映的陌刀，刀身在火光下反射出耀眼的光，似乎是刻意向司馬妧的方向晃了幾下。陌刀並不適合守城，故而城頭只有幾把，而這把陌刀，仔細看去，握刀者的左手蜷曲在袖中，約莫是陳庭。

他是何時拿過南衙士兵的陌刀的？

司馬妧微微眯了眯眼，見那把刀頓了片刻不動，然後又連續晃了五下。

五下啊……這是她和西北輕騎心照不宣的默契，五下刀光是進攻的約定。

這種情況下，該相信陳庭的判斷嗎？

過去的每一次打仗，她都是很信任他啊。

「殿下，怎麼辦？」有將領在背後問她。

司馬妧望著城頭的劍拔弩張，忽然右手持刀，對著天空高高舉起，一聲輕斥——「攻城！」

幾乎是在她的命令剛下的同時，三萬精銳同時行動，他們推起巨大的圓木戰車朝厚重的白虎城門撞去，於此同時，更有無數士兵架著雲梯往鎬京城頭而來。

「這個女人瘋了！她瘋了！」

從未見過大軍壓城是何等場面的高延，見到長公主竟然不管顧樂飛等人直接下令攻城時，看著無數人如螞蟻般黑壓壓碾過來，不由得慌了。

「把他們給我抓起來！」高延指著對面一聲怒喝。

終於下定決心的林荃亮出腰間細長鋒利的苗刀，對著高延的方向指去。「兒郎們，老匹夫想要篡權，我們不能聽他的！」

「不能聽他的！」南衙眾人齊聲大喝，亦拔刀相向，眼看城頭也將要上演皇城外的火拚時，忽然有一隊南衙人馬掉頭從樓梯往城樓下奔去。

高延一愣，猛地反應過來。「快、快！攔住他們，他們要開城門！」

隨著他的一聲高喝，城頭上一陣混亂，火把歪倒，南北兩軍打起來的，互相扯著不讓對方去城樓下的，數千人的內訌，簡直是亂轟轟一團。

司馬無易從未經歷過這等陣仗，一時有些懵逼，顧樂飛不管三七二十一，扯著他往北邊城頭狂跑，往南衙軍的人群裡衝。

「你幹什麼，我們不該往城下跑嗎？」司馬無易指了指已經被眾人護送著下城樓的高延。

「你瘋了不成？」顧樂飛躲避著亂糟糟的人群，氣喘吁吁，他身體本就還沒好，現下的情況實在有些吃不消，他喘著氣解釋。「破了這道城門，還有下一道，你不跟著妧妧的軍隊，還要繼續和高延在城頭上耗不成？」

他剛解釋完，便見迎面一道刀光閃過，急急彎腰一躲，大聲道：「大哥、大哥，別打，自己人，自己人！」

「啥自己人！老子不認識你！」

「我是顧樂飛，長公主的駙馬，南衙這邊的！」

「放你娘的屁，顧樂飛明明是個死胖子，哪裡長你這樣！」說著士兵又是一刀舞過。

「我、我是王爺！」司馬無易萬萬沒想到自己會扯著一身蟒袍，在一個大頭兵面前急急表明身分。「我是十二王爺，你們這邊的！」

大兵疑惑地看了他一眼，好像覺得他比較可信，點了點頭。「往那頭走，別讓北門的人撞見！老子要迎接殿下去了！」這士兵的刀在二人頭上一晃而過，隨著無數奔跑的士兵一齊往城下湧去。

而白虎門外，堅定有力、富有節奏的圓木撞門聲並未響多久，幾米厚的鎬京城門在裡應外合之下如此不堪一擊。

僅一盞茶的時間，城破。

「殿下！」

林荃領著他的親衛隊，向走上城頭的司馬妧單膝下跪，抱拳行禮道：「請殿下恕林荃之前不敬之罪！」

司馬妧親手將他扶起來，淡淡笑了一下。「林將軍及時醒悟，引軍隊入城乃是大功一件，何罪之有？」簡單一句誇獎，安了林荃的心。

當司馬妧登上城頭的時候，望見對面的城牆上亦是火把點點，不僅是城牆上，整座鎬京城都彷彿從夢中驚醒，星星點點的燭光亮起，一隊隊士兵踏響整齊肅殺的步伐，卻掩蓋不住慌亂和躁動在暗中湧動。

城牆上的風很大。

「妧妧。」

顧樂飛在叫她。

司馬妧側頭，火焰映照在她身邊男人的臉上，汗珠和不知在哪裡蹭到的污痕，讓這張俊美無匹的臉顯得滑稽又狼狽。

司馬妧伸出手來，撫上他的臉，用拇指揩掉他臉上的污漬。

「可有受傷？」她低聲問。可能她用力有些重，顧樂飛的臉似乎紅了起來，司馬妧想縮回來，卻被他的手按住不放。

顧樂飛拿臉輕輕在她手上蹭了蹭，微笑。「無事。」

就這麼一個小小的動作，城頭上站著的幾千名士兵全部看了過來。

司馬妧猶豫了一下，還是狠了狠心，用力將自己的手從他的掌中抽了回來。她不去看顧樂飛失望又哀怨的目光，而是轉頭問站在另一邊的司馬無易。「皇叔可有受傷？」

司馬無易嘲笑般瞥了顧樂飛一眼，方才悠悠道：「本王爺沒事，不過接下來該當如何？」

鎬京三道城牆，破了第一道，並不代表城就破了，恰恰相反，接下來會更加艱難。如今白虎門被南衙的人打開，北門四軍立即緊急往內城撤退，並且及時關閉城門。
而第二道城牆，因為沒有多少南衙的士兵在，不可能再來一次裡應外合。
莫非只能強攻？那樣傷亡太大，何況攻了第二道，還有第三道。
所有人都等著司馬妧的下一道命令，是攻城，還是就此僵持固守？全在她一句話。
第二道城牆與外城牆之間隔了幾十丈的距離，高度差別並不大，因此司馬妧無須站在城下仰望著和城頭的人說話。
她注視著對面的動靜，注視著已經從慌亂中迅速恢復鎮定的高延。
然後她作了個手勢，招來了傳令兵。
於是站在內城牆上，剛剛喘過氣的高老頭，又聽到了那個傳令兵雄渾的嗓音。
「高延，長公主殿下質問你，是否司馬誠已崩？」
「怎麼可能？天子好好的，只是偶感風寒，在宮中休養，故而才特地派老夫來說服！」
高延死鴨子嘴硬，就是不說實話，明明心裡慌得不行，表面卻要做出更加壯烈的姿態來。
「若長公主不聽從陛下命令，那便是逆賊！即便老夫拚了這條老命，也要守住內城，保護皇帝和大靖百姓！」
北門四軍望著被十五萬軍隊徹底包圍住的內城，想想自己現在才一萬多人，不由得心裡都很發慌。打仗會死人，但是……如果像南衙那樣，擅自開城門呢？會不會得以饒命？
北門中有人如此悄悄想著，卻礙於軍令不敢動手，畢竟自己的長官都惡狠狠盯著他們，生怕又來一批像南衙十六衛那般的反叛者。

「高延不會降的，是不是？陳先生。」司馬妧側頭，詢問剛剛從城下趕來的陳庭，他看起來竟沒有任何狼狽之處，明明經歷過混戰，倒還比顧樂飛乾淨。

「不會。」陳庭毫不猶豫地回答。「他知道妳入城後查明真相的話高家會有什麼後果。兔子急了還會咬人呢，高延如今就算拿全鎬京的百萬人陪葬，也必定要把妳拖死在這裡。」陳庭說得不錯，真正到了危急時刻，鎬京城內的男女老幼、病殘婦孺皆可為兵、皆可上陣，那時候孰強孰弱，猶未可知。

看見司馬妧臉上的猶豫之色，陳庭難得著急起來。「殿下難道想要退卻？司馬誠如今不死也重傷，正是殿下即位的好時機，我們可以散布謠言，讓城中民心動盪，乘機攻城！」

司馬妧深深看了他一眼。「陳先生，用百萬鎬京人的性命為自己鋪路，你覺得司馬妧是這樣的人嗎？」

陳庭著急起來，連聲音都嘶啞了。「殿下要想明白！」他以為長公主選擇了他的那份檄文，聲討司馬誠得位不正，便是已經下定奪位的決心，怎麼到了如今她竟然還猶豫不決？

「陳先生誤會了。」司馬妧又搖了搖頭道：「我沒有一定要做皇帝的執念。司馬妧做事，向來喜歡選擇最省力的方法，當時選擇那份檄文是這樣，現在也是這樣。」

說著，她揮了揮手，示意傳令兵再次傳話。

「高延，殿下問你，你是不是代表司馬誠前來，可替司馬誠決斷！」

她想幹什麼？高延警惕慎重地回答。「目前是。」

「那麼，高延需得聽著，想要殿下退兵，必須答應兩個條件！」

有戲？看來司馬妧那女人也怕了。高延轉了轉眼珠。「說！」

「第一，司馬誠退位，命皇長子即位！」

什麼？他是不是聽錯了？司馬妧的這個條件不是正中他的下懷，是他最想要的嗎？

「殿下！」陳庭壓低聲音在她耳邊怒道：「妳瘋了嗎?!」

「陳庭，急什麼？」顧樂飛拉了他一把，覺得他的情緒很不對，厲聲警告。「還有第二個條件，聽完再急不遲！」

他朝司馬妧微微一笑，語調低沈又堅定。「妳作什麼決定，我都幫妳。」

司馬妧勾了勾唇，沒有說話，而是轉而對傳令兵吩咐下一個條件。傳令兵聽完之後，臉上浮現出的驚訝和喜悅很是耐人尋味。

而此時，對面的高延亦是又喜又驚，心裡七上八下地想著，這個女人怎麼會讓他輕易如意？他不動聲色道：「那第二個條件呢？」

「皇長子即位後，由長公主攝政！」

司馬妧攝政？

「不行！」高延想也不想，衝口而出。「第一條可以答應，第二條，不成！」

陳庭聞言冷笑。「給臉不要臉！殿下，我早說過，對於高延此人，一分退卻也不成，只會讓他得寸進尺！」

「沒有關係，我會讓他服從的。」司馬妧淡淡說了一句，便轉身離開那處位置，往城牆北面去了。高延見對面的火把晃動，司馬妧原本所處的位置換了士兵站崗，她卻離開了，頓時有些慌亂。「你們快看看，那女人幹什麼去了！」

「長公主……呃，逆賊往北面城牆去了，那裡好像有數隊士兵，不過沒有火把，看不清他們在做什麼。」小兵匆匆忙忙彙報。

高延陰著臉點頭，心裡無端感到不安，正想著自己要不要下城頭去避一避，卻聽見一旁忽然有士兵驚呼。「老天爺，那是什麼玩意兒！」

高延聞聲回頭，一顆火流星彷彿從天而降，劃出一道完美的弧線。它越過內城牆，砸在白虎大街之上，砰的一聲巨響，兩棟房屋瞬間燃起熊熊烈火，在黑夜之中顯得尤為刺目。

「火神、火神發怒了！」從旁邊的房屋裡匆匆跑出幾個人，他們驚叫著、呼喊著。很快，白虎大街上站滿了人，有的傻呆呆看熱鬧，有的則倉促地想要逃命，卻不知應該去哪處好。

緊接著，又一顆火球從天而降，同樣發出砰的巨響，濃烈的硫磺味隨之散開。

這一次高延看清了，這火球不是來自什麼火神，而是來自司馬妧的軍隊，來自那處黑乎乎沒有點燃火把的地方，那兒有數人正將點燃的火球拉在一種奇怪的大弓上，然後一顆顆朝鎬京發射！

這是什麼恐怖的武器？怎的有這等威力，竟然能越過城牆，直接攻擊城內！

如果……如果這樣的火球來上百顆、千顆，整座鎬京都將、都將陷入一片火海！那將是怎樣一副地獄般的景象！

高延不由得一陣眩暈。

「高延，殿下再問你一遍，答應還是不答應！」

傳令兵惡夢般的嗓音再次響起，高延咬牙切齒地在心底詛咒司馬妧。這個女人，竟然藏著這等殺人利器而從未告知於人，她好狠啊！

高延真是想多了，這只是打南詔剩下來的火蒺藜而已，這玩意兒金貴，怕潮怕碰，內部製作精巧，總共也沒剩下多少。目前的屯貨只有二十來顆，想要燒了整座鎬京是根本不可能的，純粹做出氣勢唬人而已。正所謂，兵不厭詐。

眼睜睜看著又一顆火球越過頭頂，在鎬京城內發出砰的巨響，城牆上的士兵都有些慌亂，他們不怕死亡，卻怕這種不知如何抵禦的東西，紛紛朝他們現下的最高長官看去。

高延的膝蓋發軟。

「大人……」校尉急忙在旁邊扶住他。「這、這如何是好……」

「還能如何？」高延心灰意懶地揮了揮手。「我答應。」

第五十章

天啟五年四月，尚書令高延命北門禁軍大開鎬京城門，迎定國長公主入京。

這是鎬京百姓第二次迎接公主歸京，比起上一次上千禁軍護衛、威武風光的熱鬧場景，這一次相對來說更肅殺寂靜。

畢竟這一次，她所帶的不是七十衛兵，而是十五萬軍隊。

東方剛剛泛起魚肚白，白虎城門一角燃燒殆盡的木頭殘骸猶在，似乎在提醒著人們，帝都剛剛經歷過一場驚心動魄的圍城之戰。

那從天而降的火球還有發出的砰砰巨響，今後很長一段時間都會成為許多人的惡夢。

鎬京的百姓以忐忑不安的眼神望著入城的長公主，她和三年前入京的時候似乎沒有兩樣，還是那麼英姿勃發、銳不可當。而她身後源源不斷、彷彿沒有盡頭的黑衣甲士則在提醒百姓，情況和三年前不同，她不再是三年前那個受皇帝忌憚和冷遇的公主，她即將成為這座帝都實質上的新主人。

事實上，十五萬軍隊在城門開後並未完全入京，一部分留守城外軍營防止突發意外，另一部分則和南衙十六衛一起接管城防，相應的北門四軍被全數卸載兵器，全員處於待命狀態。

不管怎樣，司馬妧的確用雷霆手段迅速控制皇宮之外的所有區域，而皇宮則是她最後一個需要攻克和掌控的地方。

這一連串的軍事變動在司馬妧入城之後很快展開，為了儘快控制住鎬京，她甚至並未先入皇宮，而是選擇以自己的公主府為中心，成立臨時的指揮處所。

顧家和樓家人是在臨近中午、確認鎬京城安全的情況下才被接回京中。此時太陽早已高高掛在天際，望著鎬京城熟悉的街道和草木，顧晚詞不敢相信她竟然這麼快便回來了。

昨夜圍城，鎬京城中不知道有多少人一夜無眠，顧晚詞也同樣輾轉反側、難以入睡、擔心不已。即便如此，也不能阻擋她的興奮之情。

她知道這一次入城意味著什麼。她的嫂嫂，即將成為天下實質的掌控者！

「晚詞。」

顧晚詞正坐在馬車中，懷著興奮激動的情緒，大膽地偷偷掀簾看外頭護送她們的軍隊，和解除警報後路邊依然滿臉不安的百姓，卻在這時候聽見有人叫她。

這個聲音從上頭傳來，有些熟悉。顧晚詞抬頭，便見一個騎著高頭大馬、穿著鎧甲和黑衣戰袍的將軍，策馬靠著她的馬車邊行走。

他低頭朝顧晚詞的方向看過來，顧晚詞亦看著他，然後慢慢睜大了眼。

這個人膚色偏黑，不過五官很熟悉，本來是年輕英俊的一張臉，卻因為一道長長的疤痕破壞了容貌之美，而顯出幾分凶悍。

顧晚詞不知道，這個護送顧家和樓家人回京的任務是他特意求來的。這麼久不見，他再次看見她時本來是很激動的，可是似乎察覺到顧晚詞在盯著自己的傷疤看，有些忐忑地摸了摸自己的臉。「打仗……留下的，恐怕很難消，是不是很難看啊？」

那麼長的一刀劃在臉上，一定很痛。若不是他命大，這一刀會不會劈開他的腦袋，要了他的命？

顧晚詞明明這麼擔憂地想著，嘴上卻非要說：「是很難看。」

啊？難看？她說我難看？

齊熠一聽就慌了。「那、那個，呃，晚詞，我我、我——」

「不過對男人來說，相貌不是最重要的，是不是？」顧晚詞截斷他的結結巴巴不成句，微微笑了一下，如此說道。

她目光柔和，完全沒有半點嫌棄自己的樣子，齊熠提到嗓子眼的心頓時放下一半，長舒一口氣，一不小心說了內心所想。「我還以為妳只喜歡高崢那種小白臉呢。」

簡直是哪壺不開提哪壺！顧晚詞柳眉一豎，杏目圓睜。「是啊，我就喜歡長得好看的男人，本小姐就是這麼膚淺！所以你破相成這副模樣，還是算了吧！」說著便將車簾狠狠一拉，再也不肯看他一眼。

上一秒還眼光燦爛，下一秒便烏雲密布，見識了什麼叫女人翻臉如變天的齊大將軍頓時傻眼。「晚詞，我錯了，我錯了還不成嗎？」

護衛馬車的兩隊士兵見上司吃癟，都偷偷偏過頭默默發笑。便是連和顧晚詞同坐一輛車的崔氏也望著賭氣不說話的女兒笑，笑得她繃不住臉，一陣陣臊得慌。

「齊三郎是個好孩子。」崔氏拉過顧晚詞的手拍了拍，溫溫柔柔地囑咐女兒。「莫要因為一時氣憤而錯過，將來後悔。」

我當然知道他很好。顧晚詞如此想著，卻是死鴨子嘴硬，嘟了嘟嘴，嘀咕道：「我才不管那麼多，我就是要看看他的誠意如何。」

顧晚詞和齊熠在這邊兒女情長，鎬京皇宮中卻是一片劍拔弩張。

直到中午，南衙十六衛和她帶來的軍隊才終於接掌了皇宮防衛，其間和北門起了不少衝突，還有內廷中一干妃子的無理取鬧，很是讓人頭疼。

對此，司馬妧十分乾脆地命梅江暫代殿前總管一職，全領皇宮內務，除她之外，任何人的命令梅江皆可不聽。

喔，她還順便命人將皇宮中高高掛起的縞素全部拆除。

被鎖了整整一夜的韋尚德等人從殿中被放出來的時候，看見的便是寺人們取下殿前殿後的白絹的場景。

韋尚德微微有些茫然。「這是……幹什麼呢？」

「回大將軍，陛下自盡身亡，貴妃命皇宮掛喪。可是長公主不讓，說陛下得位不正，按帝王級厚葬已是恩遇，不該讓全天下為陛下服喪。」

司馬誠……死了？五十餘名大臣面面相覷。是誰殺了司馬誠？

一時間，竟沒有人敢問這個問題。

即便是最敢說話的趙源，也只是皺著眉頭問道：「通告天下的訃告發了嗎？」

「奴才聽說陳大人正在擬。」
「陳大人？哪位陳大人。」
「是陳庭陳大人。」
陳庭？趙源愣了一下方才反應過來。司馬妧掌權，他應該會是下任尚書令吧？笑到最後的，果然是長公主啊……
屋外的陽光燦爛而刺眼，包括大行臺左僕射萬谷、左羽林大將軍韋尚德在內的朝堂重臣，被關了一夜半天之後放出來，猛然得知皇帝身死、長公主攝政的消息，不由得一片茫然不安。
只是一夜，卻發現所有的事情似乎都不一樣了，一切都變了似的。
他們有些無措，有些不習慣，還有些忐忑和焦慮。
司馬誠的死是他們早就料到的事情，不然也不會讓高嫻君掌握了皇宮，現在更讓人好奇的是司馬妧會如何善後。
她會如她所承諾的那樣，僅僅是攝政嗎？
當韋尚德等人拖著因為折騰一夜而變綯的官服匆匆趕到金鑾大殿時，殿中已有百餘名官員在等候。靜鼓在他們身後敲響，天啟朝最後一次朝會、也是沒有皇帝的唯一一次朝會就此開啟。
大行臺左僕射萬谷一眼便看見往日皇座左下首位，那個往常屬於宰相之首、尚書令高延的位置，如今站的是一位黑衣麗人，定國長公主司馬妧。

她的長髮高高束起，穿著黑色的軍服，鎧甲脫去，只留數處軟甲，踏著長靴，背脊筆直，琥珀色的眼珠在殿內掃視一圈，散發著冷銳而肅殺的光芒。

萬谷發現，金鑾殿內所有的士兵都是黑衣甲士，不是皇城禁軍的服飾，這也代表著他們全都是司馬妧的人，如果她願意，完全可以一聲令下殺了殿中任何一個人，甚至是所有人。

高延真是失策啊……萬谷偷偷擦了擦頭上的汗，悄悄瞄了一眼站在司馬妧身後的高延，發現高延居然笑著和司馬妧說著什麼，一臉討好。

想必是在拿自己在朝堂上的勢力和長公主做籌碼吧，畢竟他根基深厚，司馬妧想要執政少不得要依靠他。

萬谷掃了一眼殿中數十名高黨臣子，見他們個個臉色複雜，便清楚他們也不知道自己將來該聽誰的。

好在自己沒有站過任何一邊。萬谷如此想著，慶幸地舒了口氣。

比起萬谷的忐忑，和陳庭關係不錯的御史大夫趙源則更為鎮定自若。而韋尚德的心情則更為複雜一些，他不知道自己的孫子有沒有參與這場政變，也不知道樓重會不會看在老友交情的分上，讓司馬妧不難為韋家。

「太子駕到！貴妃娘娘駕到！」

隨著宦官尖利的叫聲，貴氣逼人、氣勢不凡的一隊儀仗入殿來。

韋尚德一抬頭，便看見在一隊宮女的簇擁下，一襲鳳袍的高嫻君抱著襁褓中的皇太子，以高貴典雅的姿態緩緩走上天子寶座。

妖妃！韋尚德頓時氣不打一處來，朝站在臺階左下的司馬妧看去，便見連鎧甲還未來得及脫的長公主，一身戎裝、從容淡定地站在那兒，似乎對高嫻君的趾高氣揚和隱隱挑釁不以為意。

好在司馬妧沒有讓文武百官對高嫻君下跪，她只是揮了揮手，命令站在一邊的宦官宣讀旨意。

「皇五子司馬誠得位不正，現已身死，人死為大，對其過往概不追究。念天下不可一日無君，為保證先皇的正統血脈，不宜從旁室挑選，故當由司馬誠長子司馬睿即位，又因其年幼不知事，特以司馬妧為攝政大長公主，代天子執掌朝政，處理國事。」

高嫻君聽著宦官宣讀這份重要的詔書，新君即位，攝政監國，哪一樣不是大事？可是司馬妧卻偏偏不以司馬誠的名義發布，反倒要否定司馬誠的合法地位，這詔書雖然沒有提及是誰發布的命令，可是聽這口吻、這立場，便知道詔書的發布者就是司馬妧自己，這不是讓天下人都知道，她名義上是攝政，實際上卻是女皇，自己和自己的兒子只是她的傀儡而已！

「臣以為萬萬不可！」有人大著膽子跳出來，仔細一看，竟是樓寧外放之前的朋友黃密。如今他已是四品文官，站出來說話的氣勢不一般。「長公主一介女流，因新皇年幼把持朝政，獨攬朝綱，牝雞司晨，於大靖國運不利！」

高嫻君的眼微微一瞇，暗道一聲好，高家真是沒白養這條狗。

黃密站了出來，很快有七、八個文官也站出來提了反對意見。

司馬妧居然耐心得很，一一等他們說完，並不阻止，反而讓身邊的小宦官記著什麼。

待眾臣說完，高嫻君方才悠悠開口。「哀家以為的確如此。」

她偏頭看向司馬妧，微微瞇了瞇眼，鳳眸冷光四溢。「既是我皇兒登基，他又年幼，本宮自然該護著他，理應同長公主一同攝政，方得平衡之道。如此一來，也好待我皇兒成年之時，還政於天子。」

司馬妧揚了揚眉，表情是毫不掩飾的意外。高嫻君將她的表現看得清清楚楚，暗笑她竟然還是這麼幼稚，永遠將表情擺在臉上，如何在權力的巔峰混？

可是司馬妧的下一句卻將她燃起的鬥志和得意悉數消滅。

「趙源大夫，煩你告訴太后，為何她不能攝政。」

本來心事重重的趙源聽見長公主點了自己的名字，一個激靈，猛地精神起來。長公主這是叫他打頭陣呢！打還是不打？不打，那妖妃就能放過自己？

趙源頭腦清楚，抬頭一望寶座上坐著的高嫻君，想起這個妖妃如何行事不著邊際、自己被她害得多慘，頓時燃起熊熊鬥志。

打嘴仗是趙家的優良傳統，是趙源的強項，幾乎不用打腹稿，他上前一步，開始滔滔不絕、引經據典，從秦宣太后講到前朝女皇，從牝雞司晨講到後宮外戚干政之害，罵人不帶髒字，而且沒完沒了，高嫻君竟然想插嘴都插不上。

更令高嫻君氣憤的是，從頭至尾，高延就沒開過一句口，連為她爭取一下都沒有！

父親真是下了一步挽回不了的臭棋！她惡狠狠瞪了一眼縮在殿中一角根本不說話的高延，高延卻像沒看見一樣，急著降低自己的存在，最好降得完全透明，讓司馬妧發現不了他。

懦夫！窩囊！她恨自己的父親不頂事，竟然扛不住司馬妧一夜圍城，輕易答應打開城門。

她居於宮中，對十五萬大軍攻城是怎樣一副恐怖的情景沒有任何概念，更不知道那從天而降、指哪兒打哪兒的火球是何等利器，故而當文武百官誠惶誠恐下跪聽令，山呼新帝萬歲和長公主千歲的時候，她膽敢以惡毒甚至敵視的目光盯著司馬妧。

屬於她高嫻君的，她早晚都會拿回來！

眼見高嫻君被趙源說得臉色發白、搖搖欲墜，司馬妧作了個手勢，示意這位本朝第一諫臣適可而止。

「趙源大夫已經將理由說得很清楚了，希望諸位以詔書為準，不要再有任何反對之心。」

司馬妧說完這句，又淡淡看了一眼黃密。「本公主記得黃大人無甚功績，資歷又淺，當不得四品官職，還是回翰林院再踏踏實實幹幾年吧。」

一句話，直接將黃密連降數品，連進入這個大殿參加朝會的資格都沒有了。黃密頓時面色煞白，求助般地看向高延，見高延無視，又立即看向高嫻君。

可惜他們如今是自身難保。

「太后若無事，今日的朝會便散了吧。」司馬妧一錘定音，這次再也沒有人敢反對。不過，當她轉身之時，抬頭撞進高嫻君如火般燃燒著的目光，她還是微微愣了一下。事實上，她也沒有想到，事情演變到現在這種局面，竟然成了她和高嫻君之間的權力之爭。

不過司馬妧也沒有太在意，比起現在需要做的事情，高嫻君的威脅實在是微乎其微。故而在宣讀完詔書之後，她簡短地將宣告天下以及登基大典的事情吩咐了下去，便打算散了這個朝會。

「接下來還有一連串政務需要各位大人處理，知道諸位昨夜不易，但為了大靖的安定，還請各位最近這些日子多多辛苦一些。」

司馬妧如此一說，語氣溫和，但是她身後站著的一百衛兵卻是個個雙眼圓瞪，看起來隨時會拔刀砍掉不服氣的人的腦袋。

唉，攝政就攝政吧，反正司馬誠當皇帝也沒有做得很好，只要這位手握兵權的長公主——未來的攝政大長公主不想登基當女皇，大家覺得還是可以接受。

想通了的眾臣紛紛行禮。「這是微臣的本分，自當竭盡全力——」

一番行禮表忠心之後，這個朝會本該散了，可是殿門打開的那一刻，群臣卻發現門口站著一個年輕人，堪堪攔住他們的去路。

誰這麼大膽？竟敢站在金鑾殿前攔住文武百官？

這個年輕人風度翩翩、相貌極佳，奇怪的是，此人讓許多大臣覺得有些眼熟，卻想不起來是誰。

「喔？這就完了？」年輕人越過群臣，朝長公主微微笑了一下，語氣彷彿十分熟稔。

令眾人跌破眼鏡的是，不苟言笑的長公主竟然也回了他一笑。「不錯。」

「可是，我還有事呢。」年輕人掃了一眼眾臣，淺淺一笑。「有關五皇子司馬誠的死因，有些疑問需要諸位大人來見證一番。」

年輕人側了側身子，示意大臣們往金鑾殿的偏殿去。

眾臣互相看了看，表情猶疑，直到有人大著膽子發問。「敢問這位大人是……」

「我？在下並無任何官職在身。」

年輕人揚了揚眉，薄唇微勾。「在下只是長公主的駙馬。」

第五十一章

駙馬？韋尚德第一個睜圓了眼睛。「你是顧樂飛?!」

「他確是我的駙馬。」

見眾臣一動不動，長公主的聲音從眾人身後淡淡響起。「諸位有什麼問題嗎？」

還真是顧家那個出名的大胖子？他不是一個球嗎？怎麼不聲不響就變成如今的模樣了？

難怪長公主自從出降以來從未嫌棄過顧樂飛，原來早就看出他樣貌本佳、潛力十足，好眼力啊！就是不知道長公主還瞞了他們多少事情？

所有人來不及收起臉上的震驚，倒是顧樂飛揚了揚眉，心裡對於她的承認頗為欣喜。他的身形本就高眺，下巴微揚，目光越過群臣，直直鎖定司馬妧。

他的表情是毫不掩飾的愉悅，目光中的熱度彷彿能穿越空氣，傳遞到司馬妧的臉上，引得她的臉也微微發熱。

她只是說了一個事實而已，至於高興成這樣嗎？彷彿之前她有多冷遇他似的……雖然她的確躲著他便是了，可是那也不是因為討厭，只是不習慣啊！

司馬妧微微垂下眼，不自在地避開他的目光，道：「帶路吧。」

見她不看自己，顧樂飛倒也沒有灰心，來日方長。便揚眉笑道：「諸位大人請隨我來。」

既然長公主都發話了，旁邊全是士兵守著，難道還能不去？群臣老老實實跟著顧樂飛往偏殿走，沒人發現一個身影越走越慢、越走越慢，他偷偷掉到最後，然後忽然一轉身，打算溜走。

「高大人。」顧樂飛好像身後長了眼睛似的。「您還是尚書令，理應打頭，莫要躲在最後，讓顧某以為你想溜呢。」

欸，高延呢？眾人猛然發現這個自今日朝會就毫無存在感的高相不見了，目光一陣搜尋，終於發現落在隊伍尾巴的高延。

高延心中暗暗叫苦，他知道此行必定沒有好事，本來打算朝會之後就溜走。司馬妧以女流之身攝政，根基不穩，人心不定，他尚有機會和北門將領奉新皇之令起事，趁這個女人沒有防備之際滅掉她。

為了避免自己被她忌憚，他剛剛才會那樣討好她，想讓她知道自己十分有用，要在朝政坐穩根基必須靠他。可惜高嫻君和黃密都太愚蠢，竟然在朝會上公然挑釁，能得什麼好？

令高延萬萬沒有想到的是，他居然連金鑾殿都走不出去，朝會一散，顧樂飛就在門口等著自己！

司馬誠被偽裝成上吊自殺，以瘀青掩蓋脖子上的致命傷，手法本就拙劣，時間又倉促，不仔細追究還好，一旦仔細檢查……

「諸位大人請看，五皇子的脖子上雖有瘀青，但瘀青卻是死後才形成的，故而痕跡生硬，真正的死因乃是某種利器扎破頸部血管，流血致死。依老夫看，這種利器恐怕是花瓶一類的裝飾，凶手臨時起意，下手倉促，而且五皇子沒有防備，看來是親密之人。」

滿臉麻子的老頭站在皇帝的屍體前面侃侃而談，一口一個「五皇子」，聽得眾臣很是腷應，好像他們叫了那麼久的皇帝陛下一朝全被人否定，顯得自己很傻似的。

「此人是誰？」高延皺著眉頭喝道。「難道讓一個無名之輩隨便檢查皇族之人的屍體？信口雌黃？」

「許大夫乃是為端貴妃——也就是當今太后看診之人，多虧他的妙手才能讓太后懷上新皇，高大人明明知道，就不要裝傻了。」

顧樂飛看向臉色陰沈的高延，目光中射出冷意，隨即掃了一眼面色複雜的群臣，微微笑了笑。「許大夫查出來凶手是誰了嗎？」

知道，就是高嫻君——許老頭很想這麼說。不過在事先的串詞裡，他被要求的臺詞不是這樣。

於是他彷彿很老實的樣子搖了搖頭。「老夫不知，但是五皇子死亡的時間應當是昨日酉時左右，查閱那時候的皇宮進出記錄可以發現，僅有高延高大人一人入宮。」

「所以事情非常奇怪，明明五皇子已死，為何高大人要瞞而不報，反而在昨夜踏上城頭，謊稱自己奉了聖旨代君決斷？」

「一派胡言！」高延一聲怒喝，上前一步。「哪裡來的蒙古大夫，信口雌黃！太醫院的太醫皆可證明陛下死因乃是上吊自殺，你隨意在屍體上製造幾處傷口，褻瀆皇族，還敢誣陷老夫！殿下，老臣冤枉！還請殿下將此人拿下，還老臣一個清白，也能安一安諸位大臣的心啊！」

高延變臉比翻書還快，他上一秒尚在怒斥許大夫，下一秒便撲到司馬妧的腳前痛哭流涕。「老臣一心為國為民數十載，如今被一個江湖騙子誣陷成罪人，若不還老臣一個公道，恐怕寒了文武百官的心啊！」

他料定群臣在場，司馬妧必定不會當場對自己翻臉，若不趁現在讓司馬妧暫時留住他的命，走出這個側殿之後就難了。

「請殿下明察，若因為一個騙子的話定了尚書令的罪，以後豈非人人自危，噤若寒蟬啊！」高延一邊號哭，一邊將文武眾臣全部拉到自己一邊，好像司馬妧不問青紅皂白問罪，就是暴政，就會讓群臣反感。

高延知道顧樂飛有備而來，沒指望自己可以徹底洗刷掉髒水，他只是想要爭取時間，只要……只要今天讓他出了這扇大門，他就能翻盤！

「高大人顛倒是非的本事，倒是一如既往的厲害。」

說這句話的不是司馬妧，又是顧樂飛。他踱步朝高延走來，步履從容，說的話卻字字誅心。

「諸位大人在場做見證，也都看見了，屍體就是最好的證據，如今真相大白，高延，你竟然還想抵賴？」

顧、樂、飛！高延咬牙切齒，就知道上次沒把他殺掉是個大大的錯誤！

高延暗恨，猛地一個轉身，正想說些什麼，突感身體一涼，有什麼冰冷的東西插入了他老邁的身體，並且在他的身體內緩慢旋轉半圈。

溫熱的鮮血隨之湧出，一開始是涓涓細流，隨後越來越多。

「啊！」

「殺人了！」

不知道是誰首先喊出來，群臣頓時慌亂起來，有人想要轉身跑出去，卻被門口早已得了吩咐的侍衛攔了回來。

「顧樂飛！」韋尚德皺著眉頭一聲高喝。「你這是想幹什麼，想把我們都殺了不成！」

「韋大人稍安勿躁。」這一回，開口的是司馬妧。她斂去眼中同樣的震驚，面無表情地為顧樂飛背書。「高延意圖弒君，其罪當誅，既然是請諸位做個見證，自然要看完。」

韋尚德鐵青著一張臉，卻不再說話，不僅他不說，連一向嘴皮子快的趙源也一言不發。眾臣只能眼睜睜看著顧樂飛將一把短匕捅入高延的胸口後慢慢旋轉，旋轉出一個大口子，腥熱的血隨之汩汩流下，染紅地磚，觸目驚心。

誰也沒有想到，顧樂飛竟然敢在眾目睽睽之下殺了高延，而且似乎是得到長公主授意……這對夫婦瘋了不成！

高延確實行為可疑，高嫺君昨日囚禁大臣也需追責，但是並不能當場就把人殺了啊！

顧樂飛好像根本不在意群臣譴責的目光，他勾了勾唇，湊近，在高延的耳邊低低道：

「高大人，顧某一向是有恩報恩、有仇報仇之人。」

這聲音很輕，除了高延和耳力極佳、隔得近的司馬妧，恐怕無人能聽見。

高延死死抓住顧樂飛的手，瞪著他，眼神充滿不甘。

「老夫……做鬼也不會放過你！必向你和司馬妧索命！」

顧樂飛輕輕笑了笑。「冤有頭債有主，別去找妧妧，顧某等著你。」說話間，他將短匕狠狠抽出，往後連退幾步，立時鮮血直噴，高延老邁的身軀支撐不住，倒地不起。

數滴鮮血濺到顧樂飛的衣袍上。

離高延不遠的地方，便是司馬誠冰冷的屍體，這對狼狽為奸的君臣，倒是可以在黃泉路上做個伴了。

顧樂飛如此想著，擦了擦手上的血跡，轉身，回頭，便撞入司馬妧微微錯愕的目光。

他忘了事前告訴她，讓她受驚了。

不過，高延連一天也不能留。他太不安分，藉著頒布詔書的機會殺一儆百，正好。此外，待新皇登基儀式完成，高嫻君也就不需要了。

擋在她面前的障礙，他會將其一一掃除，不擇手段。

「妧妧，還沒完呢。」他望著司馬妧，彎著眼睛笑了笑，眼裡卻並無任何笑意。

是啊，還沒完。既然她為避免傷亡過重而選擇了後患無窮的攝政，就應當在這些後患還未成氣候之前，徹底抹殺。

顧樂飛做得很對，他替她下了她猶豫不決的決定。

司馬妧定了定神，緩緩開口。「傳本公主命令，主謀高延謀殺五皇子司馬誠，證據確鑿，現已伏誅。大理寺卿聽令，命你徹查前太子司馬博死亡真相以及司馬誠被殺之案，牽涉到昨晚掩蓋真相、假傳旨意之事的所有人，全部殺無赦。除高家一系，與此案無牽涉者，男子皆罷黜官職，流放遼東，三世不得歸京。」

高家一系的男子，也包括高崢呢！顧樂飛想，她這是下定了決心嗎？

按照顧樂飛的觀念，不僅高家人應該一個不剩，連高黨一系也應該誅殺，可是司馬妧卻不願意那樣做。

其實她若狠狠心，將這些人都殺了也是可以的。不過，那只能證明膽怯的是她自己而已。

不管怎樣，她已經走上這條路了，天底下最高處不勝寒的道路。

即便她頂著的只是攝政的頭銜，但是天下已經在她的掌控中。

人們渴望權力，司馬妧卻從未想過擁有這一切，因為她並不喜歡。她總是看到權力背後的責任，會讓人被壓得喘不過氣的責任。

群臣告退後，她走出鮮血遍地的側殿，走在殿外的長廊。風吹散了她身上沾染的血腥味，司馬妧以手指緩慢觸摸著一根又一根漢白玉石柱，微微出神，心底沒有任何喜悅。

司馬妧知道，在卸下這份重擔之前，她永遠也不可能像以前那樣笑了。

「妧妧。」

有人在背後喚她。是顧樂飛。

「為何不等我？」他的語氣有些委屈。

司馬妧頓住腳步，猶豫著如何解釋，卻感覺一雙手輕輕從背後環住她的腰際，將下巴靠在她的頸窩。

即便這裡是皇城前朝，是金鑾殿外，守衛眾多，但是無論兩人做出任何親密姿態都無人能管。

「別拒絕，讓我抱抱妳。」

顧樂飛貼著她的耳朵，懇求般地說道。他的氣息並不穩，不知道是因為來得太急，還是一夜未睡太過操勞。

司馬妧沒有拒絕他。可是……背後那人卻得寸進尺，還將腦袋往她的頸窩裡蹭來蹭去，蹭得她很癢、很不自在，偏了頭去小聲道：「不要這樣，我……」因為行軍攻城的緣故，她好些日子沒洗澡了，髒，不好聞。

不過顧樂飛好像會錯了意，動作停下來，低低問：「妧妧討厭我？」

司馬妧不解。「為何討厭？」

「因為我剛剛殺了人，就在妳面前。」

她搖了搖頭。「高延意圖暗殺你，我知道你早晚會報復回來。」

「但是我選擇那樣一種方式，妳不會覺得我心狠手辣？」

「我流放高家全部男子，難道我不心狠手辣？」

「那不一樣。我以後恐怕還會殺更多的人來掃平道路，對於威脅到妳的人，我都不會放過。這樣的顧樂飛，難道不殘忍可怕？難道還是妳的小白？」他輕嘆一聲。「我只希望妳以後，不要討厭我才好。」

「你本是這樣的人，該習慣的是我，你無須為此感到抱歉。」

顧樂飛低笑一聲。「那我當著妳的面殺高延，妳不生氣？」

「不生氣。」

「我再問一個問題。」顧樂飛的熱氣噴在她的肌膚上，他輕輕咬了司馬妧的耳垂一下，低低道：「妳是不是在心疼高崢？」所以剛剛才不等人。

「士兵搜過高家，他不在。」想起那個白袍俊朗的單純青年，司馬妧猶豫了一下，方才道：「想來他也和此事無關，若是找不到他，就不需要找了。」

箍著她腰部的手猛地一緊。

「妳果然心疼他了。」顧樂飛的臉色驟然變得陰沈沈，口裡全是酸味。「難道我不比他好？」

他這是吃醋了嗎？這個人，是從什麼時候對自己這樣在乎的，她竟全然沒有察覺。

司馬妧沒有答話，輕輕嘆了口氣。

便是她這一口氣，嘆得顧樂飛心裡七上八下。

「妧妧，我……」他不安地喚了她一聲，卻不知接下來該說什麼彌補。

自己是不是說得過分了，畢竟他以前從來沒有在她面前流露過這樣一面，也從來不會得寸進尺地吃醋。

顧樂飛有點後悔，後悔自己不該因為她一句「他是我的駙馬」而高興得忘形，在她面前說錯了話。

司馬妧輕輕按住他放在自己腰際的手，開口道：「小白，當時我提出攝政，除了為士兵和鎬京百姓考慮之外，你知道我還想到了誰嗎？」

懊惱不已的顧樂飛突然聽到司馬妧說話，還叫他小白，一時又不知所措起來。

那一聲熟悉又久違的「小白」叫得他心花怒放，半晌沒回過神來，傻乎乎地問：「想到了什麼？」

「你。」司馬妧抬頭望了望藍天下張揚華麗的皇宮飛簷，輕輕道：「那時候我突然想到，你不喜歡我做女皇。」

「妳告訴我這件事，是不是證明妳的心裡也有那麼一點點在乎我？」

「嗯。」

「我不要聽『嗯』，若是在乎我，便再喚我一聲小白。」

「……小白。」

以上是顧樂飛殺了高延之後，抱著長公主在金鑾殿外的最後幾句話。便是這幾句對話，支撐著風寒未癒的駙馬爺喜孜孜地勞心勞力，不眠不休整整幹了三天的活。

沒辦法，需要處理的事務實在太多了。

司馬妧入城後，便是完全從頭接手一個龐大政權，偏偏她手下文官太少，如今高延一死，統領六部的尚書省群龍無首，又不能事事請示司馬妧，一時間運轉困難。

本來，陳庭是繼任的最好人選，可大概是司馬妧攝政這件事把他給氣著了，他死活不願意擔任尚書令。陳庭強起來也是相當強的，包括司馬妧在內，誰都說不動，雖然現在還幫著司馬妧處理一干事務，可看樣子是遲早要拍拍屁股走人。

因為陳庭不肯就任，司馬妧只有將尚書令的職位一分為二，分左右尚書令，同品級不分尊卑，由韋尚德和李嗣成擔任。

兩位老臣初任職尚書令，許多工作還需要協調，但是諸項事務卻不等人，於是顧樂飛這個什麼職務都沒有的駙馬爺臨時坐鎮中央衙署，大行臺和尚書省兩邊跑。

高延舊部在鎬京中央的勢力盤根錯節，顧樂飛拿著名單一一打壓，甚至是背著司馬妧偷偷讓人去搜高崢的形跡，無論怎麼樣，他都想讓那廝永遠回不了帝都。

於是事情多如牛毛，即便顧樂飛死皮賴臉拉著陳庭要他幫忙，兩個人也忙不過來。

意識到這樣下去不行的顧樂飛，急急讓司馬妧將樓寧和韓一安都調回來，還修書給自己父親讓他趕緊回來助兒子一臂之力，不然他還沒和妧妧生娃娃，先就要累死了。

可是遠水解不了近渴，最近這段時間他還是得忙。

至於司馬無易，這個老滑頭早預料到入城後的工作不輕鬆，事先已經和司馬妧請命，和樓重一同帶隊奉詔去西北。

如今天下十一道，雲南道、劍南道、河北道、江南道以及鎬京所在的關內道，基本可以確定握在司馬妧手中無疑，嶺南道偏僻遙遠，有動盪也威脅不到中央。而淮南道、山南道夾在河北道、劍南道和關內道之間，兵力又不如其他三道，除非當道經略使腦子有病才會叛亂。

唯獨哥舒那其所在的隴右道，其兵力主要是募兵制而來的邊軍，經司馬妧數年歷練，強悍善戰，哥舒那其又是司馬誠極為信任的心腹，若他有心反叛，恐怕十分棘手。

如今司馬誠一死，哥舒那其會有什麼動向實難預測，司馬妧只有請年邁的外祖父再次出馬。

畢竟樓重對整個隴右來說，意義和地位都是不一樣的，除了司馬妧自己之外，目前也只有樓重在西北邊軍中的積威能夠壓得住哥舒那其。

如今，再加上一個十二王爺，分量足足的，司馬妧給樓重和司馬無易的命令，就是將哥舒那其本人帶回鎬京參加新皇登基大典。

至於司馬睿登基之後哥舒那其的職務，那就得看他本人的表現了。

第五十二章

唉，忙死了忙死了！

顧樂飛深夜歸府，眼皮打架，走路發飄，肩上衣服被寒露浸染，府裡只有走廊的油燈燃著，這座長公主府如今還是太不氣派，人也太少，遲早要擴建。

他腦子已經有些轉不動，顧吃給他送來披風，從他口中，顧樂飛得知司馬妧今日難得在府中歇息。

三天沒見過她了，他忙得不可開交，足足三日沒合眼，她想來也差不多，如今是終於撐不住回來歇息了？

不知道她睡了沒有，如果睡了……顧樂飛勾了勾唇，本來沈重的步伐忽然輕快起來，心情也雀躍起來。

他快步往內院走去，輕手輕腳入了臥房，便見月光清輝之下，眉目秀美的女子合衣躺在床上，累得連被子都未蓋上便沈沈睡去。

她睡著的時候特別安靜，多了幾分柔和，少了幾分銳氣，看起來更像一個女兒家，而不是重權在握的攝政長公主。

看她眼下依稀有青影，顧樂飛心疼死了，想著早知道攝政不比當皇帝輕鬆，忙得連見她一面都難，他何必這麼嘔心瀝血累死累活地謀劃？

初夏的夜裡還涼著，見她連被子也沒蓋，顧樂飛躡手躡腳走進去，捏住被角想幫她蓋上被子。嗯，順便再偷偷湊近她的臉頰，偷瞧她的面容，再企圖掠奪一個香吻——

忽的一道寒光閃過。

「誰！」

床上女子猛地睜開那雙琥珀色的眼珠，目光銳利，充滿殺意和警惕。刀先至，聲方到，眼後睜，行雲流水的動作完全是身體的反射，一點不作偽。

而那一柄橫在顧樂飛脖子上的冰冷利器，正是周奇所贈的神兵「藏鋒」。只要她輕輕一劃，鮮血一飆，駙馬爺立即可以魂歸西天。

顧樂飛僵在那兒，一身冷汗，睡意全無。

他萬萬沒想到，大風大浪過來，連高延也沒能幹掉他，結果最後卻在深夜歸家的時候，被自己心愛的女人拿刀架在脖子上，差點沒命。

「妧妧，我只是……想給妳蓋個被子而已……」顧樂飛覺得委屈，卻一動也不敢動，生怕一不小心就被劃破了脖子。

然後他看著面前的女子表情茫然了下，隨即感覺到那柄寒氣四溢的刀從他的脖子上緩緩撤下，被主人重新收回，壓在枕頭底下。

那雙充滿殺意和警惕的銳利眸子也慢慢鬆弛，逐漸變得柔和，然後是疲倦，隨之眼皮一下下打架。她睡眼矇矓地揉了揉眼睛，聲音沙啞。「抱歉，行軍的時候警醒慣了，一時改不過來，嚇著你了。」

所以，剛剛那真的只是反射動作？

顧樂飛小心翼翼地把捏在手裡的被子給她蓋上，睡意被她嚇得全沒了，訕訕道：「妧妧，妳、妳睡覺還帶著刀啊？」

「嗯，以前就一直帶著，以防不測。」

「以前？以前是指……」

「每天。」司馬妧打了個哈欠，眼皮重得不行，乾脆合上了。和顧樂飛一樣，她累了三天，睏到不行。

每天？顧樂飛詫異。「妳、妳是說以前我們、我們睡在一起的時候，妳的枕頭底下也放著藏鋒？」

「嗯。」司馬妧的眼睛已經完全閉上，連說話也是軟綿綿的沒力氣。「有什麼問題？」

當然有！顧樂飛一點兒睡意都沒有了。「那以前晚上，我和妳一起睡的時候，怎麼從來沒看妳拿出來過？」今天他只是湊得稍微近了點，居然差點被幹掉！

司馬妧打了個哈欠。「以前我知道你是小白嘛，就算睡著，身體也知道的。」

「那現在呢？」顧樂飛忽然預感自己想像的同床共枕，或是如以前那樣抱在一塊兒，可能以後都不會發生了……

他以前是不喜歡兩人抱一塊兒，難受，但那是以前啊，現在……

果然，司馬妧閉著眼睛翻了個身。「現在需要適應。」

顧樂飛淚流滿面，萬念俱灰。

她以後都不抱他了？非但不抱他，她天天晚上都會在枕頭底下放藏鋒？還這麼警醒？這麼說，他以後想要夜襲根本不可能了？

「婠婠……」原本雀躍的駙馬爺心情低落，語氣委屈又傷感。「那我今晚睡哪兒？」

「上來吧，讓我適應適應也好。不過如果我又拿刀抵住你脖子，記得及時叫醒我。」司馬婠迷迷糊糊，竟也沒考慮他和自己睡一起是否有所不妥。她蹭了蹭被子，聲音帶著啞啞的調子，顯然已經處於半睡眠狀態，依然不忘囑咐。「小心……嗯，小心一點。」

顧樂飛猶不死心，企圖爭取一點福利，便趁她不清醒的時候提議。「婠婠，不若妳抱著我睡吧，如此肯定能習慣得更快一些。」

只要她抱著他，他就……嘿嘿。

「不要。」司馬婠呢喃著。「好硬……」她的聲音越來越小，到最後徹底沒聲了，只餘下平穩的呼吸。

一室寂靜，窗外的月光一點也不美，冷漠地瞧著他，似乎在嘲笑這位大靖如今最有權力的駙馬爺沒用。

顧樂飛好想哭。

一夜無夢。這是司馬婠四日以來睡得最沈的一覺。

她醒來之時，天色還未完全亮，泛著藍光的清輝透過窗櫺照進來。她習慣了早起，即便一連數日不眠不休，還是在這個時候便醒來了。

司馬妧睜著眼睛看了一會兒青紗帳頂，腦子漸漸清醒，想起昨天晚上半夢半醒之間似乎……似乎發生了什麼事情。

啊！她好像把刀架在小白的脖子上了！

司馬妧一驚，猛地坐起，餘光恰好瞥見床邊上還躺著個人。

不能怪她遲鈍，連身邊睡著個人都不知道，實在是因為那個人睡得隔她太遠了。顧樂飛當年為了避免同房尷尬，也為自己的龐大身軀考慮，找將作監的人訂製了一張長寬都有一丈的超級大床。

結果他胖的時候沒用上，瘦的時候反而用上了。

司馬妧睡左邊，他就在右邊的床沿邊可憐巴巴臥著，兩人中間隔了足有一人雙臂張開的距離，睡下兩個人都綽綽有餘，真是半點不敢越雷池，而且看起來就像他被司馬妧欺負了似的。

沒辦法，顧樂飛也不想，可是他昨天試過了，哪怕是一個枕頭接近司馬妧，也會被她自動抓去然後扔出，簡直要給她跪了。

去別的屋睡實在很丟臉，他也擔心如果自己去了別屋睡覺，以後就再也不能上她的床，只好心驚膽戰地躺得離她老遠，將就了一夜。因為睏，倒也不覺特別難受。如今睡得正沈，長長的睫毛蓋住眼睛，睡顏安詳，異常好看。

司馬妧一時也被他的臉給吸引了，可是看著看著，便開始注意他那彆扭又可憐的睡姿，漸漸將昨晚發生的事情完全回想起來。

天啊……她都幹了些什麼！顧樂飛給她蓋個被子，她差點幹掉他，還嫌棄他難抱，讓他小心一點，別睡著睡著被自己殺了？為什麼會這樣？

除了行軍打仗之外，她沒有和其他人一起睡的經驗，所以也不知道自己這個毛病其實非常危險，她從來不覺得自己睡覺的方式有什麼不對。

而且，以前她抱著小白睡覺時不是很好很安分嗎？從來也沒有動過枕頭底下的刀，如今怎麼會這樣呢？

司馬妧呆呆地注視著顧樂飛沈靜的睡顏，腦子裡一團亂，竟不知道如何處理此事才好。她擔心小白半夜真的被她給傷到，又擔心自己提議兩人分房睡會傷了他的心，畢竟，他是那麼努力地幫她排除危險，那麼努力地瘦下來，只為了她的安全，只為了讓她能喜歡上自己。

分房睡……這個念頭剛起，就被司馬妧壓了下去。

這時，睡著的顧樂飛翻了個身，偏偏翻身方向是往右邊，再往右，他就要從床上滾下去啦！

「小心！」司馬妧眼疾手快將他拉了回來，口中發出一聲驚呼，便是這小聲的驚呼吵醒了顧樂飛。

他先是皺了皺眉，然後睜開眼睛，眨巴了幾下，用迷糊的目光望著眼前的女人。然後，他又眨巴了兩下眼睛，啞著嗓音問：「妧妧？」

「是我。」司馬妧訕訕地縮回手，難得像是做錯了事情的孩子似的，低頭小聲道：

「你、你睡過來些，別掉下去了。」

「嗯？」他似乎腦袋還不是特別清醒，迷迷糊糊地回了一個音節，連問句中也帶著濃濃的鼻音，無端顯得十分性感。

司馬妧很不好意思地將頭垂得更低。「昨天晚上對不起，我以後不放藏鋒了……」可是也不能保證自己的拳頭不會對準他。

藏鋒？這名稱令顧樂飛驟然清醒。望著面前很有些內疚的公主殿下，他微微一瞇眼，右手忽而伸手握住她的手腕，猛地一拉，左手隨之往她的腰間摟去。

司馬妧猛然一驚，下意識想要擒拿他的右手，卻聽得顧樂飛及時喝了一聲。「妧妧！」

好吧……她不反抗就是了。

司馬妧心裡內疚，第一次乖乖地讓他給按住，整個人被他徹底壓在身下。

顧樂飛俯身下來，以膝蓋壓著她的雙腿，開始興師問罪。

「妳用刀貼著我的脖子。」他控訴。

「對不起。」司馬妧低頭認錯。

「妳還嫌我抱著太硬。」

「對不起。」

「妳讓我只能睡床邊邊上，一夜心驚膽戰。」

「小白，真的對不起。」司馬妧也覺得自己這樣很不對，老老實實保證。「我以後不放藏鋒了。」

「僅是如此？」顧樂飛的眼眸中迅速畫過一抹奸計得逞的得意，臉上仍是滿滿的哀怨和不滿。「不放藏鋒，妳能保證不用拳頭打我？」

司馬妧急急保證。「只要你不碰我，我肯定不會打你的！」

「不碰妳？」顧樂飛的雙眼一瞇，嗓音忽而又啞了下來。「妳是指哪種碰？是這樣？」他放在她腰際的手順著她背脊往上緩緩撫摸，司馬妧的身體驟然一僵。

「還是這樣？」他的嗓音越發壓低，上身俯下，雙眼緊緊盯著她的眸子，眼看兩人的唇靠得越來越近、越來越近……

司馬妧下意識想躲。

「不許躲我！」顧樂飛的語氣裡帶來三分怒意。「妳不該儘快適應現在的我嗎？莫非妳還想像昨晚那樣差點殺了我？」

「自然不是，可是……」司馬妧不知道該說什麼，她覺得心跳得很快，全身的血液彷彿都往頭頂湧去。

現在她的臉一定特別紅吧？好不習慣這樣被人箝制住的感覺。

司馬妧覺得渾身不自在，像有哪裡癢癢的，她不習慣這樣被動的姿勢，特別想將這個壓著自己的男人給制伏，可是不能那樣，會嚇到小白，讓他傷心的……

她不住地提醒自己，老實點，不要動，千萬不要動。

不知情的顧樂飛只看見她緋紅的臉頰，勾了勾唇，垂眸，輕輕撥去她臉頰邊的一綹碎髮。「妳討厭我嗎？妧妧。」

司馬妧搖了搖頭。

「說話。」

「不討……唔……」

司馬妧猛地睜大眼睛。先是柔軟的唇瓣相碰觸，然後是一條濕濕涼涼的東西伸入她的口中，長驅直入，肆無忌憚。

顧樂飛根本不是想聽她說話，只是想讓她張開嘴而已。

早上會有氣味……司馬妧迷迷濛濛地想著，卻發現自己並不討厭這種感覺。她的身體有些發軟，雙手禁不住按上顧樂飛的肩膀，覺得手好癢，好想做點什麼。

並不知道尊貴的長公主正有反客為主的想法，顧樂飛只覺得身體像有一把火在燃燒。連日的疲憊已經被一夜睡眠一掃而空，身體在清晨本就有的特殊反應被這個深入的吻勾得越發劇烈。他從來不知道原來吻一個人會上癮，他根本捨不得離開她的嘴，雙手更是禁不住在她身體上下撫摸，想就這樣把她給……

「長公主，趙岩求見，似是有關明月公主之事！」

顧玩清脆又冷靜的聲音在門外響起。

顧樂飛感覺到身下人不輕不重地咬了一下他的舌頭，推了他兩把，示意他起身。

「讓他滾。」顧樂飛陰氣森森地吩咐。

「不，讓他在廳中等著。」司馬妧如此道，且回頭瞧了一眼顧樂飛，解釋道：「明月公主的事情得處理好，其他公主還有皇族旁支都看著呢。」

「殺了她吧，一了百了。」顧樂飛賭氣一般地在她耳邊低語，顯得特別孩子氣。

司馬妧禁不住笑了，他被她這一笑勾得心裡直癢癢，恨不得再狠狠吻她個天昏地暗，可惜身下人已經將他推開，理理外袍，準備起床迎客了。

「妧妧，妳一點不怕傷我的心嗎？」顧樂飛簡直是痛苦地弓著身子倒在床上的。

他現在是真的很痛啊……

司馬妧瞥他一眼，就隱隱知道他是怎麼了，想著自己又是罪魁禍首，不由得微微紅了耳朵。「我去去就來。」

結果她這一去，壓根兒就沒回來。

因為明月公主的脾氣實在很大，將整個趙府鬧得雞犬不寧，趙岩實在拿她沒辦法，才清晨就來請示長公主。

趙岩不傻，他知道明月公主的地位敏感，雖然都說家醜不可外揚，可若是明月公主對司馬妧不滿，企圖效仿司馬妧也來一個公主干政，憑著她多年的人脈和心狠手辣、不管不顧的行事風格，他們趙家還真有可能被她拉下水，故而他急急趕來請示司馬妧。

司馬妧一聽，倒也乾脆，直接換了衣裳跟他去趙府見明月公主，親自下令他們夫妻和離，將明月公主送到尼姑庵修行，也讓其他皇族瞧瞧，逆著她是什麼下場，就忘了房裡還有個男人在等她回去。

等了半個時辰都不見她回來，顧玩稟報說殿下出門去了。

顧樂飛起床的時候，真是好哀怨好哀怨。

「公子，還有件事情。」顧玩望著滿臉黑氣的自家公子，猶豫了片刻，還是決定稟報。

「有屁快放。」今天他莫名特別不爽。

「您命令梅江差人在宮中御花園摘的玫瑰，被端貴妃給截下來了，說要給小皇帝使用。」

顧樂飛挑了挑眉。「那是給妧妧沐浴用的，一個奶娃娃也需要？」

顧玩低頭不語，意思是您自己判斷。

顧樂飛思慮片刻，面上浮現出些許冷笑來。「她這是製造藉口讓我去見她？」

第五十三章

溫泉水滑洗凝脂。

曼妙的女體僅披薄紗，隨著走動時輕紗飄拂，隱秘部位若隱若現。高嫻君還不到三十歲，還很年輕美麗。當然，侍奉過兩任皇帝一任太子的她也非常有經驗，知道怎樣取悅男人。

高嫻君從八重多寶格裡拿出一個小小的首飾盒，裡頭躺著一支造型特別的簪子，簪頭極盡繁複之美，而簪身卻是開了刃的匕首形狀，在光線下閃閃發光，很是銳利。

她把玩著這支奇異的首飾，面無表情地抬起頭，注視著銅鏡中美麗的容顏，緩緩舉起這支簪子，往喉嚨的部位慢慢插過去。

她當然不是要自殺，只是在模擬而已，模擬著如何才能俐落地用它殺死一個人。

「你別怪我，誰讓你下手太狠，不給人一丁點活路。」她對著鏡中的自己喃喃道，鳳眸裡射出冷冽的光。「即便我不為自己著想，也要為我皇兒著想，有你們夫妻一日，我們母子便連一丁點盼頭也無……先殺你，斷她一臂。再殺她，得天下。」

對著鏡子，她緩緩將青絲綰起，將那支奇異的簪子以特殊手法小心翼翼地插入髮髻之中。

「太后娘娘，人來了。」

門外，她的心腹侍女輕輕敲了敲門通知，沒有說是誰，但彼此都心知肚明。
高嫻君扶了扶髮髻，嘴角勾出一抹冷笑，語調懶懶道：「讓他在寢宮等我。」
顧樂飛知道，高嫻君故意找藉口扣下他給妧妧的玫瑰花瓣肯定沒好事。
不過他心情正不好，完全不介意藉此機會敲打敲打這位新出爐的太后娘娘，讓她知道誰才是這座皇宮真正的主人，她該做的不是出么蛾子，而是老實聽話。
顧樂飛踏入太后寢宮的那一刻，放眼掃去不見一個宮人在殿內，心裡已經隱約有了答案。
顧吃、顧喝帶著暗衛在外頭候著，他沒讓他們進來。
知道這裡有古怪，他卻面上不顯，只是坐在那兒，掀開茶蓋吹了吹，彷彿悠哉地品茶。
直到淡淡的異香忽而在殿內瀰漫。
「顧郎。」一隻潔白如玉的手臂輕輕繞上他的脖頸，女人在他的耳邊吐氣如蘭，軟軟控訴。「你好狠的心。」
顧樂飛眉梢微挑，抬手往那隻繞著自己的手臂一抓，並沒用太大力氣，女人卻就勢身子一軟，整個人輕輕柔柔倒入他的懷中。她以雙手環住他的脖子，微微仰臉朝他看去。
顧樂飛微微一怔。
懷中女人當然容顏如花，只是那雙鳳眸淚光閃閃，盈盈瞧著他，彷彿控訴。
「我以為你會幫我的，顧郎，你忘了我們小時候嗎？」一行清淚從高嫻君的臉頰滑落，她埋在顧樂飛的懷中，低聲抽泣。「小時候，你總是對我很好，無論如何也會幫我的，莫非到了現在竟是如此狠心嗎？」

她靠得越近，那股異香就越重，顧樂飛隱隱感覺渾身發熱，便知這香氣肯定是宮中女人拿來爭寵的下三濫藥物。

然後他才發覺，原來高嫻君除了一襲緋紅薄紗，裡頭什麼也沒穿。

顧樂飛掃了一眼便迅速移開目光，微微皺了皺眉。

「顧郎，你為何不說話？」高嫻君微微離了他的懷中，啜泣著問，那樣子真是我見猶憐，半點不像侍奉過三個男人還有一個孩子的女人。

顧樂飛覺得她若是用這招就太無趣了，他頓時失去了和她交鋒的興致，神色淡淡道：「妳先從我身上下來，太后娘娘。」她這樣坐在他身上，讓他覺得很噁心，連碰一下都覺得噁心。

高嫻君以貝齒咬了咬唇，用小鹿般濕漉漉又膽怯的眼神望著他。「你是不是覺得我這樣很不檢點，可是我只對你這樣的啊……顧郎，其實我喜歡的一直都是你，從未有過別人！」說著她忽而一個翻身，跨坐在顧樂飛身上，右手一抽髮簪，青絲如瀑。「顧郎，顧郎……」她低低喘息著，猶如情動，輕輕喚著顧樂飛的名字，緩緩摟上他的脖子，靠近，再靠近。

隨著她的靠近，手中的簪子也越發靠近顧樂飛的後頸脆弱處。

「都說了，讓妳滾！」顧樂飛猛地抓住她的右手，毫不留情地捏住，表情充滿譏諷。「高嫻君，不是每個男人都像司馬誠那麼蠢。」

隨著他的手不斷用力，高嫺君細細的胳膊吃痛不已，那支握在手中的簪子終於拿不住，「咣噹」一聲掉落在地。

高嫺君的表情驟然一變，屋中原本旖旎的氣氛急轉直下，一時劍拔弩張，寒意刺骨。

她冷笑一聲。「顧樂飛，算你命大，不過，你以為你今天走得出我的寢殿？」她在宮中經營多年，沒了神武軍，照樣有其他人願意為她賣命！

顧樂飛譏誚地勾了勾唇。「喔？就憑——」

「小白！」

「此地危險！」

一個沙啞女音突兀響起，語氣嚴肅而焦急。

聽著這聲音，顧樂飛渾身霎時一僵。

他一個激靈站起來，猛地狠狠將懷裡的高嫺君往地上一推，急急拍了拍衣服，朝殿外的聲源望去。

門外是司馬妧和她的軍隊，約莫兩百餘人的黑衣甲士，個個拿著苗刀，殺氣騰騰，想來她是得到了太后有異動想要行刺的消息，匆匆帶人趕來。

她急急讓士兵控制住太后宮殿內外，將所見之人不分青紅皂白全數拿下，然後匆匆往最裡面的寢殿趕去。

結果……卻見高嫺君一襲薄紗裹身，以曖昧的姿勢跨坐在顧樂飛的身上，兩人四目相望，顧樂飛的唇邊猶有笑意。

「你們在……幹什麼？」司馬妧愣愣地開口，腦子竟出現短暫的空白。

完了。抬眼瞧見長公主殿下愣怔的神情，顧樂飛後悔不迭，百口莫辯，真是想死的心都有。他真想狠狠給自己一巴掌，剛剛怎麼那麼蠢，不把高嫻君及時推開！肯定被妧妧看見了！

幹麼不把這個女人直接弄死，還有興致看她玩什麼把戲，以為自己很聰明嗎？真是豬啊！

「妧妧，她將我引來，確實想要殺我，幸好被我及時發現！」顧樂飛慌慌張張從地上撿起那支可以做罪證的簪子，將鋒利的那一面對著司馬妧亮了亮，步伐匆匆地朝她走去，一面走一面下令。「把太后鎖起來，登基大典之前不得讓她出寢宮一步！」

「鎖起來？」跟著司馬妧來的將領愣了愣。

哪裡來的蠢貨，聽不懂人話嗎？顧樂飛一把揪住他的領子，壓低嗓音命令道：「戴上腳鐐手鐐，必要的話灌藥讓她一直昏睡到登基大典也無妨，明白了嗎？」

「那登基大典之後呢？」

顧樂飛瞥了這蠢貨一眼，冷冷道：「你覺得呢？」還有必要讓她留下來嗎？

「哈哈哈哈！」跌倒在地的高嫻君忽而狂笑起來，她站起身來，毫不介意向上百個男人展示她自己的身體，甚至帶著得意的神情朝司馬妧挑釁道：「司馬妧！妳看看啊，這是妳永遠也擁有不了的身體，無可挑剔的完美！司馬妧，妳有嗎？」

聞聲，發愣的司馬妧轉頭朝她看去，雖然知道她是刻意挑釁，可是不知怎的，想起剛剛那一幕，彷彿應證了高嫺君所說。

「還不堵住她的嘴！」顧樂飛的臉色簡直不能更難看。「把這個瘋女人抓起來！」

「司馬妧，哈哈哈！顧樂飛愛的是我，我們可是青梅竹馬，他今日來寢殿，就是特意來同我幽會的！」高嫺君的嘴比士兵的行動快得多，她得意地捂著胸口咯咯笑起來。「如妳這般不解風情的女人，哪個男人會喜歡呢？我看，妳……唔唔！」

她話未說完，便被士兵按在地上，強行用布塞住了嘴。

顧樂飛冷著一張臉，站在他身邊的司馬妧始終一言不發，安靜得可怕，這讓他的心更加慌亂，根本不敢側頭看她的神情。偏偏這麼多人都在看著，他只能以冷酷掩飾內心的慌亂不安。

「割了她的舌頭。」顧樂飛將那支鋒利的簪子遞到領隊的將領面前。「用這個。」

「唔！唔！」高嫺君終於慌亂起來，她猛地睜大眼睛，想起身說什麼，卻被士兵強行按了回去。雖然她的身體著實誘人，可是長公主和駙馬全在這兒盯著，沒有哪個士兵敢揩油，只恨不得能打暈她。

將領接過簪子，微愣。「駙馬爺，這個夠利嗎？」

「不利，那就慢慢割。」望著在地上狼狽掙扎的女人，他覺得曾經的青梅竹馬簡直是自己的愚蠢紀念，因而臉色更加冷漠。「不著急，悠著點割，反正登基大典上也不需要一個說話的太后。」

「不用了。」司馬妧忽然開口。「直接殺了吧。」

肩。

顧樂飛微微一怔，轉頭向司馬妧看去。可是她卻根本沒有看他，拍了拍她身旁將領的肩。「和梅總管知會一聲，做好善後，說是太后娘娘畏罪自殺，辦得乾淨些。」

「是，屬下領命。」

「嗯。」司馬妧點了點頭，扭頭看了高嫻君最後一眼，淡淡道：「我本來很佩服妳的魄力，可是道不同，而且登基大典也並不一定需要一個太后。」

「唔！唔唔！」

高嫻君頭髮散亂。她在說什麼沒人能聽懂，司馬妧也沒有興趣聽。她知道高嫻君的話都是胡說，卻控制不住自己的怒意，第一次不理智地想要殺一個人。

這樣很不好。她如此想著，卻不想待在這裡，連看也不想看顧樂飛一眼，轉身朝殿外走去，毫不留戀。

「妧妧！」顧樂飛見她轉身離去，急得高聲喊了她一聲，竟發現自己的聲音有點抖，而前面的女人連腳步都沒頓一下，往前從容走著。

完了完了，她生氣了，她肯定是生氣了！怎麼辦？她很少生氣的，可是一生氣就……她生呼延博的氣，呼延博的人頭就被她掛上城頭了；她生司馬誠的氣，司馬誠就掛了，被她奪權了。

現在，輪到她生自己的氣了……怎麼辦？

顧樂飛慌得不知所措，匆匆丟下一句。「那啥，這裡交給你了，顧吃、顧喝，幫襯著點，還有，別跟來！」說著就慌不擇路地往外跑去，邊跑邊毫無儀態地大喊。「妧妧，等等我，我可以解釋！妳別生氣啊婉婉！」

望著從優雅變狼狽的駙馬背影，將領愣了愣，回頭瞥見駙馬的心腹隨從無奈的眼神，他才反應過來自己窺見了大靖最尊貴的夫婦鬧彆扭的一幕，不由得尷尬地咳了兩聲，警告屬下。「老實幹活，今天的事，誰都不准說出去！」

司馬婉走得實在太快，顧樂飛狼狽地一路狂奔，一邊跑一邊喊，想哭的心情都有了。

「我和那女人真的沒什麼，我就是想看她要什麼花招……咳咳咳……」顧樂飛拚了老命想要解釋清楚，卻體會到被人潑髒水的滋味，真是跳進黃河也洗不清。

「婉婉，妳別……咳咳……」關鍵時刻他的咳嗽又犯了，傷勢本就未好透，風寒也還拖著，這一路疾奔，不由得劇烈咳嗽起來。

司馬婉聽見了，終是沒能狠下心腸不理他，忽地停下腳步。

「如果你希望，我可以不殺她。」她背對著顧樂飛如此道。

她以為他是來替高嫻君求情的？要冤死了啊！

顧樂飛恨不得全身長滿十個、八個舌頭能同時解釋。「殺吧殺吧，以免後患無窮，我早就想這麼做了……咳咳，真的！」

他如此著急地向她表態，司馬婉覺得心頭的怒火似乎滅了那麼一點點，於是緩緩轉過身。

瞅著她的動作，顧樂飛嚥了一下口水，無端端地感到緊張。

她窺見了他的緊張，卻並不打算點破。她表情平靜，不見異樣，目光一如既往清澈銳利，在他的面上掃來掃去。「你不覺得她說得很對嗎？」

「什、什麼？」

「她比我有魅力。」司馬妧邁開步子，一步步緩緩朝顧樂飛走來，她一邊走，一邊道：「她的身材比我更有女人味，她的皮膚也很光滑，沒有刀痕，沒有傷疤，沒有繭。她連聲音也很好聽，不會像我這樣沙啞得像個男人。」

她越走近，越將顧樂飛逼到了宮柱邊，他貼著宮柱站立，她則站在他半步外，停住腳步，低低道：「她也不會在枕頭底下枕著一把刀，隨時準備殺人，連枕邊人也分辨不出。」

「妧妧……」顧樂飛貼著宮柱壁，長嘆一聲，驀地感到心疼。都是他的錯。

他微微低頭，專注凝視著她的眼，柔聲道：「莫要胡言，妳是最好的。」

司馬妧卻仍冷著一張臉，沒有半點反應。

她不滿意？

「妳哪裡都好，什麼都好，無一處不好。」顧樂飛緊張地嚥了嚥口水，企圖伸出手來摸一摸她的衣角，卻被她狠狠拍了一下。

「騙人，我記得小時候你只喜歡高嫺君，從來不覺得我哪裡好！」

話一出口，司馬妧忽覺自己很幼稚，可是覆水難收，這話收不回來，只能硬撐著死死瞪著顧樂飛不放。

竟然還對小時候的事興師問罪，她這樣……真的好可愛。

顧樂飛嚥了嚥口水，卻不敢造次，因為手好痛。

他感覺到她是真的生氣了，拍他的那一下又重又狠，他白皙的皮膚迅速紅腫起來，他覺得半個手掌都要斷掉，卻不敢呼痛，連叫喚一聲也不敢。

他怕這一回哄不了她，從今以後連讓她多看兩眼的資格都沒有，更別提上她的床了。

「那時候才幾歲？我那時候傻乎乎的，什麼也不知道，而且妳也不見得多喜歡我，只喜歡捏高崢來著。」他小心翼翼地斟酌著措辭說道。「可是妳現在不也不喜歡他？而且妳下水救高崢，還是我在岸上幫妳呢，怎麼說我不在乎妳了？」

司馬妧微微茫然了一下。「你還記得此事？」

「那是。」顧樂飛睜著眼睛說瞎話，特別認真地道：「我從小就挺在乎妳的，妳不知道而已。」

司馬妧的腦子一時糊住，竟被他騙過，愣愣瞧著他道：「可是高嫻君……」

「蛇蠍美人！我看清她的真面目之後，最討厭的就是她了！」顧樂飛一臉嚴肅，雖然說的都是真話，可是無端端被他弄得像哄小孩子一般。「要不是為了看她要耍什麼花招，我才不願意進她那臭烘烘的寢宮呢！」

眼見司馬妧有些鬆動的意味，顧樂飛眨巴眨巴自己狹長的雙眸，企圖讓那雙一貫冷漠的眸子裡射出真摯可愛的光輝。「妧妧，我只喜歡妳，以前是，現在是，以後也是。」他一面說著，一面悄悄去拉她的手。

司馬妧卻眉頭一皺。騙人，他以前可不喜歡她的。可是，他現在……大概是很喜歡很喜歡她的，她也知道。他說去看高嫻君耍什麼計謀，也是真的，只是她想起那一幕就不舒服而已。

不知道為什麼，就是非常不舒服。

瞧她皺眉，這細微的表情變化讓顧樂飛渾身一僵，伸到一半的手頓時不敢動彈，膽戰心驚地問：「怎、怎麼了？」

「你讓她坐在你身上。」她冷冷道。

哈？吃醋了？顧樂飛心裡喜了一下，卻不敢笑，表情嚴肅，指天發誓。「除了妳之外，以後再和其他任何女人有任何肢體接觸，碰到哪裡，就剁掉我的哪裡！」說完，他小心地瞄她一眼。「妧妧，這樣可不可以？」

他真是很緊張她的想法，什麼都以她為中心。

這樣的人，她還是第一次碰到。

發覺這一點的司馬妧仰頭注視著他，沒有笑，卻忽然以手按在顧樂飛身後的柱子上，俯身湊近，以一種奇異的目光打量著他。

明明他比她高，卻被她的動作禁錮住，身體靠在宮柱上不敢動彈。隨著她的湊近，淡淡的馨香縈繞鼻尖，不知道是藥效還是怎麼，顧樂飛覺得身體又熱了起來。

「妧妧，妳幹麼……」湊這麼近會讓他想多的，看，他嗓子好像也有點啞了。

「我看看你。」她認真的回答，目光專注。

啥？顧樂飛腦子一暈，張口結舌面紅耳赤。「妳光看看便沒了，不如親親我啊？」

話一出口顧樂飛就後悔了，懊惱被她這麼一靠近，居然一時犯傻，說話不經過大腦，這回她肯定又要生氣不理他了。

誰知她卻難得勾了勾唇，以另一隻手輕輕捏住他的下巴，迫使他低下頭來。

這個姿勢實在太曖昧，尤其是她主動做出來，不由得他不多想。

注視著面前人琥珀色的清澈眼眸，顧樂飛的喉結禁不住滾動了幾下，聲音越發嘶啞。「妧妧……」大庭廣眾之下，雖然沒人敢說我們，但是不好吧……而且妳這麼主動，我的心臟會吃不消的。

見他面色潮紅、目光閃爍，沒有半點剛剛的冷靜鎮定，司馬妧忽然覺得心情好了起來。小白這樣的神態很是少見呢！她突然覺得他現在這樣也挺好看的。

「是了。」她忽然道。

顧樂飛跟不上她的思維，不由一愣。「是什麼？」

「你剛剛看高嫻君的時候，和看我的表情不一樣。」她認真地點了點頭，眉頭一舒。「好，我相信你了。」

啊？顧樂飛先是愣住，隨即長舒一口氣。「所以妳不吃醋了吧？」

「吃醋？」司馬妧抓住關鍵字，重複了一遍，愣愣瞧著他。「我剛剛那是吃醋？」

「不然呢？」顧樂飛鄭重地告訴她。「妳剛剛就是吃高嫻君的醋了，因為妳不想讓別的女人搶走我。」

她眨巴眨巴兩下眼睛，茫茫然。「是這樣？」

顧樂飛點點頭。「當然是這樣。」

是這樣啊，所以她會無端端很生氣，很不想理他。她低頭想了想，細細回味了一下剛剛的感覺，竟覺得其實也不壞。她很少有特別在乎的東西，因此這種感覺對她而言十分新奇。

想來小白見到高崢的時候也是如此的感受?她好像忽然有些理解他無端端對高崢的敵意了。

最最喜歡的東西，總是不希望任何人沾手的。

「原來是這樣啊！」司馬妧的心情驀地好起來，她捏住顧樂飛下巴的手指忽然用了點力，強迫他低下頭來看著自己。「所以我也喜歡你嗎？」

糟糕，太近了，連她臉上細細的茸毛都看得清，怎麼辦，好想親她。

顧樂飛嚥了嚥口水，強迫自己控制住粉紅的遐思。「是、是這樣。」

「你不會覺得辛苦嗎？」她覺得他糾結的樣子特別有趣，饒有興趣地注視著他，忽而問：「攝政長公主，是個高處不勝寒的名頭呢。喜歡這樣的女人，你不會覺得辛苦？」

這恐怕是她心裡最後一個疑問了。不知道為什麼，顧樂飛就是有這種感覺。

他輕輕嘆了口氣，深深望進她的眼睛，認真地回答她。「司馬妧，能愛上妳，能被妳愛上，是顧樂飛此生最大的幸運。其他，別無所求。」

司馬妧的心頭一軟，彷彿某個部分突然坍塌了。

不管未來如何，反正當下，她很滿意這個回答。

顧樂飛的話音剛落，便覺一個柔軟的東西輕輕碰了碰自己的唇，隨即很快離開。他怔了怔，方才回神意識到那柔軟的東西是長公主的唇瓣。
她剛剛主動親了自己！
顧樂飛腦袋一嗡，大腦一片空白，喜得簡直要發懵。待他回過神來，方才發現面前的女人早走得遠遠的。她黑色的背影消瘦挺拔，遠遠望去，猶如一把利劍一般鋒利逼人，在這奢華的皇宮之中猶如最非凡的一道風景。
「妧妧，等等我！」顧樂飛邁開步子一路狂奔，這回他連半點形象都不顧，縱使皇城守衛眾多，他也在大庭廣眾之下高聲道：「妳剛剛親了我，妳親了我對不對！」
「嗯。」
「那我們何時圓房？」顧樂飛終於把自己都快想瘋的一件事問了出來。
這回，司馬妧停了一下，卻沒有回答，只是勾了勾唇，然後繼續往前走。
可這次沒有走多遠，便被身後的男人猛地環住腰禁錮住。她沒有反抗，任憑男人咬住她的耳垂，色迷迷地低語。「就今晚，好不好？」
司馬妧勾了勾唇，輕輕回答了一句什麼，聲音很小，只有顧樂飛和拂面而來的風聽了個清楚。便見顧樂飛詫異地揚了揚眉，糾結了很久，方才視死如歸一般狠狠點了一下頭，又說了句什麼，惹得司馬妧展眉一笑。
輕風拂過兩人的袖袍，拂過兩人的長髮，向大靖的皇宮外吹去，向大靖的山川大河吹去。

最終章

天啟五年五月，不滿半歲的含光帝司馬睿登基，因其年幼，由其姑姑司馬妧全權代理國事，執掌朝政，是為攝政大長公主。

翌年改年號為含光，是為含光元年，大赦天下。

文武百官以左右尚書令為首，齊齊跪拜，對登上皇位的新皇山呼萬歲。不滿周歲的幼童不明白這是在幹什麼，他只知道抱著自己的這個女人不是母妃，因為她的動作抱得他並不舒服，而且他的黃疸一直未好，許大夫也沒有再給他看過。

他很難受，連哭聲也很小，在百官朝賀的浩大聲音中微不足道。

和他被人忽視的哭聲一樣，這雖然是他的朝代，他卻是這個朝代中最無關緊要的一員，因為文武百官拜的不是他，而是抱著他的那個女人，著一身紫色鑲明黃金邊的九條四爪蟒龍的攝政大長公主。

她才是今日真正的主角。

顧樂飛站在很遠的地方，遠遠地看著所有人向她跪拜的這一幕，心生感慨。因為沒有官職的緣故，雖有爵位，按禮儀，他也不能陪她一同接受百官朝賀。司馬妧不願他與其他人一樣跪拜自己，便乾脆不許他參加大典，只能遠遠地看著。

事實上他也不願意跪拜她，他喜歡他們之間現在的平等，也希望就此維持下去，因此更喜歡這樣遙遙看著，彷彿是欣賞她的成就，也欣賞自己的成就。

而因為她這條體貼的命令，顧樂飛心生愉悅，清晨纏了她很久不許她下床。

「換作以前，早把……嗯……早把你扔出去了。」想起今日早上，妧妧咬著枕頭，從迷迷糊糊被他弄得哼哼嗯嗯，偏偏還死鴨子嘴硬要「翻身做主人」，真是他想不對她狠一點都不行。

「給我生個小小白。」顧樂飛一邊不住蹭著她，一邊咬著她的耳朵輕輕道：「讓他姓司馬。」

司馬妧半閉的眼睛猛地睜開，轉動眼珠瞥向他。「你說……嗯呃……你說真的？」

「真的。」他溫柔地親吻她傷痕累累的背脊，一路往下，輕輕攬住她的腰，開始更為猛烈的衝刺。

一個姓氏為司馬且入太廟的孩子，他們彼此都知道這句話代表什麼意思。

顧樂飛遙遙望著宏偉的金鑾大殿，還有殿外金磚地上跪拜朝賀的百官，唇角勾起一抹似有似無的笑。這時候，他感覺有一個人站到了他的身邊。

在這種時候還能不跪的，除了顧樂飛，也只有一個人。

「陳先生真要走？」顧樂飛看也不看，便知道身旁的男人是誰。

「看到她走到這一步，已是足夠。」

「若能助她開啟一個新盛世，豈非更滿足？」

「你無須引誘我，我不會留下的。」陳庭輕輕哼了一聲，似是不屑。「我對造福萬民沒興趣，也不長於此道。若是下次還有何朝堂政變需要用到我，那時叫我不遲。當然，也有可能……」他頓了頓，語氣一轉，道：「也有可能我遇上某個真龍天子，將她從攝政位置上拉下來，再來一場政變呢。」

此人還真是喜歡把腦袋拴在褲腰帶上的事。

顧樂飛的笑容微僵，側身對他拱了拱手。「若真到那時，便各憑本事，顧某可不會手下留情。」

陳庭勾了勾唇。「你還是不夠狠，要以絕後患，應當現在直接殺了我。」

顧樂飛攤了攤手，沒有說話。

「也罷，以後殿下便要靠你了。她心軟的時候，你要替她狠一點。」陳庭回頭最後望了一眼那個讓他付出半生心血的女子身影，輕輕嘆息一聲。「含光帝不能留，這是我最後一個忠告。告辭。」

陳庭說完這一句，便毫不留戀地朝外走去。他這是逾越之舉，不過顧樂飛擺了擺手，示意禁軍們莫要阻攔。

顧樂飛望著青袍文士孤單瘦削的背影，並沒有多久，便有宦官一路小跑來到他面前，告知他應該隨新皇和攝政大長公主去告太廟和祭天了。

「帶路吧。」顧樂飛最後望了一眼陳庭走得很遠的身影，扭頭對宦官吩咐了一句，朝大靖如今的權力中心走去。

司馬妧正在等他。

見他往自己的方向走來，司馬妧對他露出一個淡淡的笑容，目光閃亮。
顧樂飛亦對她綻開一個大大的微笑。
一切沒有結束，只是新的開始而已。

——全書完

2016年3月出版

必求良媛

文創風 386～387

出逃這件事，不就是求低調、求平安嗎？
為啥她會惹上這位難纏的公子！
她家的飯再好吃，他也用不著天天來報到吧……

萌愛無敵　甜蜜至上／林錦粲

意外當選穿越史上最悲催的公主，周媛著實相當無奈，
沒人疼、沒人愛，竟然還被昏君老爹塞給奸臣當兒媳。
天啊……奸臣造反之心路人皆知，她才不要當倒楣的棋子呢，
與其坐以待斃，不如包袱款款落跑吧！
逃出大秦皇室的牢籠，隱身揚州點心鋪，周媛的美味人生正式展開，
生意紅火得訂單接不完，還招來出自名門、人見人誇的謝家三公子。
但周媛深刻覺得，這謝希治根本是披著君子外皮的腹黑吃貨！
天天上門蹭飯，硬拉她組成嚐遍美食二人組，有好吃的就是好朋友，
又打著教授才藝的名號登堂入室，搞得她家忠僕齊心想把主子給賣了。
唉唉，不管是落跑公主，還是市井小娘子，她都惹不起這位公子，
眼看曖昧之火越燒越旺，澆也澆不滅了，該怎麼辦才好哪……

2016年2月出版

不負相思

文創風 378～380

她年紀雖小，卻生得太美，讓人不上心也難；
但他不解的是，為何一遇見她便有一股非要不可的執著？
彷彿他和她曾有過剪不斷、理還亂的糾葛……

深情揪心的前世恩怨　高潮迭起的深宮鬥智／藍嵐

曾經，她也是真心地愛過他……
雖然只是他王府裡的奴婢，卻是他身邊女子中最受寵的一個；
他冷酷無情、心思難以捉摸，但偶然的溫柔又讓她飛蛾撲火，
在他身邊，她一顆芳心終究是錯付了，
最後她只想求得自由，可他連這點心願也不給，
讓她落得被親近的人背叛，毒害而死……
愛過痛過那一回，姜蕙重生到十一歲的時候，
雖是小姑娘的身體，卻有兩世的記憶，活過來的她只想守住姜家平安，
絕不讓自己再次經歷家破人亡、一無所有的痛；
她小心翼翼、步步為營，看起來前世的失敗似乎可一一彌補，
怎知姜家才剛站穩了點，前世的冤家竟然意外現身，成了哥哥的同學?!
他分明不是重生，與她巧遇時卻格外注意她，
難道他倆之間的恩怨，也要從前生繼續糾纏到今生……

2016年2月出版

醫諾千金

文創風381～385

換個位置，當然要換個腦袋！
過去她出身傭兵團，被迫殺人不眨眼；
如今她晉升女神醫，自然救人不手軟！
怎奈高明醫術竟令她陷入難以抉擇的情網中，
這下神醫也救不了自己了……

步步為營　字字藏情／清茶一盞

前世她是個孑然一身的女殺手，為了生存，只能讓雙手沾滿血腥，
不料穿越後，她竟成了夏家醫堂的三房千金夏衿，
不但祖上三代懸壺濟世，還多了雙親疼愛，享盡不曾有的天倫之樂，
怎奈日子雖與過去天差地別，卻不代表從此和樂美滿，
皆因原先的夏衿雖體弱多病，但不至於喝了碗雞湯就香消玉殞，
如今平白無故死了，在曾為殺手的她看來，其中必有蹊蹺！
偏偏這大門不出、二門不邁的小嫡女能惹上什麼仇家？
最可疑的，便是那鎮日與三房為難作對的大房了，
這不，她才剛釐清真相，又一堆烏煙瘴氣的糟心事接踵而來，
不巧他們這回的對手，不再是過去的軟弱小姑娘，
她要讓大房知道——既然有膽招惹，就別怪她不客氣！

天上人間　與君結髮／慕童

2016年1月出版

龍鳳呈祥

她生平無大志，只想美美地過日子，
幸好她家世不賴，父兄疼愛，長得又美，
而且最棒的是早早就迷住了未來夫君，
讓他甘願為了娶她回家而苦情地等等等，
唉唉，她簡直要讓全天下女子羨慕嫉妒恨啦～～

文創風 372 1

她是極罕見的龍鳳胎，一降生便是祥瑞喜慶的代表，
加之又是家中唯一嫡女，爹娘對她的疼愛那是誰都看得出來的，
更別提她上頭的大哥哥、二哥哥，對她簡直有求必應，
就連跟她同胞出生的六哥哥都沒得到她這種規格的待遇呢！
所以她的日子過得挺美的，整日只要吃喝玩耍、逗人開心便好啊～～

文創風 373 2

說起她這位四姊姊，那也算是個奇葩了，
她們二人年歲相仿，差別只在於一人是嫡、一人為庶，
當然，在美貌這一點上，她謝清溪是無人能敵的啦，
至於其他的氣質、談吐、才智、討人喜歡的程度等等，她也是不輸人的，
咦？這麼一比，四姊姊跟她還真是沒得比啊！

文創風 374 3

說句不客氣的話，她家裡個個都長得很好看，她本人更是美呆了，
可沒想到，那位神神秘秘出現在她家藏書樓的小船哥哥竟比她更漂亮！
初次見面時她才兩歲，他瀟灑地越過欄杆，從二樓一躍而下，
看著他那張傾城的臉，她一時就犯了傻，竟脫口問他是不是書精來著？
結果……當然不是啊！真不知道她在想什麼！

文創風 375 4

有個拐子將她給擄走，他為了救她而被刀砍傷，
事後，她聽到了爹爹跟他的對話，原來他是當今聖上的親弟弟——恪親王。
說實在的，小船哥哥真是個萬中選一的夫婿好人選，
可惜他們兩人間差的不僅是身分，還差了十歲，
等她長大到能嫁人時，他孩子都不知道生幾個了，唉……

文創風 376 5

打從大哥哥出現在她的生命起，她就最喜歡大哥哥了，
不管是說話也好、做事也好，她從來都覺得「我的大哥哥是天底下最好的」！
而且大哥哥不僅長得好看，又很會唸書，是本朝第一個連中三元的狀元郎，
她真是發自內心地崇拜著他的，誰家的大哥能跟她家的比啊？
就連她好喜歡好喜歡的小船哥哥，在她心裡的地位也還及不上大哥哥啊！

文創風 377 6 完

謝清溪真沒想到，陸庭舟居然頂著山大的壓力不娶，硬是等她長大！
而且這麼大年紀了不僅沒大婚，府裡竟連個通房都沒有，
就算是一般人家，誰能看著兒子到二十幾歲還不成婚的？
況且他還是個親王，是太后最疼愛的么兒、是皇帝嫡嫡親的弟弟呀！
也難怪她娘心裡會忐忑不安，認為他該不會是哪方面有問題了，哈……

我的駙馬很腹黑 下

國家圖書館出版品預行編目資料

我的駙馬很腹黑 / 柳色著. --
初版. -- 臺北市 : 狗屋, 2016.05
冊 ; 公分. --（文創風）
ISBN 978-986-328-590-8（下冊：平裝）. --

857.7　　105003845

著作者　柳色
編輯　張蕙芸
校對　黃亭蓁　周貝桂
發行所　狗屋出版社有限公司
地址　台北市104中山區龍江路71巷15號1樓
電話　02-2776-5889～0
發行字號　局版台業字845號
法律顧問　蕭雄淋律師
總經銷　知遠文化事業有限公司
電話　02-2664-8800
初版　105年5月
國際書碼　ISBN-13　978-986-328-590-8
原著書名　**《驸马倾城》**，由北京晉江原創網絡科技有限公司授權出版

定價250元
狗屋劃撥帳號：19001626
網址：love.doghouse.com.tw　E-mail：love@doghouse.com.tw